JANET EVANOVICH
mit PHOEF SUTTON

Kann denn Sünde Liebe sein

GOLDMANN
Lesen erleben

Buch

Lizzy Tucker hofft immer noch, als Konditorin in Marblehead, wo sie von ihrer Großtante Ophelia ein kleines Haus geerbt hat, gemeinsam mit ihrer einäugigen Katze ein friedliches Leben führen zu können. Doch seit der mysteriöse Diesel zum ersten Mal bei ihr auftauchte, um ihr zu eröffnen, dass sie, wie er, magische Kräfte besitze, ist sie gegen ihren Willen ständig damit beschäftigt, die Welt zu retten. Viel lieber würde sie ihre berühmten Cupcakes backen und weiter an ihrem Kochbuch schreiben, doch Diesel taucht unverhofft ein drittes Mal bei ihr auf: Lizzy soll ihm helfen, einen Schatz zu finden. Und so stürzt sie sich in ihr nächstes Abenteuer, ohne zu wissen, wie gefährlich die Suche sich gestalten wird …

Weitere Informationen zu den Autoren
sowie zu lieferbaren Titeln der Autorin
finden Sie am Ende des Buches.

Janet Evanovich
mit Phoef Sutton

Kann denn Sünde Liebe sein

Roman

Aus dem Englischen
von Ulrike Laszlo

GOLDMANN

Die englische Originalausgabe erschien 2015
unter dem Titel »Wicked Charms«
bei Bantam Books, an imprint of Random House,
a division of Penguin Random House LLC, New York.

Dieses Buch ist auch als E-Book erhältlich.

MIX
Papier aus verantwortungsvollen Quellen
FSC® C014496
FSC www.fsc.org

Verlagsgruppe Random House FSC® N001967

1. Auflage
Deutsche Erstveröffentlichung Februar 2018

Umschlaggestaltung: UNO Werbeagentur, München
Umschlagmotiv: FinePic®, München
Redaktion: Friederike Arnold
em · Herstellung: kw
Satz: omnisatz GmbH, Berlin
Druck und Bindung: GGP Media GmbH, Pößneck
Printed in Germany
ISBN: 978-3-442-48587-1
www.goldmann-verlag.de

Besuchen Sie den Goldmann Verlag im Netz

KAPITEL 1

Mein Name ist Lizzy Tucker, und ich wohne in einem winzigen, windschiefen historischen Häuschen. Es liegt auf einem Hügel mit Blick auf den Hafen von Marblehead in Massachusetts. Ich habe es von meiner Großtante Ophelia geerbt, als ich achtundzwanzig war, und sehr viel älter bin ich jetzt auch noch nicht. Ich wohne mit einem getigerten Kurzhaarkater zusammen. Im Tierheim hatte man ihm ein Schildchen mit der Aufschrift *Katze 7143* umgehängt, und bei diesem Namen ist es geblieben. Katze 7143 hat nur ein Auge und einen halben Schwanz, und bestimmt war er in einem früheren Leben ein Ninja. Ich war auf dem Johnson & Wales College of Culinary Arts, und wenn ich nicht gerade gebeten werde, die Welt zu retten, arbeite ich als Konditormeisterin in der Bäckerei Dazzle's in Salem.

Es war zehn Uhr abends. Katerchen und ich lagen im Bett und sahen fern, als plötzlich ein großer abgerissener und unglaublicher heißer Typ mein Schlafzimmer betrat.

»Was zum Teufel …?«, keuchte ich. »Woher kommst du denn?«

»Ursprünglich aus der Schweiz, aber aufgewachsen bin ich hauptsächlich in Südkalifornien.«

»Das habe ich nicht gemeint. Was tust du in meinem Schlafzimmer?«

Er schleuderte seine Schuhe von den Füßen. »Ich ziehe mich aus. Und dann gehe ich ins Bett.«

»Nein! Das erlaube ich nicht.«

»Besondere Umstände«, erklärte er und zog sein Hemd aus. »Ich habe im Moment keine Bleibe.«

»Es ist mir egal, in welcher Klemme du steckst. Hier kannst du nicht bleiben.«

Seine Jeans fiel auf den Boden. »Natürlich kann ich das. Wir sind schließlich Partner.«

»Aber nicht diese Art von Partner. Wir arbeiten zusammen. Und wir dürfen nicht … du weißt schon.«

»Mach kein Theater. Ich habe mich vollkommen unter Kontrolle.«

Ich beugte mich vor, um besser sehen zu können. »Sind das Papageien auf deinen Boxershorts?«

»Die habe ich mir in Key West gekauft. Cool, oder?«

Okay, das musste ich zugeben. Das gesamte Paket war cool. Der Kerl heißt Diesel. Das ist alles. Nur ein Name. Und dieser Name passt hervorragend zu ihm, denn er überfährt dich wie die Lok eines Güterzugs. Er ist eins dreiundachtzig groß und muskulös – ein Bild von einem Mann. Sein dunkelblondes dichtes Haar ist von sonnengebleichten Strähnen durchzogen und ständig zerzaust. Der Ausdruck in seinen braunen Augen ist nur schwer zu deuten. Sein Lächeln ist wie ein Weihnachtsmorgen. Sein Verhalten ist trügerisch – er gibt sich immer sehr lässig, aber in seinem Inneren schlummern tiefe Gefühle. Und er hat einen ganz eigenen Moralkodex.

»Also gut, du hast gewonnen.« Mir war klar, dass ich körperlich ohnehin nichts gegen ihn ausrichten konnte. »Du kannst auf dem Sofa schlafen.«

Er steckte die Daumen unter das Gummiband seiner Boxershorts. »Ich passe nicht auf das Sofa.«

»Hey, Moment mal!«

Zu spät. Die Boxershorts landeten neben seinem Hemd und seiner Jeans auf dem Boden.

Ich schlug die Hände vor die Augen. »Ich kann es nicht fassen, dass du das wirklich getan hast.«

»Ich schlafe immer nackt. Frauen macht das üblicherweise nichts aus.«

»Mir schon!«

»Hab's kapiert. Und jetzt rück zur Seite.«

Ich habe ein relativ großes Bett. Groß genug für den Kater und mich. Aber nicht groß genug für den Kater, mich und Diesel. Ehrlich gesagt hätte ich nichts gegen ein Techtelmechtel mit Diesel einzuwenden, aber wir haben ein merkwürdiges Verhältnis. Diesel ist kein normaler Mensch. Und ich bin es anscheinend auch nicht. Bis Diesel kurz nach meinem Umzug nach Marblehead bei mir auftauchte, war ich eigentlich der Meinung, ganz normal zu sein. Und jetzt ist übernatürlich ganz normal.

Laut Diesel gibt es auf der Welt ein paar Menschen mit erweiterten Fähigkeiten, die man nicht auf einfache Weise erklären kann. Es kann sich dabei um nützliche Fähigkeiten handeln, so wie Diesels Talent, Schlösser zu öffnen. Es können aber auch höllische Kräfte sein, mit denen sich Blitze schleudern oder ein Müllwagen in die Luft heben lassen. Verrückt, oder? Es wird noch besser.

Angeblich gibt es sieben alte Steine, in denen die Kraft der sieben Todsünden schlummert. Sie sind bekannt als SALIGIA-Steine. Wenn diese Steine in die falschen Hände geraten, wird im wahrsten Sinne des Wortes die Hölle auf Erden ausbrechen. Ich bin einer der zwei Menschen auf der Welt, die die Fähigkeit besitzen, diese Steine aufzuspüren. Sozusagen eine menschliche Wünschelrute. Ich Glückspilz. Bisher ist es Diesel und mir gelungen, zwei dieser Steine zu finden. Dabei wurden wir beinahe in die Luft gejagt, entführt und mit einem Säbel in Stücke zerteilt. Wenn wir einen der Steine entdecken, schickt Diesel ihn an eine höhere Instanz, die ihn sicher aufbewahrt. So lautet zumindest seine Geschichte.

»Wir dürfen nicht miteinander schlafen«, erklärte ich. »In einem Bett zu schlafen ist okay. Nur Rummachen wäre nicht so gut.«

Wie sich herausgestellt hatte, durften zwei Menschen mit erweiterten Fähigkeiten nicht miteinander schlafen, weil dann einer von ihnen seine besonderen Kräfte verlor. Wäre ich sicher, dass mein besonderes Talent flöten ginge, würde ich mich liebend gern opfern. Aber wenn nun Diesel seine speziellen Fähigkeiten verlieren würde? Dann müsste ich die Welt ganz allein retten. Eine grauenhafte Vorstellung.

Ich schnappte mir ein Kissen und legte es zwischen uns. »Nur um sicherzugehen.«

»Schätzchen, sollte ich mich dazu entschließen, meine Fähigkeiten aufs Spiel zu setzen, wird dich dieses Kissen nicht retten.«

***

Um Viertel nach vier am Morgen klingelte mein Wecker. Ich drehte mich um und stieß gegen Diesel. Er war herrlich warm und roch nach Lebkuchen. Und das Kissen war verschwunden.

»Hey, bist du wach?«, fragte ich.

»Jetzt schon.«

»Mich pikst etwas unter der Bettdecke«, stellte ich fest. »Hoffentlich ist es nicht das, was ich denke.«

»Vielleicht solltest du nachschauen.«

»Das wäre mir peinlich.«

»Mich würde es nicht stören«, erwiderte Diesel.

»Es könnte zu … gewissen Dingen führen.«

Es war zwar dunkel, aber ich spürte, dass er lächelte. »Zweifellos.«

Er beugte sich über mich und küsste mich. Als ich seine Zunge spürte, wallte ein Verlangen in mir auf und ergriff meinen ganzen Körper. Wenn ich es mir recht überlegte, konnte ich vielleicht doch allein die Welt retten. Vielleicht machte es mir gar nichts aus, wenn einer von uns seine Fähigkeiten verlor. Vielleicht war ich im Moment nur daran interessiert, die Hände über jeden fantastischen Teil seines Körpers gleiten zu lassen und dieser Spur mit dem Mund zu folgen, bis dann das Unvermeidliche geschehen würde. Oh Mann, ich sehnte mich wirklich nach dem Unvermeidlichen.

»Verdammt«, sagte Diesel.

»Was? Was zum Teufel ist los?«

Er sprang aus dem Bett und hob seine Klamotten vom Boden auf. »Es gibt ein Problem.«

»Kannst du es lösen?«

»Mit Sicherheit.« Er band sich die Schnürsenkel zu. »Ich komme bald wieder.«

KAPITEL 2

Drei Wochen später war Diesel immer noch nicht zurückgekommen. Wen kümmert's – ein Glück, dass ich ihn los bin, sagte ich mir. Mein Leben verlief in geordneten Bahnen. Vielleicht war es ein wenig langweilig, verglichen mit der Zeit, in der ich mit Diesel magische Gegenstände gesucht hatte, aber zumindest versuchte im Moment niemand, mich umzubringen oder zu entführen.

Salem ist mit den Kirchtürmen, den Familien, die hier leben, und ihren traditionellen Werten Neuenglands eine typische amerikanische Kleinstadt, aber auch eine Spukstadt – in etlichen Stadtteilen blüht der Tourismus rund um Salems Hexenverfolgungen vor dreihundert Jahren.

Ich persönlich habe mit diesem Hexenzeugs nichts am Hut, aber Glo, unsere Verkäuferin bei Dazzle's, ist besessen von der Idee, dass sie möglicherweise eine Verkörperung von Samantha Stephens aus *Verliebt in eine Hexe* sein könnte.

Eigentlich ähnelt sie im Wesen aber eher der Figur von Tante Clara aus der Fernsehserie. Glo ist vier Jahre jünger als ich und mit ihren eins zweiundsechzig ein paar Zentimeter kleiner. Ihre roten Locken sind zu einem kurzen Bob geschnitten. Sie hat einen Besen zu Hause und hofft, dass sie sich eines Tages mit ihm in die Lüfte schwingt und über Salem fliegt. Ihren Kleidungsstil kann man am besten mit einer Mischung aus Grufti und Zuckerfee beschreiben.

Ich bin bei Weitem nicht so schillernd wie Glo. Ich habe blondes Haar, das ich fast immer zu einem Pferdeschwanz zusammenbinde. Meine Augen sind braun, mein Stoffwechsel ist gut, meine Kleidung ziemlich einfallslos. Weiße Kochjacke, Jeans, T-Shirt, Sneaker und ein Sweatshirt, wenn es nachts kalt ist.

Glo und ich hatten Feierabend gemacht, und ihr neuer Freund, Josh Soundso, hatte sich bereit erklärt, uns nach den Öffnungszeiten im Piratenmuseum von Salem herumzuführen. Josh arbeitete dort als Museumsführer und war entsprechend gekleidet – er trug ein weißes Hemd mit Ballonärmeln, eine schwarz-rot gestreifte Kniehose und einen abgewetzten knielangen Ledermantel. Sein langes braunes Haar hatte er im Nacken mit einem dünnen schwarzen Band zusammengebunden, und normalerweise trug er eine Augenklappe. Da wir aber die einzigen Museumsbesucher waren, hatte er sie nach oben auf die Stirn geschoben.

»Seht euch das an, meine werten Damen«, sagte Josh zu Glo und mir und deutete auf die düstere Attrappe eines unglückseligen, in Gefangenschaft geratenen Piraten. »Das ist ein gutes Beispiel dafür, was aus Piraten geworden ist. Eine ziemlich unangenehme Art, sein Leben zu beenden. Der Bursche wäre besser dran gewesen, wenn man ihn den Haien zum Fraß vorgeworfen hätte.«

Die lederartige Haut des Gefangenen spannte sich

über seinen Schädel und seine knochige Gestalt, und sein Mund war zu einem immerwährenden stillen Schrei geöffnet. Die gruselige Figur war mit Lumpen bekleidet und erinnerte an eine vertrocknete Leiche. Das künstliche, halb vermoderte Ding hatte man in einen wackligen Käfig gesteckt, der an einer rostigen, an der Dekke befestigten Kette hing. Ansonsten befanden sich in dem in gedämpftes Licht getauchten Raum echte und weniger echte Ausstellungsstücke: Kanonen, Kanonenkugeln, Landkarten, Schneidwerkzeuge, Rumflaschen, eine ausgestopfte Ratte, Münzen in einer offenen Truhe, Holzbalken, Seile und Waffen.

»Es ist schwer, beim Anblick einer so plumpen Fälschung irgendetwas zu empfinden«, stellte ich fest.

»Ja, er sieht schon ein wenig angeschlagen aus«, gab Josh zu. »Der gemeine Hund sitzt schon ziemlich lange in diesem Käfig.«

»Ich könnte versuchen, ihn mit einem Zauber ein bisschen aufzumöbeln«, warf Glo ein.

Vor einiger Zeit hatte Glo in einem Kuriositätenladen *Ripple's Zauberbuch* entdeckt, und seitdem probierte sie ständig die Zaubersprüche aus – mit unterschiedlichen Ergebnissen.

»Wie wäre es mit einem Rostentferner?«, schlug ich vor.

Als ich den Käfig berührte, knirschte es, und Staub rieselte auf uns herab. Auf einmal löste sich die Kette, und der Käfig knallte auf den Boden und brach auseinander. Die darin gefangene Attrappe flog heraus, das Holzbein und der Schädel des Piraten fielen ab, und sein Arm brach entzwei.

Wir starrten auf die Trümmer vor uns. Aus dem ledrigen Arm ragte ein Knochen heraus.

»Ach, du meine Güte«, stammelte Josh.

»Ich glaube, das ist ein menschlicher Knochen«, flüsterte ich.

Es dauerte nur fünf Minuten, bis der erste Cop im Museum eintraf. Kurz nach ihm kamen drei weitere Polizisten in Uniform, zwei Zivilbeamte, ein Tatortfotograf und zwei Rettungssanitäter.

Alle starrten auf den kaputten Käfig und den schaurigen Kerl, aus dessen Arm ein Knochen ragte, und sagten in etwa das Gleiche: »… vor ein paar Tagen war ich mit meinem Schwager hier, und ich habe das wirklich für eine Attrappe gehalten.«

Als sich der Gerichtsmediziner einfand, war bereits ein Museumsbeamter vor Ort, der Bereich war mit einem Absperrband gesichert worden, und die Leiche, die eher einem geräucherten Würstchen als einem menschlichen Wesen glich, hatte man fotografiert und mit einer Kreidelinie markiert.

Der Gerichtsmediziner sah recht sympathisch aus und trug einen zerknitterten grauen Anzug und ein zerknautschtes weißes Hemd. Er war etwa in meinem Alter, hatte sandfarbenes Haar und eine Harry-Potter-Brille auf der Nase. Er war ein wenig füllig um die Hüften und wirkte dadurch irgendwie knuddelig. Er hieß Theodore Nergal.

Nergal schlüpfte unter dem Absperrband hindurch und kniete sich neben die Leiche. »Tja, der Mann ist tot«, stellte er fest.

»Das war aber tatsächlich mal ein Mensch aus Fleisch und Blut, oder?«, fragte einer der Zivilbeamten.

Nergal nickte. »Er war aus Fleisch und Blut, bevor jemand versucht hat, ihn zu mumifizieren. Jetzt besteht er nur noch aus gegerbter Haut und zum Teil verkalkten Knochen.« Er streifte sich ein Paar Wegwerfhandschuhe über, nahm den Schädel in die Hand und sah ihn sich gründlich an. »Am Hinterkopf befindet sich ein Einschussloch – offensichtlich wurde er erschossen.« Er bewegte den Schädel hin und her, und es klang, als würde jemand einen Becher mit Würfeln schütteln. Als er ihn nach vorn kippte, fiel ein verformtes Metallstück aus der Mundöffnung und in die Hand des Gerichtsmediziners. »Das ist ein Lubaloy-Geschoss. Es wurde nur in den 1920ern hergestellt«, sagte er. »Dieser Mann wurde vor etwa neunzig Jahren erschossen.«

»Wow«, sagte Glo. »Dann müssen Sie wohl eine Fahndung nach einem Tatverdächtigen mit Rollator und Hörgerät einleiten.«

»Ach, du meine Güte«, sagte Josh.

Nergal legte den Schädel neben die Leiche und stand auf. »Wer hat ihn gefunden?«

»Das waren wir«, sagte ich. »Josh arbeitet hier im Museum und hat uns herumgeführt. Ich habe den Käfig nur leicht berührt, da krachte er schon auf den Boden.«

»Und wer sind Sie?«

»Lizzy Tucker. Ich bin Konditorin in Dazzle's Bäckerei.«

Seine Augen weiteten sich. »Backen Sie etwa diese herrlichen Red-Velvet-Cupcakes?«

»Ja.«

»Ich bin total verrückt nach diesen Cupcakes!«

Nergal widmete sich wieder der vertrockneten Leiche, und Glo stieß mir den Ellbogen in die Rippen. »Er ist verrückt nach deinen Cupcakes«, zischte sie mir zu.

»Das habe ich gehört.«

Sie beugte sich zu mir vor. »Er ist süß«, flüsterte sie mir ins Ohr.

»Und?«

»Er trägt keinen Ehering.«

»Und?«

»Du auch nicht.«

»Er ist nicht mein Typ«, sagte ich.

»Okay, er untersucht den ganzen Tag Leichen«, erwiderte Glo. »Niemand ist perfekt. Wahrscheinlich hat er eine Menge interessanter Hobbys.«

»Entschuldigen Sie«, sagte ich zu Nergal. »Können wir jetzt gehen?«

»Natürlich. Aber bitte bleiben Sie in der Stadt.«

»Muss ich?«

»Ja«, erwiderte er. »Ich bin süchtig nach Ihren Cupcakes.«

Glo stupste mich wieder an. »Ich glaube, er flirtet mit dir«, flüsterte sie.

»Es geht um die Cupcakes. Das hat gar nichts mit mir zu tun. Ich gehe jetzt.«

»Ich kann noch nicht weg«, sagte Josh. »Ich muss das Museum nachher abschließen.«

»Ich bleibe bei dir«, verkündete Glo. »Das ist wie in einer dieser Krimiserien im Fernsehen.«

Ich verabschiedete mich und trat aus dem Museum in die warme Julinacht hinaus. Die Straßenlaternen warfen kleine Lichtkreise auf den schattigen Gehsteig. Eine Lampe flackerte, als ich vorbeiging, erlöschte zweimal und strahlte dann heller als zuvor.

Mir lief es kalt über den Rücken, und auf meinen Armen bildete sich Gänsehaut. Unter der Laterne stand ein Mann. Er war sehr attraktiv und sexy, aber auch ein wenig unheimlich. Irgendwie ähnelte er einem Vampir. Seine Haut war sehr blass, er hatte eindringliche dunkle Augen, und sein schulterlanges rabenschwarzes Haar war streng zurückgekämmt. Er trug einen perfekt geschnittenen schwarzen Anzug und ein schwarzes Hemd. Ich kannte ihn, und es hatte schon einige Momente gegeben, in denen ich geglaubt hatte, dass auch seine Seele schwarz sein könnte. Sein Name ist Gerwulf Grimoire. Besser bekannt als Wulf. Er trat kurz nach meinem Umzug an die Nordküste in mein Leben. Als er sich mir vorgestellt hat, hat er mit der Fingerspitze meinen Handrücken berührt und eine Brandwunde hinterlassen. Die Narbe sieht man heute noch.

»Miss Tucker«, sagte er. »Wir treffen uns also wieder.«

»Schön, dich zu sehen, Wulf.«

»Das meinst du bestimmt nicht ernst«, erwiderte Wulf. »Aber ich weiß die Lüge zu schätzen. Ich bin hier, um dir die Münze abzunehmen, die du soeben gefunden hast.«

»Welche Münze? Wovon redest du?«

Wulf musterte mich. »Du weißt wirklich nicht, was ich meine, richtig?«

»Ich nehme zumindest an, dass du nicht nach Kleingeld suchst.«

»Wohl kaum. Du erfährst schon bald mehr über diese Münze. Mein Cousin Diesel ist sicherlich ebenfalls danach auf der Suche und braucht deine Hilfe. Wenn du klug bist, lässt du die Finger davon. Betrachte das als Warnung.«

»Ich habe keine Angst vor dir.« Noch eine Lüge.

»Ich bin das geringste deiner Probleme«, erwiderte Wulf.

Es gab einen Knall, eine Rauchwolke stieg in die Luft, und Wulf war verschwunden. Einfach weg.

Mein Handy summte. Eine SMS von Glo: *Wir schließen den Laden in zehn Minuten ab und gehen auf einen Tequila zum Ship's Side an der Wharf Street. Wir bringen den süßen Gerichtsmediziner für dich mit. Treffen uns dort.*

Das Ship's Side war ein beliebtes typisches Fischlokal, außen grau verkleidet und innen mit Netzen, Bojen und Hummerfallen dekoriert. Wir saßen an einem runden Tisch auf der hinteren Veranda mit Blick auf den Hafen von Salem. Josh trug immer noch sein Kostüm und spielte entsprechend seine Rolle.

»Ich nehme einen Grog«, sagte er zur Kellnerin.

»Tut mir leid, junger Mann, Grog haben wir nicht. Sie werden sich mit einem Bier zufriedengeben müssen.«

»Seht ihr?«, sagte Josh. »Wieder ein Beispiel dafür, dass die Gesellschaft sich weigert, den Bedürfnissen meines Volks Rechnung zu tragen.«

»Deines Volks?«, fragte ich. »Meinst du damit die Piraten?«

»Wir ziehen die Bezeichnung ›amerikanische Freibeuter‹ vor«, erklärte Josh.

»Möchte der amerikanische Freibeuter nun ein Bier?«, fragte die Kellnerin nach.

»Aye.«

»Mir fällt auf, dass Sie auch wie ein Bukanier sprechen, selbst wenn Sie nicht bei der Arbeit sind«, sagte Nergal zu Josh.

»Das ist ein schrecklicher Fluch«, sagte Josh. »Ich muss den ganzen Tag wie ein Freibeuter sprechen, und dann kann ich einfach nicht mehr damit aufhören. Mein Gehirn hat sich darauf eingestellt.«

»Mir gefällt das«, warf Glo ein. »Manchmal sagt er, ich sei eine großartige Beute.«

»Wohl wahr. Du bist auch tatsächlich ein Mädchen, für das es sich lohnt, ein Schiff zu kapern«, erwiderte Josh.

»Ich bin glücklicherweise nicht auf die Sprache der Gerichtsmediziner fixiert«, sagte Nergal.

Josh nickte. »Nach Feierabend immer noch zu sprechen wie ein Gerichtsmediziner wäre auch schrecklich.«

»Eigentlich ein merkwürdiger Beruf«, meinte ich. »Warum sind Sie denn Leichenbeschauer geworden?«

»Nach meinem Medizinstudium hatte ich Schulden, und dann wurde mir der Job angeboten. Ich weiß, für die meisten Außenstehenden klingt das grausig, aber die Arbeit ist wirklich sehr interessant. Warum sind Sie Kuchenbäckerin geworden?«

»Ich bin in der Kochschule im Fach Soßen durchgefallen, aber beim Backen von Cupcakes war ich sehr gut.«

Ich spürte, wie sich jemand an mich lehnte, und dann sah ich einen langen Arm, der sich nach dem Brotkorb ausstreckte. Diesen Arm kannte ich. Er gehörte Diesel. Er schob sich einen Stuhl an den Tisch und setzte sich zwischen Nergal und mich.

»Was gibt's Neues?«, fragte Diesel und zupfte spielerisch an meinem Pferdeschwanz.

Einen Moment lang war ich sprachlos.

»Wo zum Teufel hast du gesteckt?«, brachte ich schließlich hervor. »Gerade noch warst du in meinem Haus, und dann warst du plötzlich verschwunden. Ich dachte schon, du wärst tot. Wochenlang habe ich nichts von dir gehört. Du hast dich nicht einmal von mir verabschiedet.«

»Ich hatte einen Auftrag zu erledigen. Und ich bin mir ziemlich sicher, dass ich mich von dir verabschiedet habe.«

»Du hast nur gesagt: ›Ich komme bald wieder.‹«

»Und?«

»Das ist keine richtige Verabschiedung.«

Diesel nahm sich ein Brötchen aus dem Korb. »Deshalb arbeite ich nicht mit Frauen zusammen.«

»Natürlich tust du das. Ich *bin* eine Frau!«

»Schon, aber nur, weil ich keine andere Wahl habe. Ich hatte nur zwei Alternativen, und Wulf hat mir die erste Wahlmöglichkeit vor der Nase weggeschnappt – er hat Steven Hatchet vor mir gefunden.«

Ich schlug mir gegen die Stirn. »Oh Gott!«

Steven Hatchet ist der einzige andere Mensch auf dieser Welt, der einen getarnten SALIGIA-Stein erkennen kann. Dass Diesel Hatchet für die erste Wahl hält, ist eine Beleidigung für mich, weil der Kerl ein totaler Spinner ist. Hatchet sieht aus wie ein nicht richtig durchgebackenes Brötchen mit zwei Beinen. Er hat rote zottelige Haare, ist etwa in meinem Alter und hält sich für einen Knecht aus dem Mittelalter, der seinem Herrn und Meister Wulf dienen muss.

»Hier ist kein Platz für dich«, sagte ich zu Diesel. »Das ist ein Tisch für nur vier Personen.«

»Du bist sauer, richtig?«, fragte Diesel.

»Ja! Hau ab.«

Die Kellnerin kam mit unseren Getränken zurück und fragte uns, ob wir etwas zu essen bestellen wollten.

Glo entschied sich für einen Burger, Josh für gebratene Muscheln, Nergal bestellte ein Brötchen mit Hummerfleisch und ich einen Reispudding.

»Ich nehme auch ein Hummersandwich«, sagte Diesel.

»Nein.« Ich wandte mich an die Kellnerin. »Er gehört nicht zu uns.«

»Aber er sitzt an Ihrem Tisch«, entgegnete sie.

»Er hat sich ungefragt dazugesetzt. Ermutigen Sie ihn nicht auch noch.«

Die Kellnerin musterte ihn von oben bis unten. »Also ich persönlich würde ihn durchaus ermutigen.«

»Ich hätte gern ein Bier zu dem Hummersandwich«, sagte Diesel.

»Nein«, protestierte ich wieder.

»Welches Bier darf es sein?«, erkundigte sich die Kellnerin.

»Ich lass mich überraschen«, erwiderte Diesel, »und bestelle noch ein zweites Hummersandwich zum Mitnehmen. Mein Affe sitzt draußen im Auto und hat Hunger.«

»Das ist ja süß«, schwärmte die Kellnerin. »Wie heißt Ihr Affe?«

»Carl. Und es wäre wunderbar, wenn es nicht allzu lange dauern würde, denn Carl kaut sicher schon am Lenkrad. Wir sind gerade erst aus Sri Lanka zurückgekommen, und er hat immer noch Angst wegen der vielen Elefanten, die es dort gibt.«

»Das ist Theodore Nergal«, sagte ich zu Diesel. »Und der Typ mit der Augenklappe auf der Stirn ist Josh, der Pirat.«

»Wohl wahr. Und wer seid Ihr?«, fragte Josh.

»Ich bin Diesel.«

»Was haben Sie in Sri Lanka gemacht?«, wollte Nergal wissen.

»Dies und das«, antwortete Diesel.

»Aha, wie das eben so ist«, meinte Nergal.

Diesel biss in das Brötchen. »Sie haben es erfasst.«

»War es schwierig, den Affen ohne Quarantäne ins Land zu bringen?«, fragte Nergal.

Es folgte eine lange Pause, in der alle Diesel anstarrten.

»Er ist ein Assistenzaffe«, sagte Diesel schließlich.

Es erübrigt sich wohl zu erwähnen, dass bei Diesel alles etwas anders läuft.

»Du errätst nie, was heute passiert ist«, sagte Glo zu Diesel. »Josh hat uns durch das Piratenmuseum geführt.

Dabei krachte eines der Ausstellungsstücke von der Decke vor unsere Füße, und die Attrappe war tatsächlich eine echte Leiche. Dadurch haben wir Dr. Nergal kennengelernt. Er ist Gerichtsmediziner und hat seine Sache großartig gemacht. Ihm ist sofort aufgefallen, dass der Mann erschossen wurde, und er konnte auch gleich Rückschlüsse auf die Waffe und alles andere ziehen. Und er hat uns gesagt, dass der Mann bereits vor über neunzig Jahren ermordet worden ist.«

»Beeindruckend«, meinte Diesel.

Nergal schüttelte den Kopf. »Ganz und gar nicht. Es war offensichtlich.«

»Der Kopf fiel ab, als die Leiche auf den Boden knallte«, fuhr Glo fort. »Und Dr. Nergal brauchte nur den Schädel zu berühren, und schon war ihm alles klar!«

»Er hatte ein Einschussloch am Hinterkopf, und die Kugel befand sich noch im Schädel«, erklärte Nergal Diesel.

Die Kellnerin brachte unser Essen, und wir ließen es uns schmecken. Nergal hatte sein Hummersandwich zur Hälfte verspeist, als sein Telefon summte. Er las die SMS und tippte rasch eine Antwort.

»Hat mich sehr gefreut«, sagte er, schob seinen Stuhl zurück und legte seinen Anteil an der Rechnung auf den Tisch. »Leider muss ich jetzt gehen. Die Pflicht ruft.«

»Scheint ein netter Kerl zu sein«, sagte Diesel zu mir, als Nergal verschwunden war. »Vielleicht solltest du mal mit ihm ausgehen.«

»Ach ja?«

Eine halbe Stunde später verließen wir das Restaurant. Josh brachte Glo zu ihrem Wagen, und Diesel und ich gingen die Wharf Street entlang zu meinem klapprigen braunen Chevy.

»Ich spüre eine Erschütterung in der Macht«, sagte Diesel.

»Na so was, ich kann mir gar nicht vorstellen, warum. Vielleicht weil wir gerade noch zusammen im Bett lagen, du dich dann plötzlich angezogen hast und verschwunden bist. Und ich drei Wochen lang nichts mehr von dir gehört habe. Und nun erfahre ich, dass du in Sri Lanka warst.«

»Nun, was hast du denn gedacht, wo ich hingegangen bin?«

»Ich weiß nicht … möglicherweise in eine Drogerie, um Kondome zu kaufen.«

»Ja, jetzt wo du es sagst … Das wäre eine Möglichkeit gewesen.« Er legte mir den Arm um die Schulter und schmiegte sich an mich. »Vielleicht sollten wir da weitermachen, wo wir aufgehört haben.«

»Wärst du tatsächlich dazu bereit, das Risiko einzugehen, dass einer von uns seine Fähigkeiten verliert?«

»Ich glaube, ich könnte dieses Problem irgendwie umgehen.«

»Auf keinen Fall. Darauf lasse ich es nicht ankommen. Außerdem bin ich mir nicht einmal sicher, ob ich dich mag.«

»Natürlich magst du mich. Mit mir kann man viel Spaß haben.«

»Ich hatte vorhin einen Zusammenstoß mit Wulf, und nun tauchst du wieder auf. Was ist los?«, fragte ich.

»Sagt dir der Name Martin Ammon etwas?«

»Ich hab von ihm gehört, er ist Milliardär.«

»Martin Ammon ist ein Mogul in der Verlags- und Medienbranche«, sagte Diesel. »Ihm gehören etliche Zeitungsverlage und andere Medienunternehmen in England und den Vereinigten Staaten. Er ist bekannt dafür, große und kleine Firmen zu verschlingen – ein exzentrischer, machthungriger Größenwahnsinniger. Sein Großvater war Billy McCoy, ein berüchtigter Alkoholschmuggler während der Prohibition. Und McCoys Partner war Holzbein Dazzle.«

»War Holzbein mit den Dazzles von der Bäckerei verwandt?«

»Wahrscheinlich sind alle Dazzles in Salem irgendwie miteinander verwandt, aber ich habe keine Ahnung, in welcher Verbindung Holzbein zu ihnen steht. Wie auch immer, McCoy und Holzbein entdeckten bei ihren illegalen Umtrieben ein Tagebuch, in dem sich eine Münze befand. Das Tagebuch gehörte einem Piraten namens Palgrave Bellows, und darin beschrieb er in allen Einzelheiten einen Schatz, den er auf einer Insel vor der Küste von Maine versteckt hatte. Die Münze sollte dabei helfen, Palgraves Schatzkarte zu lesen. Dummerweise war die Karte nicht im Tagebuch mit der Münze, daher haben McCoy und Holzbein den Schatz nicht gefunden.

Vor einigen Jahren fiel das Tagebuch Ammon in die Hände, und seitdem ist er ganz besessen von dem Schatz. Er kaufte sich ein Haus in Marblehead Neck und freundete sich mit einem Geschichtsprofessor an. Die beiden investierten viel Zeit und Geld in die Sache, aber es kam nichts dabei heraus.«

»Woher weißt du das alles?«

»Das ist kein Geheimnis. Es gibt etliche Zeitungsartikel über das Tagebuch und den verlorenen Schatz der *Gunsway.*«

»*Gunsway?*«

»Das ist der Name des Schiffs, das Palgrave geplündert hat. Es kam ursprünglich aus dem Orient und hatte laut dem Tagebuch unermessliche Schätze an Bord – gewöhnliche und magische.«

»Magische. Wow.«

»Ja, und an dieser Stelle kommen Wulf und ich ins Spiel. Wenn man dem Tagebuch glauben kann, besteht der magische Teil des Schatzes aus dem Avaritia-Stein, dem Stein der Habgier und des Geizes. Ammon hat in all seinen Interviews nicht viel Aufhebens darum gemacht, weil er vermutlich diesen Stein an sich bringen will. Er hat in der Vergangenheit öfter über seinen Drang, immer mehr Geld anzuhäufen, gescherzt und gesagt, dass seine Eltern bei der Wahl seines Namens Martin eine gute Wahl getroffen hätten. Wenn man den Anfangsbuchstaben seines Vornamens mit seinem Nachnamen verbindet, kommt dabei ›Mammon‹ heraus, der Name eines der sieben Prinzen der Hölle und die Verkörperung von Reichtum und Habgier.«

»Das wäre nicht meine erste Wahl für einen prophetischen Namen.«

»Meine auch nicht. Für mich würde mir B. Ierbauch als Name besser gefallen.«

Es dauerte ein paar Sekunden, bis ich begriffen hatte. »Wie witzig«, sagte ich.

Diesel grinste und strich eine Haarsträhne hinter mein Ohr. Seine Berührung löste in mir eine Gefühlswelle aus, die von meinem Ohr bis in meine empfindlichen unteren Regionen schwappte.

»Noch einmal?«, fragte Diesel.

»Nein. Erzähl mir lieber das Ende der Schatzgeschichte.«

»Ammon gelang es schließlich, die Schatzkarte von Palgrave Bellows aufzutreiben. Sie wurde während einer Schiffsrestaurierung entdeckt. Ammon hat sie sich geschnappt, und sie befindet sich immer noch in seinem Besitz.«

»Also hat Ammon jetzt das Tagebuch und die Karte.«

»Richtig. Allerdings ist die Wegbeschreibung auf der Karte verschlüsselt – um sie lesen zu können, braucht man diese besondere Münze. Ammon hat ein Team von Kryptographen angeheuert, die den Code aber nicht knacken konnten. Also dreht sich nun alles darum, die Münze zu finden.«

»Wie lange suchen sie schon danach?«

»Seit Jahren. Ammon hat einen Privatdetektiv darauf angesetzt.«

»Um nach der Münze zu suchen?«

»Ja, aber auch, um Nachforschungen über Holzbein anzustellen. Der Detektiv hat eine Menge Leute befragt und herausgefunden, dass die Münze ursprünglich zusammen mit dem Tagebuch gefunden worden war, aber McCoy und Holzbein trauten sich nicht so recht über den Weg, also nahm McCoy das Tagebuch an sich, und Holzbein behielt die Münze. Kurz darauf verschwand Holzbein und wurde nie wieder gesehen. Man munkelt, er sei bei einem Streit über ein Fass Rum erschossen worden, aber das sind nur Gerüchte. Letzte Woche wurde der Käfig mit dem Gefangenen im Piratenmuseum aufgehängt und erregte sofort das Interesse des Privatdetektivs. Die Leiche trug zwar zerlumpte Piratenklamotten, aber das Holzbein stammte eindeutig aus der Neuzeit.«

»Das ist mir nicht aufgefallen«, gestand ich. »Für mich sah es einfach nur wie ein Holzbein aus. Und woher weißt du das alles?«

»Die Organisation, für die ich arbeite, hat Ammons Detektiv beschatten lassen.«

Diesel ist eine Art Cop. Zumindest hat er mir das erzählt. Er arbeitet für einen locker organisierten Verband von Menschen mit besonderen Fähigkeiten. Anfänglich sollte er dafür sorgen, dass der eine oder andere aus seiner Zunft nicht weiter über die Stränge schlug. Doch dann erhielt er die Aufgabe, die sieben SALIGIA-Steine zu suchen, und damit wurde seine Polizistentätigkeit zweitrangig.

»Ich wurde nach Salem zurückgeholt, um dich in das Museum zu bringen, doch da hattest du die Sache bereits selbst in die Hand genommen«, fügte Diesel hinzu.

»Das war nicht beabsichtigt. Ich war nur mit Glo und ihrem neuen Freund dort. Woher weiß Wulf von der Sache?«

»Wulf hat seine eigenen Quellen und Pläne. Es ist

schwer zu sagen, wie er manchmal an solche Informationen kommt – es ist eben einfach so.«

»Du glaubst also, dass sich die Münze irgendwo bei dem Skelett des Piraten befindet?«

»Vielleicht. Oder möglicherweise führt uns die Geschichte des Skeletts zu der Münze.«

»Kurz bevor ich den Käfig berührt habe und er sich von dem Haken löste und auf den Boden krachte, habe ich eine Vibration gespürt. Sie war nicht sehr stark, und ich dachte, ich hätte es mir nur eingebildet.«

»Schätzchen, deine Vorstellungskraft ist nicht gerade stark ausgeprägt.«

»Oh doch, sie ist ausgezeichnet. Manchmal gelingt es mir sogar, mir vorzustellen, dass ich ein ganz normales Leben führe.«

»Das ist allerdings kaum zu glauben«, meinte Diesel. »Vielleicht war die Münze in dem Käfig.«

»Wenn, dann muss sie irgendwo versteckt gewesen sein. Ich habe keine Münze gesehen.«

»Wer hatte Zugang zu der Leiche?«

»Der Einzige, der in meinem Beisein das Skelett angefasst hat, war Nergal. Sicher haben es auch die Rettungssanitäter berührt, aber ich bin gegangen, bevor sie es eingepackt und abtransportiert haben.«

Diesel schloss meinen Wagen auf und öffnete die Fahrertür für mich. »Ich muss noch etwas erledigen«, erklärte er. »Wir sehen uns dann später.«

Mein Haus sieht aus, als wäre es im achtzehnten Jahrhundert mit vielen anderen Häusern aus einem riesigen Salzstreuer geschüttelt worden. In unserem Viertel steht eine Mischung aus kleinen Häusern, gebaut von Kabeljaufischern, Schustern, Tischlern und Seeleuten, und einigen wenigen größeren Häusern, die Kaufleuten und Schiffskapitänen gehörten. Bei den meisten Häusern hängt immer noch ein goldfarbener Kabeljau aus Holz über der Haustür, ein Symbol für Glück. Weil mein goldfarbener Kabeljau um die Flossen herum schon ein wenig verblasst war, hatte ich schon seit einiger Zeit vor, ihn neu anzumalen.

Ich kam später nach Hause als üblich, und Katerchen wartete bereits an der Tür auf mich. Ich nahm die Post aus dem Briefkasten, begrüßte Katerchen und ging in die Küche. Rasch füllte ich Katerchens Schüssel mit Trockenfutter und legte als Entschuldigung für die verspätete Mahlzeit ein Stück Melone dazu. Während er es sich schmecken ließ, sah ich meine Post durch.

Rechnungen, Werbung, noch mehr Werbung … Oh, ein Brief von einem Verleger. Vor einer Weile hatte ich eine Idee für ein Kochbuch gehabt. Titel: *Heiße Jungs kochen für hungrige Frauen*. Ich hatte aus meinen Ideen und Rezepten ein Manuskript gemacht und es an etliche Agenten und Verleger in New York geschickt. Leider hatte es bisher niemand haben wollen, und allmählich graute mir davor, die Briefe zu öffnen und mit großer Wahrscheinlichkeit die nächste Absage zu kassieren.

»Was meinst du?«, fragte ich. »Soll ich das Kuvert aufmachen? Hast du ein gutes Gefühl bei diesem Brief?«

Katerchen grub seine Zähne in die Melone und schien sich nicht besonders für den Brief zu interessieren.

»Also gut. Wünsch mir Glück.«

Ich riss das Kuvert auf und las den Brief. Eine Absage. Mist!

»Die Idee ist toll«, erklärte ich Katerchen. »Und die Rezepte sind großartig. Ich habe sie alle selbst ausprobiert. Ich verstehe einfach nicht, warum niemand mein Buch herausgeben will.«

Ich ging in mein kleines Wohnzimmer, schaltete den Fernseher ein und zappte durch die Kanäle, bis ich den Sender *Food Network* gefunden hatte. Ich sah mir eine halbe Stunde lang eine Kochsendung an und schaltete dann um zu *Property Brothers* auf *HGTV*. Die Zwillinge hatten ganz andere Rezepte drauf.

Katerchen war mir ins Wohnzimmer gefolgt und hatte sich neben mir auf dem Sofa zusammengerollt.

»Das wäre etwas für mich«, sagte ich zu ihm. »Ich brauche die Property Brothers. Sie arbeiten für wenig Geld, liefern immer pünktlich und sind richtig schnuckelig.«

Ich hörte, dass die Haustür aufging, und Katerchen stieß ein tiefes Knurren aus. Er drehte seine Ohren und lauschte einen Moment lang. Als Diesel und Carl hereinkamen, legte er sich wieder hin und steckte die Nase unter seine Pfoten.

Carl sprang von Diesels Schulter, trippelte zu Katerchen hinüber und schnupperte an ihm. Der Kater öffnete sein noch funktionsfähiges Auge, und Carl wich erschrocken zurück und schlang seine Ärmchen um Diesels Bein. Niemand legt sich mit Katerchen an.

»Und?«, fragte ich Diesel.

Diesel fläzte sich neben mich auf das Sofa, sodass ich zwischen ihm und Katerchen eingeklemmt war.

»Ich habe mir den Käfig genau angesehen und den gesamten Fußboden in dem Ausstellungsraum abgesucht«, berichtete Diesel. »Keine Spur von der Münze.«

»Und der Tote?«

»Auch den habe ich mir angeschaut. Er liegt im Leichenschauhaus, um demnächst obduziert zu werden. Keine Münze bei der Leiche.«

»Und was ist mit Wulf?«

»Ich habe mit ihm gesprochen. Er hat die Münze nicht.«

»Da waren noch die beiden Rettungssanitäter, die die Leiche abgeholt haben. Und im Leichenschauhaus wurde sie sicher auch von jemandem untersucht.«

»Und wir sollten Dr. Tod nicht vergessen«, meinte Diesel.

»Nergal?«

»Ja, ich tippe auf ihn.«

»Ich dachte, er sei dir sympathisch. Du hast mir empfohlen, mit ihm auszugehen.«

»Er hat sich die Leiche genau angesehen und hatte die Möglichkeit, Beweismaterial zu unterschlagen, bevor die Sanitäter sie in den Leichensack gepackt haben. Also ist es nur logisch, dass er die Münze gefunden hat.«

»Hast du dich in seinem Büro umgesehen?«

»Ja, aber die Münze war nicht dort«, erwiderte Diesel. »Und sie taucht auch nicht in seinem Bericht auf.«

Die *Property-Brothers*-Sendung war zu Ende, und ich stand auf und streckte mich. »Zeit zum Schlafengehen«, verkündete ich. »Ich muss morgen sehr früh in der Bäckerei sein.«

»Kein Problem.« Diesel schnappte sich die Fernbedienung. »Ich bleibe noch ein wenig auf.«

»Was? Nein. Das geht nicht. Du musst nach Hause gehen.«

»Ich dachte, ich sei schon zu Hause.«

»Das ist *mein* Haus. Hast du denn kein Zuhause?«

»Ich habe ein Strandhaus in der Südsee, aber das ist ein bisschen zu weit weg.«

»Wo hast du denn in Sri Lanka gewohnt?«

»In einem Kloster. Das waren die längsten drei Wochen meines Lebens.«

»Du hattest doch mal eine Wohnung hier. Was ist daraus geworden?«

»Der Besitzer ist in die Stadt zurückgekommen.«

KAPITEL 3

Um Viertel nach vier stellte ich meinen Wecker ab. Neben mir lag kein großer Mann. Das Bettlaken war kalt. Und es lag kein Geruch nach Lebkuchen in der Luft. Schwer zu sagen, ob ich erleichtert oder enttäuscht war.

Ich duschte, zog mich für die Arbeit an und trottete hinunter in die Küche. Auch hier keine Spur von dem großen Kerl. Ich gab Katerchen eine Schüssel mit frischem Wasser und ein bisschen Trockenfutter. Dann stellte ich die Kaffeemaschine an, steckte eine tiefgefrorene Waffel in den Toaster und stieß einen spitzen Schrei aus, als Wulf plötzlich ohne Vorwarnung vor mir stand.

»Himmelherrgott, ich hasse es, wenn Leute plötzlich aus dem Nichts auftauchen. Wie bist du hier hereingekommen?«

»Ich habe da so meine Mittel und Wege.« Er warf einen Blick auf die Waffel im Toaster. »Nicht gerade ein gesundes Frühstück, aber vielleicht rechnest du ohnehin damit, nicht allzu lange zu leben.«

»Was soll das heißen?«

»Du spielst im Verliererteam und gehst ein hohes Risiko ein.«

»Ist das wieder eine Warnung?«

»Ein Angebot, auf meine Seite zu wechseln. Es gibt dunkle Mächte, die über dich und deine speziellen Fähigkeiten Bescheid wissen. Wenn sie erst einmal hinter dir her sind, wirst du ihnen nur schwer entkommen können.«

»Ich bin nur eine einfache Kuchenbäckerin. Ich habe nicht einmal einen Account bei Facebook. Woher sollte jemand etwas über mich wissen?«

»Du bist nicht nur eine Bäckerin; du besitzt eine sehr seltene und überaus wertvolle Kraft. Ein solches Geheimnis bleibt machtgierigen Menschen nicht lange verborgen. Was glaubst du denn, wie ich dich gefunden habe? Oder wie mein Cousin dich entdeckt hat? Und bist du dir sicher, dass er den Stein nicht für sich behalten will?«

»Das riskiere ich.«

»Ich könnte dir ein schönes Leben bereiten«, erklärte Wulf. »Oder dir das Leben sehr unangenehm machen. Wofür entscheidest du dich?«

»Für keins von beidem. Verschwinde einfach und lass mich in Ruhe meinen Job machen.«

»Den Avaritia-Stein für Diesel finden?«

»Cupcakes backen.«

Wulfs Lippen verzogen sich leicht zu einem kaum wahrnehmbaren Lächeln. Seine Augen waren geweitet und tiefschwarz. Ein Blitz zuckte auf, und er war verschwunden.

Ich warf einen Blick zu Katerchen hinüber. Er hatte die Haare so sehr gesträubt, dass sein Schwanz aussah wie eine Flaschenbürste. »Das ist eine Vollkornwaffel«, sagte ich zu ihm. »Also in gewisser Weise gesund.«

***

Dazzle's Bakery ist schon seit den Zeiten der Puritaner im Besitz der Familie Dazzle und wird nun von Clarinda Dazzle geführt. Der Laden ist schon uralt und besteht aus zwei Räumen im Erdgeschoss und einer kleinen Wohnung im ersten Stock. Der Verkaufsraum der Bäckerei geht zu einer schmalen Straße in der Nähe des Hafens hinaus. Der Boden besteht noch aus den ursprünglichen breiten Kieferbohlen, und die Wände sind weiß gekalkt. Die Glasvitrinen sind gefüllt mit Cupcakes und Gebäck, und in dem Regal hinter der Ladentheke stehen Weidenkörbe mit einer Vielfalt von Brotlaiben und Frühstücksbrötchen. Clara und ich arbeiten in der Backstube hinter dem Verkaufsraum und bereiten gemeinsam alles zu, was vorn zum Verkauf angeboten wird.

Um fünf Uhr kam ich in der Bäckerei an. Ich schaltete das Licht ein und stellte auf meinem iPad den Sender mit den Hits aus den Sechzigern an. Ich mag diesen Teil des Tages, wenn alles neu beginnt. Es gefällt mir, die Tür aufzuschließen und die Bäckerei zum Leben zu erwecken.

Ich streifte meinen weißen Kittel über und bereitete den Hefeteig vor. Um halb sechs, als ich gerade mit dem Rührteig für die Cupcakes anfing, kam Clara herein. Sie ist geschieden, Anfang vierzig und wohnt in dem Apartment über dem Laden. Ihr widerborstiger schwarzer

Haarschopf ist von grauen Strähnen durchzogen, und sie versucht, ihn zu bändigen, indem sie ihn zu einem Knoten im Nacken bindet. Ihre Nase deutet auf ihre indianische Herkunft vom Stamm der Wampanoag hin. Alles andere hat sie von den robusten Pilgervätern geerbt, die sich in New England ansiedelten. Wie ich gehört habe, gab es auch in ihrer Familie Menschen mit besonderen Fähigkeiten, und anscheinend war sie einmal eine von uns. Vor einigen Jahren machte sie wohl einen Fehler bei der Wahl eines Bettgenossen, und seitdem besitzt Clara keine übernatürlichen Kräfte mehr.

»Wir müssen Fleischpasteten und Cupcakes für zwölf Personen vorbereiten. Sie werden am Mittag abgeholt«, sagte Clara. »Und Mr Duggan möchte um zehn Uhr seine übliche Bestellung von Laugenbrötchen haben.«

»Bin schon dabei.«

Zwei Stunden später rauschte Glo in den Laden, eine Stofftasche über die Schulter geschlungen und ihren Besen in der Hand.

»Deine Tasche beult sich gewaltig aus«, stellte ich fest.

»Ich weiß. Ich habe etwas unglaublich Tolles gekauft. Auf meinem Weg hierher bin ich an einem Garagenflohmarkt vorbeigekommen, und eine Stimme hat mich angelockt.«

»So wie damals, als du das *Ripple's Zauberbuch* gekauft hast.«

»Genau! Nur dieses Mal war es die Stimme von Emily Shipton. Sie hat den Flohmarkt veranstaltet.«

»Und was hat sie dir angedreht?«

»Einen Magic-8-Ball. Sie hat mir versichert, dass man

damit die Zukunft vorhersagen kann.« Glo holte den Ball aus ihrer Tasche und zeigte ihn uns. »Emily ist davon überzeugt, dass darin der Geist einer entfernten Verwandten namens Mother Shipton wohnt.«

»Mother Shipton war eine englische Wahrsagerin, die in einer Höhle wohnte und irgendwann im sechzehnten Jahrhundert starb«, sagte Clara. »Und der Magic-8-Ball ist ein Spielzeug von Mattel aus den fünfziger Jahren.«

»Mother Shiptons Geist könnte bei der Erfindung eine Rolle gespielt haben«, entgegnete Glo.

Ich warf einen Blick auf ihren Besen und hätte schwören können, dass er kurz zuckte.

Glo verstaute den Magic-8-Ball wieder in ihrer Tasche. »Ich habe den Ball gefragt, ob Lizzy noch einen aufregenden Abend mit Theodore Nergal erleben wird, und er hat geantwortet: ›Soviel ich sehen kann, ja‹.«

»Wer ist Theodore Nergal?«, wollte Clara wissen.

»Ich habe gestern Abend ein Date für Lizzy arrangiert«, antwortete Glo. »Eine ganz spontane Sache, aber er war ziemlich cool. Ein Arzt.«

»Er ist Gerichtsmediziner«, sagte ich. »Und er roch nach Formaldehyd.«

Ich verteilte mit einem großen Spritzbeutel pinkfarbenen Frischkäse auf ein Dutzend Cupcakes für eine Geburtstagsparty, als Diesel hereinschlenderte.

»Bist du fertig? Können wir gehen?«, fragte er.

»Fertig? Und wohin willst du gehen? Es ist erst zehn. Ich muss mindestens bis ein Uhr hierbleiben.«

»Nur für fünf Minuten«, bat Diesel.

Clara sah von ihrem Arbeitsplatz auf. »Ist es wichtig?«

»Du weißt doch, wie es ist.« Diesel nahm einen Cupcake und biss hinein. »Vielleicht geht sonst die Welt unter.«

Clara schob sich mit dem Unterarm eine Haarsträhne aus der Stirn. »Nur vielleicht?«

»Wahrscheinlich«, erwiderte Diesel.

»Wenn es so wahrscheinlich ist, darf Lizzy sich einen weiteren Tag freinehmen, um die Welt zu retten, aber das Kontingent ist bald aufgebraucht«, sagte Clara.

Ich hatte es nicht eilig, die Welt zu retten. Damit hatte ich schon meine Erfahrungen gemacht, und ich war nicht scharf darauf.

»Warum kannst du die Welt nicht allein retten?«, fragte ich Diesel. »Warum muss ich dabei sein?«

»Weil du die Fähigkeit besitzt, beim Berühren von Dingen etwas zu spüren. Ich bin groß, stark und verdammt heiß, aber mir fehlt das Gefühlsbetonte.«

Damit hatte er vollkommen recht.

»Wenn ich mit diesem Blech Cupcakes fertig bin, können wir gehen.«

»Ich werde dir helfen.« Diesel schnappte sich einen weiteren Spritzbeutel von meinem Arbeitstisch.

»Nein! Ich brauche keine Hilfe.«

»So schwer kann das doch nicht sein. Man drückt einfach auf den Beutel, und das Zeug kommt raus.«

Diesel quetschte den Spritzbeutel zusammen, und pinkfarbene Glasur schoss heraus und landete auf meinem Kopf.

Ich verdrehte die Augen, als könnte ich auf diese Weise das Zeug sehen, das jetzt in meinen Haaren klebte.

»Das hast du mit Absicht gemacht«, warf ich Diesel vor.

Diesel grinste breit und wischte mit dem Finger ein wenig Glasur von meiner Stirn. »Nein, aber es gefällt mir. Das steht dir sehr gut.«

Glo tauchte an der Tür auf.

»Das stimmt«, sagte sie. »Pink ist genau deine Farbe.«

»Okay, Schluss mit lustig«, erklärte Diesel. »Wir müssen los. Es gibt einiges zu erledigen, und um vier hast du einen Termin bei Martin Ammon.«

Alle erstarrten.

»Martin Ammon?«, fragte Clara. »*Der* Martin Ammon?«

»Er ist im Besitz einer Karte und eines Tagebuchs, und beides würde ich mir gern ansehen«, erwiderte Diesel.

Ich widmete mich wieder dem Glasieren meiner Cupcakes. »Warum gehst du nicht einfach zu ihm und fragst ihn, ob du sie dir anschauen darfst?«

»Weil ich mir dafür ausreichend Zeit nehmen möchte. Und außerdem könnte es sehr hilfreich sein, wenn du dich mit Ammon ein wenig anfreundest. Dann könntest du ihn im Auge behalten.«

»Warum ich?«

»Du bist süß. Und du hast einen Aufhänger: Du backst magische Cupcakes.«

»Ja, aber …«

»Während ich in deiner Küche saß, kam mir die Idee, dass es für dich ganz leicht sein dürfte, mit Ammon Kontakt aufzunehmen. Er ist Verleger, und du hast ein Kochbuch geschrieben.«

»Du hast doch nicht etwa …?«

»Doch. Auf der Arbeitsplatte lag eine Kopie deines Manuskripts. Ich habe es ihm, zusammen mit einem Dutzend deiner Cupcakes, von einem Kurier schicken lassen.«

»Woher hattest du die Cupcakes?«

»Aus deiner Gefriertruhe.«

»Ach, du heilige Scheiße!«

»Alles in Ordnung«, beruhigte Diesel mich. »Ich habe einen Brief dazugelegt und ihm mitgeteilt, dass du diese großartige Idee für das Kochbuch hast; er müsse nur einen deiner Cupcakes probieren, um festzustellen, dass sie tatsächlich magisch sind.«

»Und?«

»Seine Assistentin hat sofort angerufen und gesagt, dass Ammon dich um vier Uhr in seinem Haus in Marblehead sehen möchte.«

»Das ist total cool!«, sagte Glo begeistert. »Er ist megareich. Ein Fantastillionär! Ich wette, alles in seinem Haus ist aus Gold. Wie willst du dich anziehen? Wie eine Spitzenköchin?«

Alle starrten mich an und musterten mein Outfit. Jeans, Sneaker und ein T-Shirt unter einem mit Schokolade verschmierten weißen Kittel. Und das Haar mit pinkfarbener Glasur verschmiert.

»Besser nicht wie eine Köchin«, meinte Clara.

»Du solltest dir etwas Neues kaufen«, empfahl Glo. »Das ist schließlich ein sehr wichtiges Treffen.«

Ich zog meine Kochjacke aus. »Und wenn ich schon dabei bin, sollte ich mir eine neue Frisur machen lassen, mir Make-up kaufen und fünf Pfund abnehmen.«

»Vergiss die Maniküre nicht«, sagte Glo.

Ich warf einen Blick auf meine Armbanduhr und seufzte. »Ich habe noch etwa sechs Stunden Zeit, um mich auf Vordermann zu bringen.« Ich wandte mich an Diesel. »Was glaubst du, wie lange es dauern wird, die Welt zu retten?«

Diesel grinste. »Nicht so lange, wie du brauchst, um fünf Pfund abzunehmen.«

Als ich mit Diesel zu seinem SUV ging, bemerkte ich, dass Carl nicht auf dem Rücksitz saß. »Kein Affe?«

»Ich habe ihn in meinem Apartment gelassen.«

»Du hast ein Apartment gefunden? So schnell?«

»Ich habe einflussreiche Freunde. Sie haben Mittel und Wege.«

Ich hatte keine Ahnung, was das bedeutete, aber ich fragte nicht nach. Inzwischen war ich zu der Überzeugung gelangt, dass es besser war, nicht allzu viel über Diesel zu wissen.

»Wulf ist heute Morgen in meiner Küche aufgetaucht«, erzählte ich ihm.

Diesel warf mir einen Blick zu. »Hatte er etwas Interessantes zu sagen?«

»Hauptsächlich hat er mich eindringlich vor meiner düsteren Zukunft gewarnt.«

Zehn Minuten später bog Diesel auf den Parkplatz vor dem Salem Hospital ein und stellte den Wagen ab. Wir betraten das Krankenhaus und suchten die Abteilung für Pathologie. Die Tür zu Nergals Büro stand offen, und Nergal arbeitete an seinem Computer.

»Klopf, klopf«, sagte ich.

Nergal schaute auf und lächelte. »Hallo. Habt ihr noch mehr Mumien gefunden?«

»Nein, nur die eine«, erwiderte ich. »Wir hätten gern ein paar Informationen über die Leiche.«

»Ich habe die Autopsie noch nicht vorgenommen«, erklärte Nergal.

»Hatten Sie schon eine Möglichkeit, sich seine Kleidung anzusehen?«

»Seit gestern Abend noch nicht.«

»Haben Sie vielleicht gestern Abend etwas gefunden?«, fragte Diesel nach.

Nergal straffte den Rücken. »Wie meinen Sie das?«

Während sich Diesel mit Nergal unterhielt, ging ich durch das Büro, fuhr mit meinen Händen über die Oberflächen und versuchte, eine Vibration, ein Kribbeln oder Wärme zu erspüren.

»Steckte irgendetwas Interessantes in seinen Kleidungsstücken?«, hakte Diesel nach. »Eine Münze vielleicht?«

Nergal schwieg eine Weile. »Ähm …«, brachte er schließlich hervor.

Ich legte die Hand auf Nergals Schulter. Nichts.

»Überprüf seine Taschen«, forderte Diesel mich auf.

Nergal wich zurück. »Was soll das?«

»Wir glauben, dass sich eine Münze bei dem Toten befand«, antwortete Diesel. »Und jetzt ist sie nicht mehr dort.«

»Woher wollen Sie das wissen?«

»Ich habe nachgesehen.«

Nergal sprang auf. »Dazu sind Sie nicht befugt! Wie sind Sie überhaupt in die Nähe der Leiche gekommen?«

»Ich habe besondere Fähigkeiten«, sagte Diesel.

Ich fuhr mit der Hand über Nergals Hosentaschen und spürte sofort eine deutliche Vibration.

»Er hat sie«, sagte ich.

Nergal trat einen Schritt zurück. »Sie machen mir Angst. Wer *sind* Sie? *Was* sind Sie?«

Ich warf Diesel einen Blick zu. »Willst du diese Fragen beantworten?«

»Sie haben die Münze in Ihrer Tasche«, sagte Diesel zu Nergal.

»Na und? Das ist kein Verbrechen. Es handelt sich um Beweismaterial.«

»Ich habe die Liste mit den Beweisstücken gesehen«, erwiderte Diesel. »Die Münze ist dort nicht aufgeführt. Also haben Sie sie offensichtlich gestohlen.«

»Das ist nur eine alte Münze«, verteidigte sich Nergal. »Noch nicht einmal eine ganze Münze – ich habe nur einen Teil davon.« Er zog das Stück aus seiner Hosentasche und streckte uns die Hand entgegen. »Warum haben Sie daran ein so großes Interesse?«

»Es handelt sich um ein kleines, aber wichtiges Teil eines Puzzles«, sagte Diesel. »Und warum wollten Sie es unbedingt haben?«

»Sie würden es mir nicht glauben, wenn ich es Ihnen sage. Es ist ziemlich merkwürdig.«

»Versuchen Sie es«, forderte Diesel ihn auf.

Nergal rückte seine Harry-Potter-Brille zurecht. »Wenn ich einen Toten berühre, dann spüre ich, was er vor seinem Tod als Letztes gedacht hat.« Er trat verlegen von einem Fuß auf den anderen. »Ich weiß, das klingt verrückt. Früher habe ich gedacht, dass ich mir das nur einbilde, aber dann habe ich manchmal etwas erfahren, was sich als wahr herausgestellt hat.«

»Wow!«, stieß ich hervor. »Das ist unglaublich.«

Er zuckte mit den Schultern. »Die letzten Gedanken der meisten Menschen sind ziemlich banal. Viele wünschen sich, sie würden saubere Unterwäsche tragen. Oder dass sie ihren Browserverlauf gelöscht hätten. Die meisten Leute sind erstaunlich pragmatisch.«

»Dann werden sie am Ende nicht noch einmal richtig tiefsinnig?«

»Nein, eigentlich nicht«, erwiderte Nergal. »Aber hin und wieder erfahre ich etwas Interessantes. So wie bei der Leiche in dem Käfig. Wahrscheinlich hätte ich die Münze nicht an mich nehmen sollen, aber ich habe damit ja niemandem geschadet. Ich bin davon ausgegangen, dass sie keinen großen Wert hat.«

»Haben Sie noch andere Talente außer dem Gedankenlesen bei Toten?«, wollte Diesel wissen. »Können Sie fliegen? Oder mit Grashüpfern reden?«

»Nein, sonst kann ich nichts Ungewöhnliches.«

»Er ist nicht in unserer Datenbank verzeichnet«, sagte Diesel zu mir.

»Welche Datenbank?«, fragte Nergal.

»Die Datenbank, in der Menschen mit besonderen Fähigkeiten registriert sind«, erklärte ich ihm.

Nergal fiel die Kinnlade herunter, und er riss die Augen auf. »Soll das heißen, es gibt noch andere?«

»Ja«, erwiderte ich. »Man nennt uns die Unerwähnbaren.«

»Nicht offiziell«, warf Diesel ein.

Ich starrte ihn an. »Du hast mir gesagt, dass wir die Unerwähnbaren genannt werden.«

»Das ist eher eine Art Spitzname. So wie man Leute aus Massachusetts ›Mass-holes‹ nennt.«

»Und wie lautet der offizielle Begriff für Menschen mit besonderen Fähigkeiten?«, erkundigte ich mich.

Diesel zuckte mit den Schultern. »Menschen mit besonderen Fähigkeiten?«

»Ich dachte, ich sei der Einzige«, sagte Nergal. »Ich habe nie jemandem davon erzählt. Und nun erfahre ich, dass es noch andere Menschen wie mich gibt.«

»Nicht genau wie Sie«, erwiderte ich. »Wir haben alle verschiedene Talente. Ich besitze die Fähigkeit, bestimmte magische Objekte aufzuspüren. Manche Leute können Gabeln verbiegen, und andere können es regnen lassen.«

»Das ist cool«, sagte Nergal. »Habt ihr so etwas wie einen Klub?«

»Nein, es gibt keinen Klub«, antwortete Diesel.

»Trefft ihr euch regelmäßig? Feiert ihr Partys?«

Diesel grinste. »Tut mir leid, Kumpel, keine Partys.«

»Wenn ihr keine Partys feiert, wie ist dann die Kuchenglasur in Lizzys Haare gekommen?«, fragte Nergal.

»Das hat mit meinem Job zu tun«, antwortete ich.

»Erzählen Sie mir etwas über den gefangenen Piraten«, bat Diesel Nergal. »Was haben Sie von ihm erfahren?«

»Das erste Wort, das ich aufschnappte, war ›Holzbein‹.

So habe ich die Münze gefunden. Ich hörte den Gedanken, schaute mir das Holzbein des Mannes an und entdeckte sie. Sie lag direkt daneben – sie muss aus dem Bein gefallen sein.«

»Hatte er noch andere Gedanken?«

»Bevor er erschossen wurde, ging ihm Folgendes durch den Kopf: ›Zumindest wird McCoy den Schatz niemals ohne die acht Teile der Münze finden.‹ Und seine Stimmung war eigenartig. Der Kerl war glücklich. Nein, nicht glücklich, er war von einer hämischen Freude erfüllt.« Nergal atmete tief aus. »Ich kann Ihnen gar nicht sagen, wie gut es tut, über all das sprechen zu können. Darf ich die Namen der anderen Leute in diesem Klub erfahren? Haben wir eine Seite bei Facebook?«

»Nein und nein.« Diesel nahm ihm das Münzfragment aus der Hand.

»Das wird eine Heidenarbeit«, sagte Diesel auf dem Rückweg zu seinem Wagen. »Irgendein Idiot hat die Münze in acht Stücke zerteilt.«

KAPITEL 4

Clara rollte in der Küche gerade Keksteig aus, als wir zurückkamen. »Seid ihr fertig? Habt ihr die Welt gerettet?«, fragte sie Diesel.

»Wir haben erst damit angefangen«, erwiderte er. »Glo hat Ihnen in der Zwischenzeit vermutlich alles über das Skelett in dem Käfig im Piratenmuseum erzählt.«

»Ich kenne jedes Detail«, erwiderte Clara.

»Wir haben ein paar Nachforschungen angestellt, und so wie es aussieht, könnte es sich bei dem Skelett um Holzbein Dazzle handeln«, sagte ich.

Clara hielt inne. »Ist das dein Ernst?«

»Ja. Weißt du etwas über ihn?«

»Holzbein war mein Großonkel«, antwortete Clara. »Sein richtiger Name war Collier. Er war der ältere Bruder meines Großvaters. Gramps, mein Opa, kannte ihn nicht sehr gut, weil Collier verschwand, als er noch ein Kind war. Aber wir haben einige Geschichten über Collier gehört. Er war ein Kabeljaufischer, der sein Bein verlor, als er sich während eines Sturms in der Takelage verhedderte. Er zog ein Holzbein einer Prothese vor, gab die Fischerei auf und gründete ein Geschäft mit Billy McCoy.

Von Opa weiß ich, dass Collier ihn öfter zu einem Eiscafé in der Essex Street mitnahm, ihm einen Milchshake kaufte und ihm Geschichten von Piraten und verborgenen Schätzen erzählte. Er schenkte ihm sogar ein paar Stücke von einer Münze, die angeblich zu dem sagenhaftesten Schatz aller Zeiten führte. Collier behauptete, er hätte die Münze von einem Piraten namens Bellows bekommen. Laut meinem Opa hat Collier die restlichen Teile in seinem Holzbein mit sich herumgetragen.«

Ich warf Diesel einen Blick zu. »Meine Güte!«

»Haben Sie die Stücke der Münze, die Collier Ihrem Großvater geschenkt hat, jemals gesehen?«, fragte Diesel.

»Allerdings«, erwiderte Clara. »Er hat sie mir ständig gezeigt, als ich noch klein war.«

Diesel holte das Münzfragment von dem gefangenen Piraten aus seiner Tasche und legte es auf die Arbeitsplatte. »Sahen sie so aus?«

»Ja!«

»Wissen Sie, was daraus geworden ist?«

»Wahrscheinlich hat Opa sie immer noch.«

»Er lebt noch?«

»Die Dazzles leben alle erstaunlich lange«, sagte Clara. »Vorausgesetzt, sie lassen sich nicht mit jemandem wie Billy McCoy ein. Collier war nicht sein erster Geschäftspartner, der auf mysteriöse Weise verschwand. McCoy war vermutlich nicht begeistert, wenn er seine Gewinne mit jemandem teilen musste.«

»Wie alt ist dein Großvater?«, fragte ich Clara.

»Gramps ist achtundneunzig und sieht keinen Tag älter aus als hundertzehn.«

»Ich würde mich gern mit ihm unterhalten«, sagte Diesel.

»Da müssen Sie bis morgen warten«, erwiderte Clara. »Er macht gerade einen Seniorenausflug mit dem Bus in das Mohegan Sun Casino; er liebt Spielautomaten. Er kommt erst am späten Abend zurück.«

Die Ladentür ging auf, und kurz darauf steckte Josh seinen Kopf in die Küche. »Ahoi. Ich bitte um Erlaubnis, an Bord kommen zu dürfen, um Cupcakes zu besorgen.« Sein Blick fiel sofort auf das silberne Münzfragment auf der Arbeitsplatte. »Ist das ein Teil einer Dublone?«

Wir zuckten alle mit den Schultern.

»Meine Kenntnisse sind zwar auf Fälschungen im Museum und auf Google beschränkt, aber für mich sieht das aus wie eine spanische Dublone«, fügte Josh hinzu.

»Was sagt Google denn dazu?«, fragte Diesel.

»Keine Ahnung. Ich lese die Texte nicht, sondern schau mir nur die Bilder an. Ihr solltet die Münze Quentin Devereaux zeigen. Er ist Professor an der Universität Salem und als Gutachter für das Piratenmuseum tätig.«

»Das ist eine gute Idee«, meinte Diesel. »Devereaux war auch der Experte, an den sich Martin Ammon gewandt hat, nachdem er das Palgrave-Tagebuch geerbt hatte. Wer kommt mit mir?«

»Ich!«, rief Glo.

»Nein, du nicht«, entgegnete Clara. »Du musst die Kundschaft bedienen.«

»Du und du.« Diesel deutete auf mich und Josh.

»Ach herrje«, seufzte Josh. »Ich muss um zwölf wieder im Museum sein.«

»Und ich muss meine Haare in Ordnung bringen und mir etwas zum Anziehen besorgen«, sagte ich.

»Kein Problem«, erwiderte Diesel. »Das wird nicht lange dauern.«

Die staatliche Universität von Salem gibt es, unter verschiedenen Namen, bereits seit 1845. Damals hieß sie *»Normale Schule von Salem«*. Die Verbindung aus »normal« und »Salem« konnte meiner Meinung nach nur ironisch gemeint sein, denn Salem war schon seit vielen, vielen Jahren nicht normal.

Durch seine Bauweise, die Parkplätze und die schimmernden Glasbauten auf dem Campus ähnelt die Salem State den vielen anderen Colleges, die überall im Land wie glänzende Pilze aus dem Boden schießen. Das Sullivan Building ist das einzige alte Gebäude, das noch steht. Mit den roten Backsteinen und den Türmen wirkt es in der Mitte des nördlichen Campus ein wenig fehl am Platz, so als hätte man vergessen, es abzureißen und durch ein strahlendes Chromgebilde zu ersetzen.

Professor Devereaux' Büro lag im ersten Stock. Er saß über ein Buch gebeugt an seinem Schreibtisch, als wir hineingingen. Er hatte graumeliertes Haar, und sein Gesicht war faltig und mit grauen Bartstoppeln bedeckt. Er war hager und trug ein altes Tweedsakko über einem blassblauen Hemd.

»Ja?« Er schaute auf.

»Wir bräuchten ein paar Informationen«, erklärte Josh.

»Kennen wir uns?«

»Ich arbeite im Piratenmuseum.«

Devereaux nickte. »Das erklärt einiges.«

Auf seinem Schreibtisch lagen zwei alte Gürtelschnallen und ein paar antike Münzen, daneben stand ein ramponiertes Teleskop aus Kupfer. An der Wand hinter ihm hing eine Piratenflagge. Allerdings war darauf nicht wie in einschlägigen Filmen ein Totenkopf mit zwei gekreuzten Knochen zu sehen, sondern ein bleiches Skelett, das einen Pfeil in ein Blut verspritzendes rotes Herz stieß.

»Was wollen Sie wissen?«, fragte Devereaux. »Etwas über Piraten? Da könnte ich Ihnen Dinge erzählen, die Sie schockieren würden. Die erste repräsentative Regierung in Europa wurde von Piraten eingeführt. Der Kapitän und der Quartiermeister wurden in regelmäßigen Abständen von der Mannschaft gewählt. Die Beute wurde unter den Besatzungsmitgliedern zu gleichen Teilen aufgeteilt. Es gab sogar eine Arbeitsunfallversicherung. Alle Piraten zahlten einen Teil ihrer Beute in einen Fonds ein, mit dem dann verletzte Kameraden unterstützt wurden. Hin und wieder nahmen sie sogar Frauen in die Mannschaft auf. Piraten waren für die damalige Zeit im sozialen Bereich recht fortgeschritten.«

»Abgesehen von ihrer Angewohnheit, zu vergewaltigen und zu plündern«, warf Diesel ein.

Devereaux nickte. »Natürlich widmeten sie sich auch einigen ihrer klassischen Aktivitäten.«

Diesel zeigte Devereaux das Münzfragment. »Was können Sie mir darüber sagen?«

Devereaux nahm eine Juwelierlupe in die Hand und betrachtete die Münze. »Sie kommt aus Spanien.«

»Eine Dublone, richtig?«, fragte Josh.

Devereaux schüttelte den Kopf. »Nein. Das ist ein Teil einer Acht-Reales-Silbermünze, gemeinhin auch unter dem Namen ›Bust Dollar‹ bekannt. Auf ihr ist die Büste von Carlos III. abgebildet, und sie war bis 1857 ein legales Zahlungsmittel in den USA.«

»Warum ist sie zerteilt wie eine Pizza?«, fragte ich.

»So hat man damals Kleingeld gemacht«, antwortete Devereaux. »Münzen wurden oft wie Torten in gleiche Stücke, auch ›Bits‹ genannt, zerschnitten. Wenn man zwei solcher Stücke hatte, besaß man zwei Bits. Wissen Sie, woher dieses Münzfragment stammt?«

»Vermutlich hat es früher einem Piraten namens Bellows gehört«, antwortete Diesel.

»Palgrave Bellows«, sagte Devereaux. »Der Gentleman-Korsar. Er war Silberschmied in Rhode Island, bis er im mittleren Alter plötzlich beschloss, Pirat zu werden. Seine Gefangenen berichteten, dass er selbst nach Jahren unter tropischer Sonne immer noch eine gepuderte Perücke trug wie ein Gentleman. Die weißen Locken bildeten einen starken Kontrast zu seiner dunklen Haut; Bellows war in der Tat eine beeindruckende Gestalt. Sie nannten ihn den Letzten der Roundsmen.«

»Roundsmen?«, fragte ich.

»Bellows war einer der letzten Seeräuber, der Roundsmen, die auf der sogenannten Piratenrunde gesegelt sind. Diese Route begann in Neuengland und führte quer über den Atlantik an die Küste von Afrika. Dann vorbei am Kap der Guten Hoffnung durch die Straße von Mosambik nach Madagaskar. Die Piraten waren absolut furchtlos«, sagte Devereaux. »Oft wagten sie sich sogar in das Rote Meer vor und passten dort die Schiffe des Mogulreichs ab. Sie haben sicher schon von der *Guns-*

way gehört. Das war ein Handelsschiff des Mogulkaisers, auf dem sich unermessliche Reichtümer befanden.«

»Was bedeutet unermesslich?«, erkundigte sich Josh.

»Unschätzbare Reichtümer. Man sagt, dass sogar der legendäre Blaue Diamant von Babur dabei gewesen sein soll.«

Josh holte tief Luft. »Der Blaue Diamant von Babur. Das klingt toll. Einen solchen Schatz hätte ich auch gern.«

»Er hat wohl auch seinen Preis«, sagte Devereaux. »Wie es heißt, liegt auf diesem Diamanten ein schrecklicher Fluch, der alle trifft, die nicht den Dämon Mammon anbeten. Der Legende nach wurden ein magischer Stein mit der Kraft der Habgier und der Blaue Diamant in einem Tempel aufbewahrt, der Mammon, dem Prinzen der Habgier, gewidmet war. In der Mitte des Tempels stand eine riesige Statue von Mammon, und der Blaue Diamant stellte sein Herz dar. Wie es heißt sind der Stein der Habgier und der Blaue Diamant für immer miteinander verbunden, und der Diamant beginnt anscheinend zu glühen, wenn er sich in der Nähe des Steins befindet.«

»Ah, ein wunderbares Märchen«, meinte Josh.

Devereaux lächelte. »Allerdings. Und das Märchen wird noch interessanter. Als Krieg herrschte, beschloss man, den Stein und den Diamanten an einen sichereren Ort zu bringen. Sie wurden mit dem Rest des Schatzes von Mammon auf ein Schiff geladen, das von Piraten überfallen wurde; der Stein und der Diamant wurden gestohlen.«

»Geht es hier etwa um Palgrave Bellows und die *Gunsway*?«, fragte Josh.

»Genau. Bellows kaperte die *Gunsway* und brachte sie zurück nach Neuengland, wo er, wie es heißt, den Schatz auf einer Insel vor der Küste von Maine versteckte. Und angeblich zeichnete er eine verschlüsselte Karte, damit niemand außer ihm den Schatz entdecken konnte.«

»Wurde der Schatz jemals gefunden?«, wollte Josh wissen.

»Nein«, erwiderte Devereaux. »Er wird heute auf etwa einhundertneunzig Millionen Dollar geschätzt.«

»Das wäre eine Suche wert«, sagte Josh.

»Vielleicht, aber das alles könnte auch nur ein Mythos sein«, sagte Devereaux. »Ein zweihundert Jahre altes Gerücht, entstanden aus dem Seemannsgarn eines verrückten Piraten und seines Tagebuchs.«

»Herrje«, stieß Josh hervor. »Ist unsere Münze wertvoll?«

»Viel Geld bekommen Sie dafür nicht, falls Sie das meinen«, erwiderte Devereaux. »Es ist nur ein Teil der Münze, und ich halte es für eine Fälschung. Kann ich das Münzfragment noch eine Weile behalten, um es näher zu untersuchen?«, fragte er Diesel. »Es interessiert mich sehr.«

»Leider nicht«, erwiderte Diesel. »Mich interessiert es nämlich auch sehr.«

KAPITEL 5

»Also, was sagt ihr?«, fragte Josh, als wir in den Wagen einstiegen. »Ein cleverer Bursche, oder?«

»Kann man so sagen.« Diesel schob sich hinter das Lenkrad.

»Ein Schatz im Wert von einhundertneunzig Millionen. Wenn ich den hätte, könnte ich aufhören, ständig wie ein Pirat zu sprechen.«

»Das kannst du auch ohne den Schatz«, entgegnete ich.

»So leicht ist das nicht«, entgegnete Josh. »Ein Mann kann sich nicht einfach von der Rolle eines Piraten lösen.«

Ich warf einen Blick auf meine Armbanduhr. »Es ist auch nicht so leicht, die Rolle einer zukünftigen Kochbuchautorin aufzugeben. Ich muss dringend einkaufen.«

»Verstehe«, sagte Josh. »Und ich werde über die Planke gehen, wenn ich zu spät zur Arbeit komme.«

»Versuch mal herauszufinden, wie das Museum in den Besitz von Holzbeins Leiche gekommen ist«, sagte Diesel zu Josh.

»Aye, aye, Captain!« Josh stieg aus dem Wagen. »Ich werde einen vollständigen Bericht liefern.«

»Arbeitest du den ganzen Tag?«, erkundigte Diesel sich.

»Nein, das Museum hat heute nur den halben Tag geöffnet. Ich helfe dort ein oder zwei Stunden, alles herzurichten. Danach verdiene ich mir ein bisschen was dazu und lasse mich auf der Straße mit Touristen fotografieren.«

Diesel sah Josh nach und drehte sich dann zu mir um. »Clara hat gesagt, in dem Holzbein wären mehrere Münzteile gewesen, wir haben aber nur eins. Ruf Nergal an und frag ihn, ob er noch weitere gefunden hat.«

Ich rief Nergal an, und nachdem wir eine Weile über Cupcakes gesprochen hatten, fragte ich ihn nach den weiteren Münzstücken.

»Tut mir leid«, sagte Nergal. »Da war nur eins. Ich habe die Leiche gründlich untersucht und außerdem von oben bis unten gescannt. Ohne Ergebnis.«

»Ich weiß nicht, was ich von der Münze halten soll«, sagte ich zu Diesel. »Meine Fähigkeit ist sehr spezifisch. Ich kann nur Vibrationen von SALIGIA-Steinen spüren, und von dem Münzfragment ging nur eine ganz leichte Schwingung aus.«

»Ich habe Abbildungen von dem Blauen Diamanten gesehen«, sagte Diesel. »Als er an der Statue angebracht wurde, hatte er eine aufwändig gearbeitete Fassung aus Silber. Palgrave Bellows war Silberschmied, und wahrscheinlich hat er die falsche Münze aus dieser Fassung hergestellt. Dann zeichnete er die Schatzkarte, die nur mithilfe der Münze gelesen werden konnte.«

»Sehr clever.«

»Musst du jetzt wirklich noch shoppen gehen, bevor du dich mit Ammon triffst?«, fragte Diesel.

»Ich glaube schon. Mein Kleiderschrank quillt nicht gerade über von Klamotten, die für ein Treffen mit einem Supermillionär geeignet wären.«

»Wohin willst du fahren?«

Ich wäre am liebsten ins Einkaufszentrum gegangen oder zumindest zu T. J. Maxx, aber da wir nicht viel Zeit hatten, gab ich mich mit der Innenstadt von Salem zufrieden.

»In der Derby Street gibt es eine kleine Boutique, in der ich möglicherweise etwas Passendes finden könnte«, sagte ich.

Zwanzig Minuten später stand ich in Unterwäsche in einer Umkleidekabine und starrte auf den Stapel von aussortierten Blazern, Röcken und Oberteilen.

Diesel klopfte an die Kabinentür. »Wie läuft's?«

»Nicht gut. In allem, was ich bisher anprobiert habe, sehe ich aus wie Miss Hathaway aus der Fernsehserie *The Beverly Hillbillies.*«

»Achtung!« Er warf eine taillierte Jacke in einem grellen Pink mit einem dazu passenden Tanktop und einen einfachen schwarzen Rock über die Tür.

Ich zog die Sachen an, und sie passten perfekt.

»Wie hast du das gefunden?«, fragte ich.

»Ich habe die Puppe im Schaufenster ausgezogen.«

Das hätte ich mir denken können. Wahrscheinlich gehörte es zu seinen vielen besonderen Fähigkeiten, Frauen auszuziehen. Ich ging mit meinen neuen Klamotten zur Kasse und belastete meine Kreditkarte bis ans Limit. Wir legten die Einkaufstüten in den Wagen und liefen zu Fuß zum Piratenmuseum hinüber, um uns bei Josh zu erkundigen, ob er etwas Hilfreiches über Holzbein Dazzle herausgefunden hatte. Ich ging wie von einem Autopiloten gesteuert neben Diesel her und dachte an das Treffen mit Ammon, als plötzlich ein Mann aus dem Piratenmuseum stürmte und mich umrannte. Wir stürzten beide auf den Gehsteig, und ich erkannte den Idioten, der mich zu Fall gebracht hatte. Es war Steven Hatchet, Wulfs Lakai.

Hatchet rappelte sich auf, rückte seinen gehämmerten Stahlhelm zurecht, nannte mich ein »dummes Frauenzimmer« und eilte die Straße hinunter.

Diesel streckte die Hand aus und half mir auf. »Alles in Ordnung?«

»Diese Beschimpfungen kenne ich bereits von ihm. Aber ich glaube, ich habe mir das Knie aufgeschlagen.«

»Mit einem Kuss auf die Wunde könnte ich sie heilen.«

»Ich trage Jeans, also wirst du damit ein Problem haben.«

»Stimmt, ich müsste dich erst ausziehen.«

»Meine Güte.«

»War ja nur ein Vorschlag.«

Die Tür zum Museum stand noch offen, und Seemannslieder schallten nach draußen. Wir betraten die Eingangshalle, und Josh kam auf uns zu.

»Ahoi, Matrosen!«, rief er. »Willkommen an Bord.«

»Ahoi«, erwiderte ich. »Ich wurde gerade von einem Trottel über den Haufen gerannt, der aus dem Museum kam.«

»Aye. Er hat sich hier auch sehr unhöflich benommen, mit seinem Schwert herumgefuchtelt und den Museumsdirektor bedroht. Er wollte unbedingt Informationen über die arme Seele im Käfig haben.«

»Was hat der Direktor ihm verraten?«

»Dass das Museum den Piraten im Käfig aus einem Spukhaus in Salem Willows bekommen hat. Wenn ihr nach weiteren Stücken der Münze sucht, solltet ihr vielleicht dort damit anfangen. Ich habe den Direktor gefragt, ob beim Eintreffen des Ausstellungsstücks Münzteile in dem Paket waren, aber er hat nichts gefunden.«

»In Salem Willows kenne ich mich nicht aus«, sagte Diesel.

»Meine Schicht ist gleich zu Ende. Ich kann euch zeigen, wie man dorthin kommt«, bot Josh an. »Das ist mein Lieblingsviertel. Und sollte dieser rothaarige unverschämte Deckschrubber dort auftauchen, werde ich ihm zeigen, wo's langgeht.«

Josh zog seine Machete und fuhr damit durch die Luft.

»Großartig«, erwiderte Diesel. »Aber sei mit der Machete im Wagen etwas vorsichtig, okay? Er ist nur geliehen.«

»Du kannst mich auf dem Weg nach Willows an der Bäckerei absetzen«, sagte ich zu Diesel.

»Auf keinen Fall«, entgegnete er. »Ich brauche dich.«

»Du hast doch Josh.«

»Ich Glückspilz.«

»Ich muss etwas mit meinem Haar anstellen«, erklärte ich.

»Dein Haar sieht großartig aus.«

»Es ist mit Kuchenglasur verschmiert.«

»Ja, das macht mich hungrig.«

»In Salem Willows kann man gut essen«, warf Josh ein.

»Na also, dann ist ja alles klar.« Diesel legte mir einen Arm um die Schulter und zog mich mit sich.

Salem Willows ist, ähnlich wie Coney Island, ein heruntergekommener Freizeitpark an der Küste; er liegt auf einer schmalen Landzunge, die sich im Nordosten der Stadt zum Beverly Harbor erstreckt. In meinen Augen wirkte die Gegend schäbig und verrucht, hatte aber einen altmodischen Charme.

»Aah!« Josh breitete die Arme aus. »Hier findet ihr die größte Sammlung von alten Flipperautomaten in ganz Massachusetts. Ein riesiger Schatz, unter anderem gehört auch der 1960 Official Baseball dazu, und als Pirat muss ich sagen, dass das der beste Spielautomat ist, der jemals erfunden wurde. Außerdem gibt es hier Skee-Ball, klassische Videospiele, Redemption-Spiele, Greifautomaten, elektromechanische Spiele, Air-Hockey, Rail-Shooter und natürlich auch *Dance Dance Revolution* und *Drummania.*«

Wir standen am Rand des Parkplatzes und ließen all das auf uns wirken.

»Wonach suchen wir eigentlich?«, fragte Diesel.

»Nach dem Schreckenskabinett des Dr. Caligari«, erwiderte Josh. »Das verfallene Haus steht im Windschatten der Arkade.« Er hob den Kopf und atmete tief ein. »Mich dünkt, ich rieche etwas Schmackhaftes, und ich sehne mich nach einem guten Happen.«

Diesel gab ihm einen Zwanzig-Dollar-Schein. »Lizzy

und ich gehen zum Horrorkabinett, und du kümmerst dich um etwas zu essen. Und wenn du nicht aufhörst, wie ein Pirat zu sprechen, bekommst du eins aufs Maul.«

»Okay, gut zu wissen«, murmelte Josh.

Am Eingang des Schreckenskabinetts stand ein großer Mann ohne Kopf und verkaufte Eintrittskarten. Sein Kopf lag neben seinen Füßen auf dem Boden, und ich konnte seine Augen durch das Netzteil an seinem T-Shirt sehen.

»Der Eintritt kostet drei Dollar pro Kopf«, sagte der Mann zu Diesel.

»Tatsächlich? Pro Kopf?«, fragte Diesel.

»Die Ironie daran ist mir nicht entgangen«, erwiderte der Kopflose.

Diesel kaufte drei Eintrittskarten und erkundigte sich nach dem Manager.

»Und wer will ihn sprechen?«

»Ich.«

Der kopflose Mann hob ein Walkie-Talkie an seine Brust. »Spencer, hier ist jemand, der dich sehen will. Geschäftlich.«

Aus dem Funksprechgerät ertönte eine verzerrte Stimme. »Schick ihn rein.«

Der Kopflose hob den Daumen und deutete auf die Tür. »Er ist irgendwo da drin.«

Josh rannte auf uns zu und reichte uns Corn Dogs.

»Fleisch am Stiel. Mein Lieblingsgericht«, sagte Diesel.

Ich biss hinein. Zuerst hatte ich das Gefühl, heißen Sand im Mund zu haben, doch als ich auf das Würstchen biss, schmeckte es gar nicht schlecht.

»Lasst nichts von dem Essen fallen«, ermahnte uns der Kopflose. »Wir wollen nicht noch größere Probleme mit den Ratten bekommen, als wir ohnehin schon haben.«

Er drückte auf einen Knopf, und die Eingangstür öffnete sich und schloss sich hinter uns wieder. Im Inneren war es stockfinster, und der Soundtrack eines alten Horrorfilms schallte uns entgegen. Lichtblitze zuckten durch den Raum. Die Wände waren blutbespritzt, und auf einem Sofa lag, malerisch platziert, eine verstümmelte Leiche. Daneben stand eine vermummte Gestalt.

Diesel sah den Mann mit der blutigen Kapuze an. »Sind Sie der Manager?«

»Nein. Er ist hinten«, antwortete er. »Er spielt heute den Killer-Clown. Der Kerl, der das normalerweise macht, hat eine Lebensmittelvergiftung. Wahrscheinlich findet ihr ihn bei der Grusel-Geburtsparty.«

Wir gingen um die Ecke und betraten ein Esszimmer, in dem ein paar Leichen am Tisch saßen. In der Mitte prangte ein skelettierter Truthahn, und über dem Tisch hing ein Transparent mit der Aufschrift »HAPPY THANKS-KILLING«.

»Was kommt als Nächstes?«, fragte ich. »›Happy Horror-ween‹? ›Merry Christ-massacre‹?«

»Oder ›Happy Kill-umbus Day‹?«, schlug Josh vor.

»›Slasher Wednesday‹«, fügte ich hinzu.

»Seid ihr fertig?«, fragte Diesel.

»Ich glaube schon. Nein, warte. ›Und täglich grüßt der Werwolf‹?«

Wir gingen durch das Spiegelkabinett und gelangten in den Raum, wo der Kindergeburtstag gefeiert wurde. Die

Szene war eher eklig als gruselig. Die Luftballons waren blutverschmiert, an den Luftschlangen hingen Ameisen und Spinnen, und aus einer verschimmelten Geburtstagstorte streckte eine elektronisch gesteuerte Ratte den Kopf. Auf dem Tisch saß eine zerbrochene Puppe; ihr verbliebenes Auge funkelte im Kerzenlicht. Hinter der Puppe stand ein fetter Clown. Sein Gesicht war weiß geschminkt, und die Augen waren mit aufgemalten schwarzen Tränen umrandet. Er trug eine rote Nase und eine schmutzige, zottelige orangefarbene Perücke, und sein Bauch sprengte beinahe das Clownskostüm. Er sah aus wie ein Clown, der zu viele Schweinekoteletts gegessen hatte.

»Sind Sie der Manager?«, fragte Diesel.

»Ja. Ich bin Spencer Rossitto. Sie wollten mich sprechen?«

»Ich interessiere mich für die Herkunft eines Piratenskeletts, das Sie an das Piratenmuseum in Salem verkauft haben.«

»Darüber weiß ich nicht viel. Es hing schon immer hier in der Folterkammer. Seit ewigen Zeiten. Na ja, zumindest seit ich hier bin. Das heißt, seit den achtziger Jahren, und mir kommt das wie eine Ewigkeit vor.«

»Warum haben Sie es verkauft?«

»Das Piratenmuseum hat mir ein gutes Angebot gemacht. Dafür bin ich immer zu haben. Sehen Sie etwas, das Sie kaufen wollen? Dann nennen Sie mir einen Preis.«

»Wir könnten vielleicht mit einer Münze ins Geschäft kommen«, sagte Diesel. »Sogar mit einem Münzfragment. Haben Sie so etwas?«

»Vielleicht. Ich besitze eine Menge Münzen. Wonach genau suchen Sie?«

»Nach einem Stück einer Real-Silbermünze. Auf einer Seite ist ein Bild von Carlos III. abgebildet.«

»Ich bin Geschäftsmann«, erwiderte der Clown. »Wie viel ist ein solches Münzstück derzeit wert?«

Plötzlich ertönte Geschrei, und wir hörten, wie jemand durch den Gang rannte. Als wir uns zur Tür umdrehten, stürmte Hatchet mit gezogenem Schwert herein.

»Haltet inne, ihr primitiven, unbedeutenden Geschöpfe!«, brüllte er. »Gebt die Münze heraus, bevor ich jeden Einzelnen von euch entzweischlage und eure Eingeweide zertrample.«

Josh zog seine Machete hervor und richtete sie auf Hatchet. »Weicht zurück, oder Ihr werdet meine scharfe Klinge zu spüren bekommen.«

Hatchet trug eine grüne Strumpfhose, gelbe Nike-Sneaker und ein weißes mittelalterliches Bauernhemd mit einem braunen Wams. Josh hatte schwarze Überschuhe in Stiefelform à la Jack Sparrow über seine Converse Sneaker gezogen, trug eine rot-schwarz gestreifte Hose, ein weißes Hemd mit Ballonärmeln und eine schwarze Weste. Ich kam mir vor wie bei einer Modenschau für komplett Übergeschnappte.

Hatchet musterte Josh mit zusammengekniffenen Augen. »Wer seid Ihr?«

Josh warf Diesel einen Blick zu.

»Nur zu«, ermunterte Diesel ihn.

»Ich bin ein amerikanischer Freibeuter«, sagte Josh. »Und wer seid Ihr?«

»Hatchet ist der treue Diener seines Herrn und Meisters.« Hatchet fuchtelte mit seinem Schwert vor Joshs Nase herum. »Wollt Ihr einen Schwertkampf mit mir wagen, erbärmlicher Wicht?«

»Aye, Sir, und ich werde Euch vom Bauch bis zum Kinn aufschlitzen.« Drohend hob Josh seine Machete.

Hatchet schwang sein größeres, schwereres Breitschwert. Joshs Machete war zwar kurz, aber in einem gefährlichen Winkel gebogen. Was ihr an Länge fehlte, machte sie möglicherweise durch die leichtere Handhabung wett, dachte ich.

»Mich dünkt, Ihr habt keine Ahnung vom Schwertkampf«, sagte Hatchet herausfordernd zu Josh.

»Und mich dünkt, Ihr seid ein Narr«, erwiderte Josh. »Ich habe einen Fechtkurs am North Shore Community College besucht.«

Hatchet ließ sein Schwert ein paar Zentimeter sinken. »Und wie habt Ihr abgeschlossen?«

»Traurigerweise litt der gute und ehrenwerte Bukanier während der Abschlussprüfung an einer Grippe und bekam daher nur die Note mangelhaft.«

»Das erscheint mir ungerecht«, meinte Hatchet.

»Aye. Vieles auf dieser Welt ist ungerecht.«

»Das führt doch zu nichts«, mischte Diesel sich ein. »Vielleicht solltet ihr zwei draußen weitermachen, damit wir uns hier um unsere Geschäfte kümmern können.«

»Euch werde ich zuerst erschlagen.« Hatchet drehte sich zu Diesel um.

»Verschwinde, oder ich verwandle dich in eine Kröte«, erwiderte Diesel.

»Kannst du das?«, fragte ich.

Er grinste. »Ich müsste mir zuerst eine Genehmigung dafür einholen.«

Hatchet stürzte sich auf Diesel, und Josh verpasste ihm mit der flachen Seite der Machete einen Schlag auf den Hinterkopf. Hatchet stolperte, fiel auf die Knie und furzte.

»Mich dünkt, ich musste einen Wind fahren lassen«, sagte Hatchet. »Ich bitte aufrichtig um Entschuldigung.«

Wir traten alle einen Schritt zurück und fächelten uns Luft zu. Spencer stieß versehentlich gegen mich, und ich spürte plötzlich ein Vibrieren.

»Der Clown vibriert«, sagte ich zu Diesel.

Diesel packte Spencer und schob die Hand in eine der großen Taschen seiner ausgebeulten karierten Clownshose.

»Hey, wenn ich schon begrapscht werde, dann lieber von dem Mädchen«, protestierte der Clown.

Diesel holte ein bisschen Wechselgeld, ein paar Hustenbonbons und einen Schlüsselbund aus der Tasche. »Sie können von Glück sagen, dass Sie nicht von meinem Affen durchsucht werden.«

»Im Ernst? Sie haben einen Affen?«, fragte Spencer. »Dreht er auch an der Orgel?«

»Tun wir das nicht alle?« Diesel nahm sich die zweite Hosentasche vor und hielt kurz darauf ein wie ein Tortenstück geformtes Münzfragement in der Hand. »Was können Sie mir darüber sagen?«

»Es ist aus dem Käfig gefallen«, erwiderte Spencer. »Aus dem Käfig, in dem die Leiche war. Als ich ihn auf den Laster geladen habe, sah ich dieses Teil auf dem Boden liegen. Ich habe gedacht, es sei wertlos, und habe es als Glücksbringer behalten.«

Diesel warf mir das Stück zu. Als ich es mit einer Hand auffing, spürte ich sofort eine Schwingung.

»Das ist der zweite Teil der Münze«, sagte ich.

Plötzlich ging das Licht aus, und es herrschte absolute Finsternis. Ich spürte, wie jemand den Arm um meine Taille schlang, dann wurde ich hochgehoben und mühelos durch den Raum getragen. Wulfs Stimme an meinem Ohr war so leise, dass ich sie kaum hören konnte.

»Du spielst immer noch im falschen Team«, flüsterte er mir zu. »Das wird kein gutes Ende für dich nehmen.«

Er roch leicht nach Nelken und Holzrauch. Seine Lippen streiften meinen Hals; mir lief ein Schauer über den Rücken, und mir wurde mit einem Mal sehr heiß. Seine Hand schloss sich um meine, und plötzlich war die Münze weg.

»Hey!«, protestierte ich.

Ein Blitz zuckte auf, und kurz darauf ging das Licht wieder an.

Wulf war verschwunden, aber Hatchet war immer noch bei uns. Er hob den Kopf und schnupperte.

»Mein Herr und Meister?«, sagte er.

»Er ha… hat mir die Mü… Münze we… weggenommen«, stotterte ich.

Diesel stemmte die Hände in die Hüften. »Mit dieser Nummer sollte er in Las Vegas auftreten.«

KAPITEL 6

Martin Ammons Anwesen in Marblehead Neck lag nur zehn Minuten von meinem Haus entfernt, und ich würde pünktlich dort ankommen. Ich hatte fast die gesamte Glasur aus meinem Haar gekämmt und meine neuen Klamotten angezogen. Außerdem hatte ich mir die Mühe gemacht, ein wenig Wimperntusche und Lipgloss aufzutragen. Ich hatte ein flaues Gefühl im Magen, und mein linkes Augenlid zuckte vor Nervosität. Die Tankanzeige in meinem Wagen zeigte null an, aber das rote Licht brannte noch nicht, also schaffte ich es wohl bis nach Neck und wieder zurück.

The Neck war früher einmal eine Insel gewesen, aber nun war sie durch einen Damm mit dem Festland verbunden. Am Hafen gibt es etliche Jachtklubs, und dahinter befindet sich eine luxuriöse Wohngegend. Die Grundstücke mit Seeblick sind sehr teuer, und hier wohnte Ammon. Sein riesiges Steinhaus mit den vielen Schornsteinen und Türmchen war zum Teil hinter einer hohen Mauer verborgen. Ich hielt vor dem aufwändig verzierten schmiedeeisernen Tor. In der Mitte war eine Tafel mit der Aufschrift CUPIDITAS, und neben der Auffahrt blinkte das rote Licht einer Gegensprechanlage.

»Lizzy Tucker. Ich möchte gern zu Martin Ammon«, sprach ich in das Kästchen.

Das Tor schwang langsam auf, und ich fuhr hinein und parkte in der kreisrunden Auffahrt. Ein Mann in einem marineblauen Sakko, einem frisch gebügelten weißen Hemd und einer roten Krawatte mit dem Ammon-Logo öffnete die massive Haustür. Ich traute mich nicht, ihn zu fragen, ob er der Butler sei, denn hätte er mit Ja geantwortet, wäre ich womöglich vor lauter Nervosität in Gelächter ausgebrochen.

Er war etwa Mitte dreißig, leicht übergewichtig und ungefähr eins achtzig groß. Sein mausgraues Haar trug er auf altmodische Weise streng zurückgekämmt und auf der Seite gescheitelt. Er hatte haselnussbraune Augen, kurze Wimpern und dünne Augenbrauen. Dicke Lippen und eine Nase, die für sein Gesicht ein wenig zu klein wirkte. Wäre ich ihm auf der Straße begegnet, hätte ich ihn für Schweinchen Schlau in einem Blazer gehalten.

»Mein Name ist Rutherford.« Er lächelte breit und entblößte sein breites Gebiss. »Ich bin Mr Ammons ergebener Assistent.«

Ergebener Assistent? Okay, das klang eigenartig. Was sollte das heißen? Ging es um Liebe? Um eine sexuelle Beziehung? Oder sah er sich als Sklave seines Herrn und Meisters?

»Mr Ammon erwartet Sie bereits. Hier entlang bitte.«

Er führte mich eine mit rotem Teppich ausgelegte Treppe hinauf und durch einen mit Kirschholz getäfelten Gang zu einer zweiflügeligen Tür, die mich an *Downton Abbey* erinnerte.

»Das ist Mr Ammons Arbeitszimmer«, erklärte Rutherford. »Es ist sein Privatbereich, und nur wenige Menschen haben das Privileg, ihn betreten zu dürfen. Sie müssen etwas ganz Besonderes sein. Wie ich gehört habe, haben Sie Mr Ammon ein Kochbuch zur Ansicht geschickt.«

Die Aussicht, dass mein Kochbuch möglicherweise veröffentlicht werden würde, raubte mir fast den Atem. Das Geld, das ich dafür bekommen würde, brauchte ich dringend. Mein Hausdach musste neu gedeckt werden, und mein Auto war schrottreif. Diesel hatte das Kochbuch und die Cupcakes als Trick benutzt, um mich bei Ammon einzuschleusen, aber was, wenn Ammon mein Buch tatsächlich gefiel? Okay, bleib ruhig, befahl ich mir. Natürlich wäre es großartig, wenn mein Buch auf den Markt käme, aber ich durfte den eigentlichen Grund meines Besuchs nicht aus den Augen verlieren. Ich musste Diesel helfen, den Stein zu finden, damit ich mein Leben in Ruhe weiterführen konnte. Also musste ich die Karte und das Tagebuch aufspüren. Konzentrier dich, Lizzy!

Das Arbeitszimmer war riesig, und an jeder Wand stand ein Bücherregal. Auf dem glänzenden dunklen Holzboden lagen orientalische Teppiche. Die Möbel sahen bequem aus. Dick gepolsterte Klubsessel. Sofas aus dunkelbraunem Leder. Ein Schreibtisch von der Größe eines Doppelbetts. Na gut, das war vielleicht ein wenig übertrieben, aber nur ein bisschen.

In den Sims des großen, massiven Kamins waren eine schwarze Rose und darunter ein lateinischer Spruch eingraviert. Und darüber hing ein gerahmtes Pergament. Es schien Ammon sehr wichtig zu sein, da es in dem Zimmer einen Ehrenplatz erhalten hatte.

»Was ist das?«, fragte ich Rutherford.

»Das ist eine Schatzkarte«, antwortete er. »Mr Ammon ist sehr an Geschichte interessiert.«

Ich horchte auf. Möglicherweise war das die Karte, die wir suchten.

»Es sieht nicht aus wie eine Schatzkarte«, bemerkte ich. »Das Ding ist rund.«

»Ja, das ist das Ungewöhnliche daran. Die Karte ist einzigartig. Und bisher hat sie den Schatz noch nicht preisgegeben, aber Mr Ammon hofft sehr, den Code eines Tages knacken zu können.«

Verdammt, war ich gut, oder nicht? Ich war soeben erst angekommen und hatte wahrscheinlich schon die Karte entdeckt.

Auf der gegenüberliegenden Seite lag eine Terrasse mit spektakulärem Blick auf den Atlantik. Dort stand Martin Ammon. Sein strahlendes Lächeln, bei dem seine weißen Zähne blitzten, hatte er entweder ausgezeichneten Genen oder einem hervorragenden Zahnarzt zu verdanken. Sein schmales Gesicht war mit Selbstbräuner getönt, und in seinen blassblauen Augen lag ein beunruhigender Ausdruck. Sein gekräuseltes, blond gebleichtes Haar war sorgfältig über die bereits schütteren Stellen gekämmt. In seiner Online-Biografie wurde sein Alter mit zweiundfünfzig angegeben. Er war schlank und nicht besonders groß. Er trug teure italienische Lederschuhe und einen grauen Anzug. Das Jackett hatte er lässig auf einen Korbsessel geworfen. In der maßgeschneiderten Weste und dem blauen Hemd mit den aufgerollten Ärmeln sah er aus wie ein Filmstar, der gerade eine Pause zwischen zwei Aufnahmen einlegte. Eher wie Christopher Walken als wie George Clooney.

Ammon stand neben einem Bistrotisch mit Glasplatte. Darauf lag ein Stapel Blätter mit Eselsohren, und ich befürchtete, dass es sich um mein Manuskript handelte. Selbst aus dieser Entfernung sah ich, dass die erste Seite so rot war, dass sie an ein auf der Straße überfahrenes Tier erinnerte.

»Vielen Dank, dass Sie sich auf den weiten Weg hierhergemacht haben«, begrüßte er mich. »Ich habe ein Büro in Salem, aber ich benutze es nur selten. Hier in Cupiditas kann ich besser und effizienter arbeiten.«

»Kein Problem. Es ist ein wundervolles Haus. Ich verstehe sehr gut, warum Sie es ungern verlassen.«

»Tatsächlich bin ich nur hin und wieder hier. Es war ein glücklicher Zufall, dass mich Ihr Manuskript erreicht hat, während ich mich gerade hier aufhielt.«

Mein Herz machte einen Sprung. Er hatte von einem glücklichen Zufall gesprochen! Das hörte sich gut an!

»Also gefällt Ihnen mein Buch?«, fragte ich.

Er warf einen Blick auf den Papierstapel auf dem Tisch. »Nein, es gefällt mir nicht. Ich finde es schrecklich. Lächerlich. Das gesamte Konzept. Wer will schon heiße Jungs beim Kochen sehen? Ich nicht. Kein Mann will das. Und Frauen wollen das auch nicht. Sie wollen alle jemandem beim Kochen zuschauen, der so ist wie sie selbst.«

Mein Projekt war schon oft abgelehnt worden, aber die entsprechenden Bemerkungen waren im Vergleich zu dieser Kritik noch freundlich gewesen. Ich hatte das Gefühl, als hätte er mir mit einer Bratpfanne ins Gesicht geschlagen. Was kümmerte mich die Karte, das Tagebuch oder dass ich die Welt retten sollte … Ammons Worte hatten mich tödlich beleidigt. Ich atmete tief durch und versuchte, mit fester Stimme zu antworten.

»Habe ich das richtig verstanden? Sie haben mich hierherbestellt, um mir zu sagen, dass Sie mein Buch furchtbar finden?«

»Ja, dieses Buch ist Müll.«

Er hob das Manuskript auf und schleuderte die Seiten über die Brüstung. Sie flatterten kurz in der Brise, wirbelten herum wie Flocken in einem Schneesturm und landeten auf dem Boden. Rutherford und zwei Hausmädchen in grauen Kleidern mit weißen Schürzen rannten auf den Rasen, sammelten die Manuskriptseiten auf und stopften sie in Mülltüten. Ich beobachtete sie, vor Schreck erstarrt, und innerhalb weniger Minuten schien es mein Manuskript nie gegeben zu haben.

»Oh mein Gott«, stöhnte ich.

»So ist es viel besser«, verkündete Ammon. »Jetzt können wir ganz von vorn beginnen. Das Buch wollte ich nicht, aber ich will *Sie*. Das Konzept hat mir nicht gefallen, aber Ihren Schreibstil finde ich wundervoll. Mit Ihrer Art machen Sie das Kochen zu einem Erlebnis. Das ist fantastisch. Unterhaltsam. Witzig. Und sexy. Der Leser bekommt das Gefühl, neben Ihnen in der Küche zu stehen und Ihnen dabei zuzusehen, wie Sie unverschämt gute Gerichte kreieren. Ich möchte ein neues Konzept entwerfen. Wir werden nicht nur ein Buch veröffentlichen, sondern *Sie* vermarkten. Wir machen aus Lizzy Tucker eine Marke. Lizzy Tucker wird in diesem Millennium die neue Martha Stewart, Rachael Ray und Julia Child in einer Person.«

»Das klingt nach ziemlich viel für eine Person.«

»Das ist nur der Anfang. Wir werden Sie weltweit ins Fernsehen bringen. Sie werden berühmter sein als der Weihnachtsmann.«

»Ich glaube nicht, dass ich so berühmt werden möchte. Und ehrlich gesagt bin ich mir nicht sicher, ob ich die Zeit aufbringen werde, um ein neues Kochbuch zu schreiben.«

»Es geht nicht nur ums Kochen. Wenn Sie keine Zeit für ein neues Buch haben, engagiere ich jemanden, der es für Sie schreibt. Hier geht es um Wäschekörbe und Schongarer von Lizzy Tucker. Und um Lizzy-Tucker-Wein. Ich besitze ein Weingut in Neuseeland, das dringend eine Marke braucht.«

»Darüber muss ich erst nachdenken.«

»Ich gebe Ihnen fünfhunderttausend Dollar Vorschuss.«

Ich hob beide Daumen. »Fangen wir an.«

Martin Ammon warf einen Blick auf seine Armbanduhr. »Ich habe noch eine Stunde Zeit, bevor ich mich für eine Dinner-Verabredung umziehen muss«, sagte er. »Wir können die Zeit nutzen, um uns über Ihre Lebensgeschichte zu unterhalten. Meine Abteilung für Marketing und Werbung hat bereits ein wenig Vorarbeit geleistet: Sie sind eine aufgeweckte junge Frau, die sich in eine große Stadt wagt, um dort eine angesehene Kochschule zu besuchen; allerdings muss sie sie leider wegen sexueller Belästigung vorzeitig wieder verlassen.«

»Ich habe aber dort einen Abschluss gemacht, und ich bin nie sexuell belästigt worden.«

»Wir sollten die Wahrheit ein wenig zurechtbiegen. Sexuelle Belästigung kommt immer gut an.«

»Ich glaube nicht, dass ich da mitmachen will.«

»Kein Problem, dann lassen wir die sexuelle Belästigung weg und fangen damit an, dass Sie Dazzle's Bakery gerettet haben. Nur aufgrund Ihrer magischen Cupcakes ist die Bäckerei jetzt so erfolgreich.«

»Sie lief auch ohne mich sehr gut.«

»Das drehen wir redaktionell schon hin.«

»Warum ich?«, wollte ich wissen.

»Wie ich Ihnen bereits gesagt habe, gefällt mir Ihr Schreibstil. Und Sie sind ein süßes Mädchen und werden sich im Fernsehen großartig machen. Bei Ihnen stimmt das Gesamtpaket. Sie sind die Doris Day des einundzwanzigsten Jahrhunderts.«

»Da kann ich mich wohl glücklich schätzen.«

»Allerdings«, erwiderte Martin Ammon.

Er beugte sich zu mir vor und kniff seine merkwürdig blassblauen Augen leicht zusammen. »Wir werden viel Zeit miteinander verbringen, Lizzy Tucker. Ich werde alles über Sie erfahren – vor mir ist keines Ihrer Geheimnisse sicher.«

Hilfe.

»Und jetzt habe ich eine Überraschung für Sie.«

Mist, ich wollte keine weiteren Überraschungen.

Ammon ging zu einem aufwändig gearbeiteten Servierwagen für Besteck und Gläser hinüber. Darauf stand eine Blechdose, auf der, wie ich jetzt merkte, mein Foto abgebildet war. Darunter stand in goldfarbenen und schwarzen Buchstaben LIZZY TUCKERS LECKEREIEN. Ammon öffnete den Deckel und nahm einen Keks heraus.

»Schoko-Minz-Plätzchen«, erklärte er und hob den Keks in die Höhe. »Von Seite 101 Ihres Manuskripts. Als ich das Rezept gelesen hatte, musste ich sofort ausprobieren, ob sie wirklich so lecker schmecken, wie es sich anhört.«

»Sie haben sie selbst gebacken?«

»Unsinn. Natürlich habe ich sie meinen Koch backen lassen. Aber ich habe ihm aufgetragen, sich genau an das Rezept zu halten, nichts hinzuzufügen und nicht zu improvisieren.« Er biss ein Stück ab. »Fantastisch«, schwärmte er. »Mit diesen Keksen werden wir unsere Produktlinie starten.« Er lächelte so strahlend, dass ich beinahe geblendet wurde. »Lizzy Tucker, Sie werden reicher sein, als Sie sich in Ihren kühnsten Träumen je vorstellen konnten. Wir werden ein unschlagbares Team sein.«

Das hörte sich nicht schlecht an. So etwas hatte sich Diesel doch vorgestellt, richtig?

Ich zwang mich zu einem Lächeln. »Ja, wir werden ein Team sein.«

»Noch ein letzter Punkt«, fuhr er fort. »Diese Cupcakes. Ich hätte Ihrem Kochbuch wahrscheinlich keine Aufmerksamkeit geschenkt, wenn ich diese Cupcakes nicht probiert hätte. Sie schmecken hervorragend. Und sie machen mich glücklich. Das sind die besten Cupcakes, die ich jemals gegessen habe, und ich darf behaupten, ein Cupcake-Experte zu sein. Ich habe meinen Koch angewiesen, die Cupcakes nach Ihrem Rezept zu backen, aber sie schmeckten anders. Haben Sie eine bestimmte Zutat ausgelassen?«

»Ja, die Magie.«

Als ich nach Hause kam, waren Diesel und Carl in meiner Küche und aßen Kekse. Diesel ließ sich Oreos Double schmecken und Carl Fig Newtons.

»Wie ist es gelaufen?«, fragte Diesel.

»Ganz gut, schätze ich. Es war irgendwie komisch. Ganz anders, als ich es erwartet hatte.«

»Wie meinst du das?«

»Er fand das Konzept meines Kochbuchs grauenhaft, aber ihm gefiel meine Art zu schreiben. Und er findet mich süß.«

»Und?«

»Er hat mir einen Haufen Geld angeboten.«

»Und was sollst du dafür tun?«

»Das Kochbuch neu schreiben.«

»Das hört sich nicht schlecht an.«

Ich nahm mir ein paar von Diesels Oreos. »Ich habe kein gutes Gefühl dabei. Und ich mag ihn nicht. Er ist mir unheimlich.«

»Wie ich gehört habe, kann ihn niemand leiden.«

»Doch, sein Butler schon.«

»Er hat einen Butler?«

»Na ja, ich weiß nicht so genau, welche Stellung dieser Typ bei ihm hat. Sein Name ist Rutherford, und er hat sich mir als Ammons ergebener Assistent vorgestellt. *Ergeben*. So als wäre es sein Lebenszweck, Ammon die Füße zu küssen.«

Carl aß den letzten Fig Newton und starrte in die leere Tüte. Er drehte sie um und schüttelte sie, aber es fielen keine Kekse mehr heraus. Er warf Diesel einen Blick zu und schüttelte die Tüte noch einmal.

»Du hast sie alle aufgefuttert«, erklärte Diesel ihm. »Es sind keine mehr da.«

»Iihp«, stieß Carl hervor und zeigte Diesel den Stinkefinger.

Ich nahm mir noch einen Keks aus Diesels Tüte. »Ich glaube, ich habe die Schatzkarte gesehen. Sie hing in Ammons Arbeitszimmer über dem Kamin. Das Büro liegt im ersten Stock und hat eine herrliche Terrasse mit Blick auf das Meer.«

»Und das Tagebuch?«

»Nein. Und ich hatte auch keine Gelegenheit, es bei unserem Gespräch zu erwähnen.«

»Clara bringt uns morgen zu ihrem Großvater. Ich hoffe, dass er seinen Teil der Münze noch besitzt.«

KAPITEL

7

Kurz vor ein Uhr schlenderte Diesel in die Bäckerei. Clara hatte gerade ihre Arbeitsfläche geschrubbt, und ich packte die übrig gebliebenen Muffins in eine Tüte.

»Ich brauche ein paar Minuten, um mir etwas Frisches anzuziehen, dann können wir fahren«, sagte Clara zu Diesel.

Clara wohnte in dem kleinen Apartment über dem Laden, also war es kein Problem für sie, sich rasch umzuziehen. Bei mir war es noch einfacher. Ich streifte meine Schürze ab, zog den Kittel aus und stampfte ein paar Mal auf, um das Mehl von meinen Sneakern abzuschütteln.

»Kommst du allein klar?«, fragte ich Glo.

»Klar«, versicherte sie mir. »Ich habe meinen Besen mitgebracht – er leistet mir Gesellschaft. Und Clara kommt sicher rechtzeitig zurück, um den Laden abzuschließen.«

Ich ging mit Diesel nach draußen und starrte auf den grell orangefarbenen Dodge Charger, der vor der Bäkkerei geparkt war.

»Ist das dein Wagen?«, fragte ich.

»Ja.«

»Was ist mit dem SUV passiert?«

»Keine Ahnung. Meine Autos kommen und gehen.«

»Das ist höchst merkwürdig.«

»Nicht merkwürdiger als alles andere in meinem Leben.«

Clara verließ das Haus durch ihren privaten Eingang.

»Gramps ist heute im Salem Aquarium«, sagte sie. »Seine Pflegerin bringt ihn einmal in der Woche dorthin.«

Das Salem Aquarium war ein hübsches kleines Ozeanarium am geschäftigen Hafen von Salem. Es war in einer alten Brauerei untergebracht; dort, wo früher die Sudkessel und die Gärtanks gestanden hatten, befanden sich nun Korallenriffe und Haifischbecken.

Claras Großvater saß auf seinem Elektromobil und beobachtete die Haie und Stachelrochen. Seine spärlichen dünnen weißen Haarsträhnen waren quer über den Scheitel gekämmt, seine Haut war hell und faltig, und er hatte eine gekrümmte Haltung, seine Nase glich dem Schnabel eines Adlers. Er sah aus wie Mr Burns aus *Die Simpsons*. Er trug einen Trainingsanzug aus dunkelblauem Velours und hatte die Hose bis unter die Achselhöhlen nach oben gezogen. Im Augenblick kam er offensichtlich ohne zusätzlichen Sauerstoff aus, aber in seinem an dem Scooter befestigten Korb lag ein Sauerstoffgerät mit Maske für den Notfall bereit. Auf einer Bank neben ihm saß eine Südamerikanerin.

Clara ging auf die Frau zu.

»Hi, Benita. Wie geht es ihm heute?«

»Er hat mich gefragt, ob ich ihn heiraten will. Er hat gesagt, er hat Frühlingsgefühle.«

»Und? Wirst du ihn heiraten?«

»Auf keinen Fall. Der Mann würde mich ins Grab bringen.«

Clara wandte sich an ihren Großvater. »Hallo, Gramps. Wie geht's dir?«

»Ich bin ein bisschen deprimiert. Benita will mich nicht heiraten.«

»Hat er seine Medikamente genommen?«, erkundigte sich Clara bei Benita.

»Ja, Ma'am. Sonst wäre er sicher schon mit seinem Stock auf Sie losgegangen.«

»Das ist eine Lüge«, protestierte Claras Großvater. »Hübsche Mädchen schlage ich nicht.« Er deutete auf Diesel. »Ihm würde ich sofort die Fresse polieren. Er sieht nach Ärger aus.«

»Das sind meine Freunde Lizzy und Diesel«, erklärte Clara. »Sie wollten etwas über Collier von dir wissen.«

»Collier ist tot«, sagte er. »Mausetot. Er fehlt mir hin und wieder, aber zumindest muss ich mir nicht mehr dieses verdammte Gedicht anhören. Er hat darauf bestanden, dass ich es auswendig lerne. Bevor er verschwunden ist, hat er mich beinahe jeden Tag zum Hafen geschleppt und mich dazu gezwungen, es aufzusagen. Der Mann hat in seinem ganzen Leben kein einziges Buch gelesen, aber er war wie besessen von diesem Gedicht:

Ich muss zurück auf das weite Meer,
wo die See so einsam und der Himmel so weit.
Ich brauche nur ein großes Schiff
und ein helles Licht zum Geleit.
Ich muss zurück auf das weite Meer,

wo das Leben so schillernd und frei,
wo die Seeschwalbe fliegt und der Wal mit mir schwimmt,
wo der Wind den Atem mir nimmt.

Das Gedicht hat sicher irgendetwas zu bedeuten, aber ich habe keinen blassen Dunst, was er mir damit sagen wollte.«

»Hat er Ihnen jemals etwas über den Schatz erzählt, den er gesucht hat?«, fragte Diesel.

»Ja, er hat manchmal darüber gesprochen, mir aber nicht viel verraten. Einmal hat er mir zwei Stücke von einer spanischen Münze mitgebracht. Er hat mir eingeschärft, sie wie meinen Augapfel zu hüten. Und er meinte, sie würden mir Glück bringen. Wahrscheinlich hatte er recht, denn ich bin tatsächlich zu Geld gekommen. Ich habe an der Börse spekuliert und ein Vermögen gemacht. Natürlich habe ich alles wieder verloren, als ich ein Sumpfgebiet in Florida gekauft habe. Aber dann habe ich in GM investiert. Wieder eine Menge Geld gemacht. Und wieder alles verloren. Und dann noch ein Vermögen bei dot.com bubble in den Sand gesetzt.«

»Noch etwas?«, fragte Diesel und grinste belustigt.

»In den Sechzigern habe ich ein Broadwaystück produziert. Und damit einen Flop gelandet. Aber in den Achtzigern wurde das Stück verfilmt und hat ordentlich die Kassen gefüllt. Meinen Gewinn habe ich diesem Aquarium gespendet, damit ich hier die Haie beobachten kann.« Er deutete auf das Becken, in dem ein Tigerhai um eine Schatzkiste kreiste, die auf dem künstlich geschaffenen Meeresgrund im Sand stand. »Den habe ich Smiley getauft«, fügte er hinzu.

»Wo sind die spanischen Münzstücke jetzt?«, fragte Diesel.

»Sie schauen gerade darauf«, erwiderte Gramps. »Collier hat immerzu über Schatzkisten geredet, also habe ich eine anfertigen lassen, die beiden Münzstücke hineingelegt und die Truhe in dieses Becken stellen lassen. Mit genug Geld kann man sich eine solche Gefälligkeit leicht erkaufen. Jetzt befinden sich die Münzfragmente auf dem Boden eines Haifischbeckens, geschützt von viel Wasser und Haifischkacke.«

Diesel betrachtete das Elektromobil. »Tolles Gerät.«

»Ich habe den Scooter nach meinen Wünsche lackieren lassen«, erklärte Claras Opa. »Die Frauen stehen drauf.«

Das Elektromobil war feuerrot mit aufgesprühten gelben und orangefarbenen Flammen.

»Außerdem habe ich ihn frisieren lassen«, fügte er hinzu. »Mit diesem Baby schaffe ich vierundzwanzig Stundenkilometer. Ehrlich gesagt brauche ich das Ding gar nicht, aber es verschafft mir eine Menge Aufmerksamkeit. Und Benita muss rennen, um Schritt zu halten. Ich schaue ihr gern beim Laufen zu, weil ihre Brüste dabei so schön auf und ab hüpfen.«

Claras Opa rollte davon, um sich die Pinguine anzuschauen, und Benita folgte ihm. Diesel, Clara und ich blieben am Haifischbecken stehen.

»Das Problem ist das Wasser.« Diesel starrte auf die Schatztruhe am Grund des Beckens.

»Ich halte eher die Haie für das Problem«, meinte Clara.

Diesel schüttelte den Kopf. »Die Haie sind harmlos. Sie bekommen genug zu fressen. Wenn ich mich beeile, lassen sie mich in Ruhe. Auf dem Schild steht, dass sie um halb vier wieder gefüttert werden. Das ist in zehn Minuten. Wenn ich dann in das Becken gehe, wird es niemandem auffallen. Vor allem nicht, wenn ihr beide ein wenig Unruhe stiftet und dafür sorgt, dass sich alle von dem Becken abwenden.«

Diesel ging los, und Clara und ich warteten.

»Siehst du diesen Kerl dort in der Ecke?«, fragte Clara. »Er starrt uns seit fünfzehn Minuten an. Kennst du ihn?«

Der Mann war schlank und hatte Geheimratsecken. Er sah aus wie Anfang dreißig und trug ein langärmliges schwarzes T-Shirt und eine schwarze Jeans.

»Nein«, erwiderte ich. »Ich kenne ihn nicht.«

Wir gingen in den nächsten Raum und taten so, als sähen wir uns das Korallenriff an. Der Mann folgte uns. Wir gingen zurück zum Haifischbecken, und er blieb uns auf den Fersen.

»Er beschattet uns. Ganz eindeutig«, sagte ich zu Clara. »Und er macht es nicht besonders gut.«

Über den Lautsprecher kam eine Durchsage, die auf die Fütterung der Haie hinwies, und eine Handvoll Leute versammelte sich vor der Glasscheibe. Zwei Taucher mit Netzen voll mit toten Fischen sprangen in das Haifischbecken. Einer der Taucher schaute mich an und nickte mir zu.

»Showtime«, verkündete Clara.

Ich atmete tief durch und sagte mir, dass das alles Teil eines großen Plan und wahrscheinlich nötig war, um die Welt zu retten. Ich drehte mich um, ging auf den schwarzgekleideten Mann zu, stemmte die Hände in die Hüften und funkelte ihn wütend an. »Warum verfolgen Sie mich?«, brüllte ich ihn an.

»Wer? Ich?« In seine Augen trat ein Ausdruck von Panik.

»Sie schleichen mir schon den ganzen Nachmittag hinterher.«

»Nein, ich schwöre, ich weiß nicht, wovon Sie reden, Lady.«

Ich beugte mich vor und hob die Stimme noch mehr. »Wie haben Sie mich genannt?«

»Ich habe nichts gesagt, das schwöre ich.«

Clara trat neben mich. »Wie haben Sie meine Freundin genannt?«

»Ich habe vielleicht ›Lady‹ gesagt.«

Alle starrten uns an. Ein paar Leute rannten aus dem Raum, andere stellten sich hinter Clara, um einen besseren Blick auf die verrückte Frau werfen zu können, die den verrückten Mann anschrie. Niemand, der älter als fünf Jahre alt war, schenkte im Augenblick dem Haifischbecken Beachtung.

»Wache!«, schrie ich. »Dieser Mann verfolgt und beschimpft mich!«

Ein älterer Wachmann erschien. »Wo ist das Problem?«

Ich warf verstohlen einen Blick auf das Haifischbecken und sah, wie einer der Taucher zu der Schatzkiste schwamm und den Deckel öffnete.

»Diese Frauen sind verrückt«, erklärte der Mann in Schwarz. »Sie haben mich ohne jeglichen Grund angeschrien.«

»Haben Sie meine Freundin eine ›Lady‹ genannt, oder nicht?«, fragte Clara nachdrücklich.

»Schon, aber ich …«

»Er hat es zugegeben!«, triumphierte Clara.

»Ist das denn so schlimm?«, fragte der Wächter.

»Es geht darum, wie er es gesagt hat«, erklärte ich. »Er hat sich von hinten an mich herangeschlichen und es mir ins Ohr geflüstert.«

»Nein, das stimmt nicht«, entgegnete der Mann. »Ich habe nichts geflüstert, ehrlich.«

Ich tat so, als würde ich erschaudern. »Es war beängstigend.«

Meine Güte, dachte ich. Wann steigt Diesel endlich wieder aus dem blöden Haifischbecken raus? Wie lange muss ich diese Show noch abziehen?

»Und ich glaube, er hat Fotos von uns gemacht«, sagte ich zu dem Wärter. »Und seine Kamera unter unsere Röcke gehalten.«

»Aber Sie tragen beide Jeans«, wandte der Wärter ein.

»Damit haben wir ihn überlistet!«, erklärte ich.

»Überprüfen Sie sein Telefon!«, sagte Clara. »Schauen Sie nach, ob er Bilder von uns gemacht hat.«

»Kommt nicht infrage«, protestierte der Mann. »Ich kenne meine Rechte.«

Ich steckte meine Hand in seine Gesäßtasche und suchte nach seinem Telefon.

»Sie greift mir an den Hintern!«, rief er.

»Perversling!« Clara warf sich in das Getümmel und schob die Hand in seine andere Hosentasche. »Der Kerl ist pervers!«

Wir rangen schreiend mit ihm, bis er sich schließlich losriss und davonlief, verfolgt von dem Sicherheitsbeamten.

»Gott sei Dank ist er weg«, sagte ich.

»Ja.« Clara bückte sich und hob etwas vom Boden auf. »Aber er hat in dem Handgemenge sein Telefon verloren.«

Ich warf einen Blick hinter sie und sah, dass Diesel und der andere Taucher nach oben schwammen und das Becken verließen.

»Was für ein Albtraum«, seufzte ich.

Der Wärter kam zurück. Sein Gesicht war gerötet, er schwitzte und war außer Atem. »Hab ihn nicht erwischt«, sagte er. »Tut mir leid, aber wie ich sehe, haben Sie zumindest sein Telefon. Haben Sie schon überprüft, ob er Sie fotografiert hat?«

»Noch nicht«, erwiderte ich. »Wahrscheinlich hat er schnell alle Fotos gelöscht.«

Der Wärter nahm das Telefon in die Hand und drückte auf das Kamerasymbol.

»Nein, sie sind nicht gelöscht worden«, sagte er. »Der Kerl hat Sie tatsächlich beschattet, *Ladys*. Verzeihen Sie den Ausdruck.«

Er reichte mir das Telefon. Bilder von mir. Bilder von Clara. Bilder von Diesel. Bilder von Claras Großvater. Bilder von der Schatztruhe im Haifischbecken.

KAPITEL 8

Clara und ich trafen uns mit Diesel am Wagen.

»Hast du etwas aus der Schatztruhe holen können?«, fragte ich.

»Ja. Zwei weitere Münzfragmente.«

»Das scheint dich nicht wirklich zu begeistern.«

»Ich breche erst in Jubel aus, wenn ich alle acht Stücke gefunden habe und weiß, was ich damit machen muss.«

»Sehen die Münzstücke so aus, als würden sie mit unserem Teil zusammenpassen?«, fragte ich.

»Auf den ersten Blick schon.« Diesel zog die Fragmente aus seiner Tasche und reichte mir eines davon. »Spürst du etwas?«

»Ja. Es vibriert.«

»Halte es ins Licht.«

Ich hielt es nach oben, und Clara und ich betrachteten es gründlich. In die Münze war ein winziges Loch gestanzt worden.

»Cool«, sagte ich. »Wie bei Indiana Jones.«

»In alle drei Münzstücke, die ich jetzt habe, wurde ein Loch gestanzt«, erklärte Diesel.

Ich gab ihm das Münzstück zurück. »Ich denke ständig an das Gedicht, das Claras Großvater uns vorgetragen hat. Merkwürdig, dass Holzbein davon so besessen war.«

»Gramps hat sich darüber so oft beschwert, dass ich es mittlerweile auch auswendig kann«, sagte Clara. »Das Gedicht stammt von John Masefield und heißt ›*Sehnsucht nach dem Meer*‹. Erst als ich das College besuchte, fiel mir auf, dass er eine Zeile falsch zitierte. Richtig heißt es: ›Ich brauche nur ein großes Schiff und einen weisenden Stern, der mich führt.‹ Opa hingegen sagt immer ›und ein helles Licht zum Geleit‹.«

Wir setzten Clara an der Bäckerei ab und fuhren um die Ecke in die Kosciuszko Street, um uns dort eine Pizza zu kaufen. Wir entschieden uns für eine extragroße mit einer doppelten Portion Käse und Peperoni und setzten uns draußen an einen Tisch. Von dort aus hatten wir einen herrlichen Blick auf den Hafen von Derby und die Holzfregatte, die als schwimmendes Museum der Seefahrtsgeschichte von Salem diente. In einiger Entfernung, am Ende der Landungsbrücke, stand der Leuchtturm von Derby.

»Wie hast du es geschafft, in das Haifischbecken zu kommen?«, fragte ich Diesel.

»Ich habe die Taucher hypnotisiert, indem ich ihnen einige Stücke magisches Papier vor die Nase gehalten habe.«

»Fünfzig-Dollar-Scheine?«

Diesel streute ein wenig roten Pfeffer auf seine Pizza. »Sie wollten jeder hundert Dollar haben.«

»Die Welt zu retten ist eine teure Angelegenheit.«

»Allerdings. Ich hoffe, das bringt uns weiter. Wir brauchen wahrscheinlich alle acht Münzstücke, um die Karte lesen und nach dem Stein suchen zu können. Und ein Stück haben wir bereits verloren.«

»Vielleicht gibt Wulf es uns wieder zurück.«

»Und vielleicht friert die Hölle zu. Wulf ist verrückt. Er ist wie ein Tier, das eine Witterung aufgenommen hat und sie wie im Blutrausch verfolgt.«

»Meine Güte. Er ist dein Cousin.«

»In unserer Familie sind alle ein wenig verrückt«, erwiderte Diesel. »Mein Großonkel Gustav hält sich für einen Flughund.«

»Ist er einer?«

Er zuckte mit den Schultern. »Nicht immer. Bei der Hochzeit meiner Cousine Mary sah er ganz normal aus.«

»Aber er ist sicher Vegetarier.«

»Stimmt.« Diesel warf einen Blick auf den Teller. »Möchtest du das letzte Stück Pizza?«

»Nein, ich bin satt.«

Als Diesel die Pizza nahm, klingelte ein Telefon. Es war nicht mein Klingelton. Und auch nicht Diesels. Es war das Telefon des Stalkers. Ich fischte es aus meiner Tasche und starrte auf das Display. Eine unterdrückte Rufnummer. Ich legte das Telefon auf den Tisch und tippte auf die Lautsprechertaste.

»Anscheinend haben Sie mein Telefon«, sagte der Anrufer.

»Wer spricht da?«, fragte ich.

»Namen sind unwichtig. Aber ich habe etwas, was für Sie wichtig sein könnte.«

Wir hörten wütendes Geschnatter im Hintergrund. Carl!

»Ich bin bereit, diesen widerlichen Affen für die Münzstücke einzutauschen, die sich in Ihrem Besitz befinden. Und gegen einen zusätzlichen Dienst von Miss Tucker.«

»Sie machen wohl Witze«, sagte Diesel. »Behalten Sie den Affen.«

»Hier ist mein Vorschlag. Wir treffen uns in einer Stunde am Leuchtturm in Derby. Wenn Sie meinen Anweisungen nicht Folge leisten, schneiden wir den Schwanz Ihres Affen nach und nach ab und schicken ihn Ihnen.«

»Ihhhp!«, kreischte Carl.

Der Anrufer legte auf.

»Wie schrecklich!«, rief ich.

»Ja. Ich hoffe, sie schicken das Päckchen per Express. Ein abgetrennter Affenschwanz könnte schnell einen unangenehmen Geruch entwickeln.«

»Glaubst du, dass der Typ für Wulf arbeitet?«

»Nein, das ist nicht Wulfs Stil. Da mischt noch ein anderer Spieler mit.« Diesel warf einen Blick auf das Telefon auf dem Tisch. »Woher hast du das?«

»Clara und ich wurden im Aquarium von einem Mann beschattet, und ich habe ihn dazu benutzt, um die Leute von dir abzulenken. Es gab ein Handgemenge, das Telefon fiel auf den Boden, und Clara nahm es an sich.«

»Und der Typ?«

»Er ist getürmt. Einer der Wächter rannte hinter ihm her, konnte ihn aber nicht einholen. Wie sich herausstellte, hat der Kerl Fotos von uns allen gemacht. Und auch von dem Haifischbecken.«

»Es überrascht mich, dass der Wächter euch das Telefon überlassen hat.«

»Er war total geschafft, weil er Jagd auf den Mann gemacht hat. Deshalb war er wahrscheinlich froh, uns loszuwerden. Dummerweise ist es ein Prepaidhandy. Keine Benutzerkennung. Und keine gespeicherten Telefonnummern. Keine Spur, die wir verfolgen könnten.«

»Er wollte noch etwas anderes als die beiden Münzstücke. Er sprach von einem Dienst von dir, und ich glaube nicht, dass er damit deine Cupcakes meinte.«

Der Leuchtturm in Derby ist keiner der traditionellen schmalen und zylindrischen Türme, wie man sie aus jedem Kalender kennt. Der weiß gekalkte Ziegelbau ist sieben Meter hoch, viereckig und gedrungen. Er sieht so aus, als hätte ihn ein fantasieloses Kind aus Legosteinen gebaut.

Als wir das Ende der schmalen Landzunge erreichten, begann die rote Lampe auf dem Leuchtturm alle sechs Sekunden aufzublinken. Die Tür war nicht verschlossen. Wir stießen sie auf und betraten einen kleinen dunklen Raum. Diesel knipste das Licht an. Eine Wendeltreppe aus Metall führte nach oben in das Lampenhaus.

Oben an der Treppe stand der Mann aus dem Aquarium. Vor seinen Füßen lag ein Jutesack. Er hielt eine hässliche halbautomatische Waffe in der Hand und hatte seinen Fuß auf den Sack gestellt, in dem etwas verzweifelt zappelte.

Diesel stemmte die Hände in die Hüften und schaute nach oben. »In dem Sack steckt wohl mein Affe.«

»Ganz recht«, antwortete der Typ. »Und wenn ich nervös werde, stoße ich den Sack möglicherweise hinunter, also machen Sie keine Dummheiten. Hier ist irgendwo ein weiteres Teil der Münze versteckt. Das wurde mir klar, als ich den alten Mann von dem Gedicht faseln hörte. Ein helles Licht zum Geleit. Damit ist der Leuchtturm gemeint, richtig? Ich habe bereits den Leuchtturm in Erwägung gezogen, bevor ich das Gedicht hörte, denn Holzbein verbrachte eine Menge Zeit hier. Als er noch Kabeljaufischer war, hat er sich in den Wintermonaten manchmal um das Licht gekümmert. Ich wollte es mit einem Metalldetektor versuchen, aber Sie sind viel besser.« Er wandte sich an mich. »Schließlich haben Sie besondere Fähigkeiten.«

»Woher wissen Sie das? Da hat wohl irgendein Plappermaul gequatscht.«

»Nun, es hat sich herumgesprochen.«

»Und wo soll ich mit meiner Suche beginnen?«

»Hier drin gibt es nur Wände und den Boden. Fangen Sie mit den Wänden an und beeilen Sie sich. Ich habe nicht den ganzen Tag Zeit.«

Ich fuhr mit den Händen über die Ziegelmauern. An der dritten Wand spürte ich eine Vibration.

»Hier ist die Münze«, sagte ich. »Hinter dem dritten Ziegel von unten.«

»Holen Sie sie heraus«, befahl der Mann.

Ich warf ihm einen Blick zu. »Haben Sie zufällig eine Bohrmaschine bei sich? Oder einen Presslufthammer?«

Der Mann warf einen mittelgroßen Schraubenzieher über das Treppengeländer. »Der Presslufthammer hat nicht in meine Jackentasche gepasst. Machen Sie sich an die Arbeit.«

Diesel hob den Schraubenzieher auf und schlug den Mörtel um den Ziegel herum ab. Nach fünf Minuten gelang es ihm, ihn herauszuziehen. Die hintere Seite war teilweise entfernt worden, und in dem ausgehöhlten Inneren steckte ein zusammengeknülltes Tuch. Diesel zog es heraus und drehte den Ziegelstein um. Zwei Münzstücke fielen auf seine Hand.

»Bringen Sie mir die Münzteile«, sagte der Mann. »Nein, Miss Magic soll sie zu mir heraufbringen.«

Diesel gab mir die zwei Münzfragmente, und ich stieg damit die Wendeltreppe hinauf. Eine Armeslänge entfernt von Carl und seinem Entführer blieb ich stehen.

Ich ließ die Münzteile auf die ausgestreckte Hand des Affen-Kidnappers fallen und griff gleichzeitig nach dem Jutesack.

»Nicht so schnell«, sagte er. »Ich weiß, dass ihr noch mehr Stücke habt.«

»Hier ist noch eines!«, rief Diesel. »Fangen Sie es auf.«

Diesel warf das Stück nach oben, und als der Mann sich darauf stürzte, ergriff ich Carl. Der Mann schnappte sich die Münze, und ich knotete rasch den Sack auf. Carl strampelte sich frei und sprang dem Mann kreischend ins Gesicht. Der Mann schrie auf und versuchte, den Affen abzuwehren. Er schlug um sich, die Waffe immer noch in der Hand. Dann knallte ein Schuss, und einen Augenblick lang schien die Zeit stillzustehen, bis wir begriffen, dass er sich selbst getroffen hatte.

Diesel stieß einen Pfiff aus, und Carl ließ den Mann los und sprang von der obersten Treppenstufe auf Diesels Schulter.

»Oh, verdammter Mist«, stöhnte der Mann und schaute auf seinen Bauch, wo sich ein roter Blutfleck ausbreitete.

Er verdrehte die Augen, sackte zusammen und fiel mit dem Kopf voraus über das Metallgeländer. Wir hörten einen dumpfen Aufschlag und ein lautes Knacken, danach herrschte Stille. Rasch liefen wir zu ihm hinüber, um ihm zu helfen, aber da war nichts mehr zu machen. Für ihn konnte niemand mehr etwas tun. Er hielt die Waffe immer noch in der Hand, sein Kopf war in seinen Hals gedrückt worden, und unter ihm bildete sich eine Blutpfütze.

Nergal ging nach dem fünften Klingeln ans Telefon.

»Wie läuft es so?«, fragte ich.

»Sehr gut. Und wie geht es Ihnen?«

Diesel hatte dem Mann den Jutesack über das Gesicht und das, was von seinem Hals übrig geblieben war, gezogen, und ich bemühte mich, nicht in seine Richtung zu schauen. »Alles klar«, erwiderte ich. »Was haben Sie heute Abend vor?«

»Nicht viel. Ein bisschen fernsehen.«

»Hätten Sie Zeit, zu uns zu kommen?«

»Gibt es ein Treffen der Menschen mit besonderen Fähigkeiten?«

»So in etwa.«

»Großartig. Wo findet es statt?«

»Im Leuchtturm von Derby.«

»Ein toller Ort für eine Party«, sagte er begeistert. »Das ist nicht weit für mich – ich bin gleich da.«

»Es ist grauenhaft«, sagte ich zu Diesel. »Wie sollen wir ihm das erklären?«

»Entweder ein versehentlicher Selbstmord, oder er wurde von einem Affen getötet. Ich plädiere für Selbstmord.«

Zehn Minuten später klopfte es an der Tür, und Diesel öffnete sie.

Nergal kam herein und reichte Diesel eine Flasche Wein. »Komme ich zu spät?«, fragte er. »Wo sind all die anderen?«

»Wir haben gerade erst angefangen«, sagte ich.

»Ja«, bestätigte Diesel. »Um Mitternacht wird der Laden hier brummen.«

Nergal warf einen Blick auf Carl, der ihm prompt den Vogel zeigte.

»Hat der Affe auch besondere Fähigkeiten?«, fragte er. »Ist er ein mächtiger Zauberer, gefangen in einer anderen Gestalt?«

»Wir sind hier nicht in Hogwarts.« Diesel öffnete die Weinflasche und nahm einen Schluck.

Nergal entdeckte die Leiche auf dem Boden und das Blut, das unter dem Jutesack hervorquoll. »Ach herrje.«

»Wir haben hier ein kleines Problem.« Diesel hob den Sack an, sodass Nergal den Kopf des Mannes sehen konnte, der praktisch auf seinen Schultern saß.

»Hoppla«, stieß er hervor. »Das ist keine Party, oder?«

»Nein, aber wir sind ein lustiger Haufen.«

»Das sehe ich.« Nergal ging zu der Leiche hinüber.

»Wir haben ihn nicht umgebracht«, warf ich rasch ein. »Wir haben ihn so gefunden. Mehr oder weniger.«

»Haben Sie die Polizei gerufen?«

»Noch nicht.«

»Die meisten Leute tun das als Erstes, wenn sie eine Leiche finden.«

»Könnten Sie ihn vielleicht anfassen?« Ich deutete mit den Händen vage an, was ich meinte. »Und diese Sache machen?«

Er zögerte. »Das wäre nicht korrekt. Ich mache das sonst nur in Gegenwart von Polizeibeamten. Als Spurensicherer.«

»Dann stellen Sie sich einfach vor, dass es sich hier um einen Geheimauftrag handelt«, sagte ich. »Für die VBF.«

»Was ist das?«

»Die Vereinigung der Menschen mit besonderen Fähigkeiten.«

»Gibt es die tatsächlich?«

»Könnte sein«, erwiderte ich.

Nergal kniete sich hin und legte die Hand auf die Leiche.

»Der Mann war ziemlich wütend, als er starb.«

»Er hatte einen schlimmen Tag hinter sich«, erklärte ich.

Nergal neigte den Kopf und lauschte. »Er beschwert sich heftig über einen Affen.«

»Gut gemacht, Carl«, lobte Diesel.

»Und er glaubt, dass seine Entscheidung, die Sache allein in die Hand zu nehmen, ein Fehler war«, fuhr Nergal fort.

»Allein? Was meint er damit?«, fragte ich.

»Das ist alles, was ich hören kann«, sagte Nergal. »Und dass er wünschte, er hätte sich nicht selbst erschossen.«

Nach unserer Kommunikation mit der Leiche riefen wir anonym die Polizei an und verließen den Leuchtturm. Nergal wollte noch etwas trinken gehen, aber ich schlug vor, das auf ein anderes Mal zu verschieben. Ich küsste ihn schnell auf die Wange und bedankte mich für den Wein. Diesel fuhr mich zur Bäckerei, damit ich dort meinen Wagen abholen konnte, und folgte mir dann mit Carl zu meinem Haus.

»Ich glaube, ich sollte dir noch etwas sagen«, sagte er, als wir vor der Haustür standen. »Dort drin könnte es etwas unordentlich aussehen.«

Ich zog die Augenbrauen hoch und sah ihn fragend an.

»Ich habe Carl heute in deinem Haus gelassen, und von dort wurde er dann entführt. Wahrscheinlich hat es einen Kampf gegeben.«

»Einen Kampf?«

»Falls der Affendieb keine Donuts dabeihatte, ist Carl sicher nicht freiwillig in den Sack gehüpft.«

Ich schloss die Tür auf und schnappte nach Luft. Das Haus war total verwüstet, und Katerchen stand mittendrin. Er sträubte sein Fell so sehr, dass er aussah wie ein Stachelschwein mit aufgestellten Stacheln. Als er Diesel und mich sah, entspannte er sich.

Die Sofakissen lagen auf dem Boden, und einige Möbelstücke waren umgeworfen. In der Küche rieselten Mehl und Zucker aus den umgekippten Behältern. Einige Schachteln waren aufgerissen und ausgeschüttet worden. Der Müll lag überall auf dem Boden verteilt.

»Das war mehr als ein Kampf, um Carl zu entführen«, sagte Diesel. »Der Kerl hat nach den Münzstücken gesucht.«

Diesel hatte immer noch die Flasche Wein in der Hand. Ich nahm sie und trank einen großen Schluck.

»Wir müssen sauber machen«, sagte ich. »Sonst ist hier morgen früh alles von Ameisen besiedelt.«

Zwei Stunden später hatten wir die Küche geschrubbt, und die Weinflasche war leer.

»Hey, schöner Mann«, sagte ich zu Diesel. »Lass uns ins Bett gehen.«

Er grinste mich an. »Du hast fast die ganze Flasche Wein getrunken.«

»Stimmt. Und der Wein war lecker.«

»Du könntest ein wenig betrunken sein.«

»Sicher nicht. Ich vertrage einiges«, behauptete ich.

Ich ging zu ihm, schmiegte das Gesicht an seinen Hals und drückte ihm einen Kuss auf die Stelle unter dem Ohr.

»Du riechst köstlich«, sagte ich. »Zum Anbeißen. Überall, wenn du verstehst, was ich meine.«

Er grinste noch breiter. »Scheint mein Glückstag zu sein.«

Ich schob die Hand unter sein T-Shirt und ließ meine Finger über seine perfekt geformten Bauchmuskeln gleiten. »Mmmmm«, flüsterte ich, und schon war meine Hand in seiner Jeans verschwunden. Ich hörte ihn scharf einatmen und erforschte weiter dieses Neuland.

»Ist es so richtig?«, fragte ich. »Was mir an Erfahrung fehlt, mache ich durch Enthusiasmus wett.«

»Das hätte ich jetzt nicht gedacht. Mir kommt es so vor, als wüsstest du genau, was du tust.«

»Ich mag diese weichen runden Dinger.«

»Das merke ich. Hör mal, sollten wir nicht einen Gang zurückschalten?«

Ich legte meine Hand um seinen Joystick. »Wir gehen auf Warp-Geschwindigkeit, Captain. Wappnen Sie sich. Wir befinden uns im Startmodus.«

»Iihhp!«, kreischte Carl.

»Oh, verdammt. Der Affe beobachtet uns.«

»Ignorier ihn einfach«, sagte Diesel.

»Das kann ich nicht. Ich komme mir vor wie ein Pornostar.«

»Ist das gut oder schlecht?«

»Schlecht.«

Carl hockte etwa einen Meter neben uns, riss die Augen auf und betrachtete uns interessiert.

»Vielleicht sollten wir die Sache auf ein anderes Mal verschieben«, meinte ich.

»Schätzchen, du hast mich gerade in den Startmodus versetzt.«

»Schon, aber du kannst die Mission doch abbrechen, oder?«

Diesel nahm Carl und sperrte ihn in die Besenkammer. Er kam zurück, zog mich an sich und küsste mich.

Seine Hand war unter meinem T-Shirt, sein Daumen umkreiste meine Brustwarze, und seine Zunge berührte meine.

Bum, bum, bum! Offensichtlich gefiel es Carl gar nicht, in der Besenkammer eingesperrt zu sein.

»Bei diesem Lärm kann ich mich nicht konzentrieren«, sagte ich.

»Du musst dich darauf konzentrieren?«

»Ja!«

Diesel ließ Carl aus der Abstellkammer, nahm mich an der Hand und führte mich die Treppe hinauf in mein Schlafzimmer. Er schloss die Tür hinter uns und sperrte sie ab, damit Carl uns nicht folgen konnte.

»Bist du sicher, dass das in Ordnung ist?«, fragte ich ihn. »Ich habe keine Lust, die Welt ganz allein retten zu müssen.«

»Wir machen nur bestimmte Sachen.«

»Heben wir nach dem Startmodus ab?«

»Allerdings, und zwar beide.«

»Okay, ich hoffe, du weißt, was du tust.«

»Bisher sind noch keine Klagen gekommen.«

KAPITEL 9

Mein Wecker schrillte wie immer um Viertel nach vier. Diesel streckte den Arm aus, packte ihn und schleuderte ihn quer durch das dunkle Zimmer.

»Wenn er kaputt ist, musst du mir einen neuen kaufen«, sagte ich.

»Wenn er nicht kaputt ist, werde ich ihn mit einem Hammer bearbeiten, bis er keinen Ton mehr von sich gibt.«

Ich tastete unter der Decke herum. Wir waren beide nackt.

»Auweia.«

»Wenn du so weitermachst, kommst du zu spät zur Arbeit«, warnte Diesel mich.

»Sind wir … unbeschadet davongekommen?«

»Ich fühle mich vollkommen unbeschädigt.«

Ich rollte mich aus dem Bett und berührte eines der Münzstücke auf dem Nachttisch. Es vibrierte.

»Ich bin okay«, verkündete ich.

»Schätzchen, du bist weitaus mehr als nur okay.«

Gut zu wissen. Ich musste unwillkürlich lächeln. Trotzdem sollte ich versuchen, nüchtern zu bleiben, und das Risiko kein zweites Mal eingehen. Ganz zu schweigen von dem Desaster ungeahnten Ausmaßes, das es geben würde, falls ich mich in ihn verlieben sollte. Und an diesem Morgen war dieser Gedanke nicht weit hergeholt.

Zwanzig Minuten später hatte ich geduscht und mich angezogen und war nur noch leicht verkatert. Als ich aus dem Badezimmer kam, war das Bett leer. Kein Diesel. Kein Katerchen. Kein Carl. Alle hatten sich in der Küche versammelt und warteten auf das Frühstück.

Ich schaltete die Kaffeemaschine an, steckte tiefgekühlte Waffeln in den Toaster, briet ein paar Rühreier und öffnete eine Dose Katzenfutter.

»Ich muss zur Arbeit«, sagte ich. »Was hast du heute vor?«

»Ich kenne jetzt den Namen des Affenentführers«, antwortete Diesel. »Der Vorfall wurde in den örtlichen Morgennachrichten gebracht. Angeblich ist er an einer Schusswunde gestorben, die er sich selbst zugefügt hat. Und außerdem hat er einen Genickbruch erlitten. Ich versuche, etwas mehr über ihn herauszufinden.«

In der Bäckerei war den ganzen Tag über nicht viel los gewesen. Schlecht für Clara, gut für mich. Ich nahm eine große Tüte mit übrig gebliebenen Fleischpasteten, Muffins und Käsegebäck mit. Mein Haus empfing mich freundlich. Keine umgeworfenen Möbelstücke. Keine bösen Buben, die mir in einem Schrank auflauerten. Kein Affe. Ich mag Carl, aber er richtet immer Chaos an. Ich begrüßte Katerchen, gab ihm die Wurstreste und verstaute die restlichen Lebensmittel im Kühlschrank.

Als ich die Kühlschranktür schloss und mich umdrehte, prallte ich gegen Martin Ammon.

»Gütiger Himmel!« Ich sprang ein Stück zurück. »Wie sind Sie in mein Haus gekommen?«

»Sie haben Ihre Tür nicht abgeschlossen. Nicht sehr klug in unserer heutigen Zeit. Hier kann jeder einfach hereinspazieren.«

»Was Sie nicht sagen.«

»Ich hatte heute Nachmittag ein wenig Zeit und bringe Ihnen deshalb den Vertrag vorbei.«

»Persönlich?«

Er schaute sich um. »Ich war neugierig und wollte sehen, wie Sie wohnen. Ein sehr kleines Haus. Und Ihre Küche ist ziemlich veraltet. Kochen Sie tatsächlich hier?«

»Hin und wieder.«

Er zog einen mehrseitigen Vertrag aus einer schmalen Aktentasche und legte ihn zusammen mit einem Stift auf die Arbeitsplatte. »Sie müssen jede Seite mit Ihren Initialen versehen und auf der letzten Seite unterschreiben.«

»Ich sollte den Vertrag zuerst lesen.«

»Wenn Sie unbedingt wollen«, erwiderte er. »Es ist ein Standardvertrag. Nichts Ungewöhnliches. Ich gebe Ihnen Geld und bekomme dafür von Ihnen ein Kochbuch. Und Cupcakes. Wann immer ich welche haben möchte. Das ist Ihnen wohl recht. Ich bin nicht das ganze Jahr über hier.«

Ich fing an, die erste Seite zu lesen, und meine Augen wurden glasig. »Ist das in einer Fremdsprache geschrieben?«

»Das ist Juristensprache. Möchten Sie vielleicht einen Anwalt hinzuziehen, der Ihnen das alles erklärt? Sie könnten auch einen Agenten beauftragen. Die meisten wollen aber fünfzehn Prozent haben.«

Ich warf einen Blick auf meinen altersschwachen Herd und die ramponierte Arbeitsplatte aus Resopal. Fünfzehn Prozent abzutreten ging mir gegen den Strich. Ich brauchte die gesamte Summe.

»Am Samstag findet in meinem Haus eine Wohltätigkeitsveranstaltung statt«, sagte Ammon. »Irgendetwas mit Umweltschutz, wenn ich recht informiert bin. Sie sind eingeladen. Eigentlich möchte ich, dass Sie die Nachspeisen machen. Einige Medienvertreter werden da sein, und ich halte es für eine gute Startmöglichkeit für die Marke Lizzy Tucker.« Er blickte auf seine Armbanduhr. »Ich muss los. Rutherford fährt herum. In dieser Gegend kann man nirgendwo parken. Die Stadtverwaltung sollte einige dieser baufälligen Gebäude abreißen und Parkplätze bauen.«

»Das ist die historische Altstadt. Die Häuser sind mehrere hundert Jahre alt.«

»Das sieht man.« Er tippte mit dem Finger auf den Vertrag. »Haben Sie genug gelesen?«

Ich überflog das Dokument und sah, dass die zu bezahlende Summe rot eingekreist war. Fünfhunderttausend Dollar. Ich unterschrieb den Vertrag.

***

Ammon ging, und zehn Minuten später rief Clara an.

»Ich habe noch einmal über das Gedicht nachgedacht«, sagte sie. »Ich habe die Version, die mein Opa immer rezitiert, aufgeschrieben und mir die Originalfassung herausgesucht. Es gibt einige Unterschiede. Keine Ahnung, ob sie wichtig sind, aber Glo bringt dir beide Fassungen nach Ladenschluss vorbei.«

Ich bedankte mich bei Clara und legte auf.

»Was meinst du?«, fragte ich Katerchen. »Gibt es Hinweise auf den Schatz in Opas Gedicht?«

Katerchen schien sich nicht sicher zu sein.

»Und die nächste Frage ist noch entscheidender«, sagte ich. »Führt uns einer der Hinweise zu einem SALIGIA-Stein?«

Unverwandt starrte Katerchen mich an.

»Genau«, sagte ich. »Dafür gibt es keine Garantie, richtig? Vielleicht jagen wir auch nur einem Phantom nach.«

Ich teilte mir ein paar Apfelstückchen mit Katerchen und erstellte eine Liste mit den nötigen Reparaturen am Haus. Ein neues Dach hatte absolute Priorität.

»Ich liebe mein Haus«, verriet ich Katerchen. »Aber ich kann es mir eigentlich nicht leisten. Selbst ohne Hypothek erschlagen mich die Steuern und die Instandhaltungskosten.«

Katerchen richtete seine Ohren nach vorn und stieß ein leises Knurren aus. Die Hintertür ging auf, und Carl hüpfte herein, gefolgt von Diesel. Katerchen musterte sie kurz und beschloss, dass keine Gefahr von ihnen ausging. Er hockte sich hin und kringelte seinen Schwanz um sich.

»Wie sind deine Nachforschungen über den Affen-Kidnapper gelaufen?«, erkundigte ich mich.

»Der Mann hieß Bernie Weiner und war der Detektiv,

den Ammon angeheuert hat, um die Münze zu suchen. Nach einigen Bemühungen ist es mir gelungen, seine Exfrau ausfindig zu machen. Wir sollten uns ein wenig mit ihr unterhalten.«

»Jetzt?«

»Ja. Das wird nicht lange dauern. Sie wohnt in Lynn.«

Lynn liegt südwestlich von Marblehead und ist eine Arbeitergegend. Manche Leute dort arbeiten sehr hart und andere gar nicht. Weiners Exfrau wohnte in einem kleinen Haus in einer bescheidenen Siedlung. In dem winzigen Vorgarten stand ein Dreirad. Die Frau, die uns die Tür öffnete, wirkte erschöpft. Sie balancierte ein Baby auf der Hüfte, und ein Kleinkind klammerte sich an ihr Bein.

»Was gibt's?«

Diesel stellte sich als Versicherungsermittler vor und sagte, er habe ein paar Fragen zu Bernie.

»Ich habe nicht viel Zeit«, sagte sie. »Das Baby zahnt, und der Kleine hat Durchfall. Bernie war ein Idiot. Ich weiß nicht, was ich Ihnen sonst über ihn erzählen soll. Es hat mich nicht überrascht, als ich erfahren habe, dass er … Sie wissen schon. Bernie ließ sich ständig zu allem überreden. Er hätte diesen Job für Martin Ammon nicht annehmen sollen; er war regelrecht besessen und hielt sich für Indiana Jones auf der Suche nach einem heiligen Relikt. Hätte er mir so viel Zeit geschenkt wie der Suche nach dieser blöden Münze, hätte ich mich nicht scheiden lassen.«

»Danke«, sagte Diesel. »Sie haben mir sehr geholfen.«

»Für mich springt wohl nichts dabei heraus, oder?«,

fragte sie. »Hatte er eine Versicherungspolice? Bin ich als Begünstigte aufgeführt?«

»Das weiß ich leider nicht«, erwiderte Diesel. »Hoffentlich wendet sich alles zum Guten für Sie.«

Wir gingen zum Wagen und fuhren nach Marblehead zurück.

»Das war deprimierend«, sagte ich. »Sie tut mir leid.«

»Sie scheint Geldprobleme zu haben, aber sie hat zwei gesunde Kinder, sehen wir mal von dem Durchfall ab, und sie ist bestimmt eine gute Mutter«, meinte Diesel. »Sie kommt schon klar.«

»Wie Nergal gesagt hat, bedauerte Bernie kurz vor seinem Tod, dass er die Sache allein in die Hand genommen hat. Das hört sich so an, als hätte er vielleicht zum Schluss nicht mehr für Ammon gearbeitet.«

»Das habe ich mir auch schon gedacht.«

Diesel parkte vor meinem Haus, und wir gingen in die Küche. Ich gab Katerchen und Carl eine Kleinigkeit zu essen und schaute zu, wie Diesel seine fünf Münzfragmente auf die Arbeitsfläche legte und zusammensetzte. Trotz der noch fehlenden Teile konnte man deutlich erkennen, dass auf der einen Seite der Münze eine Krone eingraviert war. Diesel drehte die Stücke um, und wir erblickten das Profil von Carlos III. von Spanien. In jedem Stück war ein winziges Loch.

Es klopfte an der Hintertür. Diesel öffnete und ließ Glo und Josh herein.

»Hallo. Wie geht's voran?«, fragte Josh.

»Langsam«, erwiderte Diesel.

Glo gab mir die beiden Versionen des Gedichts. »Clara hat einige Unterschiede gefunden und sie markiert. Und sie hat auch ihren Opa noch einmal gefragt, aber er hat immer nur die eine Version gehört.«

Aus dem »weisenden Stern, der mich führt« war »ein Licht zum Geleit« geworden. Und »das Wanderleben« war abgeändert worden in »das Leben so schillernd und frei«.

»Hältst du diese Abänderungen für wichtig?«, fragte ich Diesel.

»Die ersten beiden haben mir meinen Affen zurückgebracht.«

Wir schauten alle zu Carl hinüber, und er entblößte seine Zähne zu einem scheußlichen Affengrinsen.

»Diese Münzstücke haben alle ein Loch«, stellte Glo fest. »Ist das normal?«

Ich zuckte mit den Schultern. Ich hatte keine Ahnung. Diesel wusste es auch nicht. Und Josh erst recht nicht.

»Wir könnten den Professor fragen«, schlug Josh vor. »Er ist vielleicht noch in seinem Büro.«

KAPITEL 10

Diesel parkte vor dem Sullivan Building. Wir stiegen die Treppe zu Devereaux' Büro hinauf und klopften an die geschlossene Tür. Keine Antwort. Josh schob die Tür auf, und wir spähten in das Büro. Niemand da.

»Hast du Devereaux' Telefonnummer?«, fragte Diesel.

»Na klar. Wir sind jetzt praktisch Freunde. Er hat mich ein paarmal angerufen und sich nach der Münze erkundigt.«

Josh tippte die Nummer ein, wartete, bis Devereaux abhob, und stellte auf Lautsprecher.

»Wir sind in Ihrem Büro«, sagte Josh. »Wo sind Sie?«

»Ich musste rasch weg. Warum sind Sie gekommen?«

»Wir haben eine Frage zu den Münzfragmenten.«

»Verschwinden Sie sofort. Es könnte sonst gefährlich für Sie werden. Laufen Sie! Schnell! Ich kann jetzt nicht sprechen. Ich rufe Sie später zurück.«

Wir tauschten einen Blick. Obwohl wir nicht gleich wie verrückt losrannten, verloren wir lieber keine Zeit und verließen das Gebäude. In der Mitte des grasbewachsenen Kolleghofs blieben wir stehen und schauten nach oben zu Devereaux' Bürofenster.

»Vielleicht hat er uns auf den Arm genommen«, meinte Josh.

Wumms! Flammen schossen aus dem offenen Fenster, und der Feueralarm heulte los.

»Da habe ich mich wohl geirrt«, sagte Josh. »Nach Verarsche sieht das nicht aus.«

Der Alarm schrillte, die Leute stürmten aus dem Gebäude, in der Ferne kreischten Sirenen, und Joshs Telefon klingelte.

»Ich kann Sie nicht verstehen«, brüllte Josh in das Telefon. »Können Sie das wiederholen?«

Wir starrten Josh an.

»Das war Devereaux.« Er steckte sein Handy zurück in die Tasche. »Ich habe nicht alles verstanden, aber er will sich mit uns auf dem Museumsschiff treffen. Auf der *Friendship of Salem.*«

Wir drängten uns durch die Menge der Gaffer und vorbei an den Ersthelfern und stiegen in Diesels orangefarbenen Charger.

»Ich möchte nicht, dass wir alle an Bord der *Friendship* gehen«, sagte Diesel auf der Fahrt. »Euch beide setze ich vorher ab«, fügte er an Glo und Josh gewandt hinzu.

Die *Friendship of Salem* war der Nachbau einer Fregatte, die im Hafen von Derby lag und als Museum diente. Wir stellten den Wagen auf dem Parkplatz am Kai ab und gingen hinüber. Es war früher Abend, und die Sonne stand bereits tief am Horizont. Die hohen Masten und die Takelage hoben sich dunkel gegen den Himmel ab. Am Ende des Kais blinkte das rote Licht des Leuchtturms.

Das Tor zur Gangway war unverschlossen. Diesel

stieß es auf, und wir betraten das Deck. Bei jeder Bewegung knarrten die Seile, aber sonst war alles ruhig. Wir pirschten über das Deck, entdeckten eine offene Luke und kletterten nach unten. Als Diesel das Licht anknipste, wurden wir plötzlich vom achtzehnten in das einundzwanzigste Jahrhundert befördert. Wir standen in einem glänzenden weißen Raum mit hochmodernen Navigationsgeräten und einem kompliziert aussehenden Steuerpult. An der Konsole saß Professor Devereaux.

»Na, wie geht's?«, fragte Diesel.

»Sind Sie allein? Ist Ihnen jemand gefolgt?«

»Ja, wir sind allein. Und nein, uns ist niemand gefolgt«, erwiderte Diesel. »Ach ja, und übrigens hat jemand Ihr Büro in die Luft gesprengt.«

»Mistkerl«, fluchte Devereaux. »Wurde jemand verletzt? Ist das Gebäude abgebrannt?«

»Ich weiß nicht, ob es Verletzte gibt«, sagte Diesel. »Aber der Anschlag schien sich ausschließlich auf Ihr Büro zu konzentrieren.«

»Das war Martin Ammon«, behauptete Devereaux. »Er hasst mich. Er hat mir einen seiner Schläger auf den Hals gehetzt, damit ich aufhöre, nach dem Schatz zu suchen. Ich habe dem Kerl gesagt, dass ich gar nicht auf der Suche danach bin – ich bin einfach nur Historiker. Er sagte, Historiker sind die schlimmsten Schatzjäger von allen. Und dass er mir die Konsequenzen meines Tuns klarmachen würde. Ich nahm an, dass er mir den Arm brechen oder mir das Gesicht aufschlitzen würde, und wollte das Sicherheitspersonal rufen. Doch dann kam einer meiner Kollegen herein, und Ammons Schläger verschwand. Als

Sie mich anriefen, hatte ich die Befürchtung, Sie könnten ins Kreuzfeuer geraten. Allerdings wusste ich nicht, dass er mein Büro in die Luft jagen würde.«

»Warum sind Sie hierhergekommen?«, fragte Diesel.

»Ich war mit einer Forschungsstudie beschäftigt und fühlte mich weder in meinem Büro noch in meiner Wohnung sicher. Hier kann ich die Geräte nutzen und bin ungestört. Wie Sie wissen, verbindet mich mit diesem Schiff eine Geschichte. Ich bin zwar offiziell nicht mehr damit beauftragt, aber von Zeit zu Zeit komme ich heimlich noch hierher.«

»Warum hasst Ammon Sie?«, wollte Diesel wissen.

»Ammon hat ein Tagebuch geerbt, das Palgrave Bellows gehörte. Darin wird ein sagenhafter Schatz erwähnt, der bei der Plünderung des Mogul-Schiffs *Gunsway* erbeutet wurde. Aber Ammon hatte keine Ahnung, wie er es anstellen sollte, den Schatz zu finden. Das Tagebuch allein reichte nicht aus. Man braucht zusätzlich noch eine Karte und eine Münze.

Meine Restaurierungsarbeiten an der *Friendship* erregten einiges Aufsehen in der Öffentlichkeit. Ammon kontaktierte mich und versprach mir, den Schatz mit mir zu teilen, wenn ich die Karte und die Münze auftreiben würde. Das war die Chance meines Lebens. Damit hätte ich die Mittel gehabt, um nach der verschollenen *Gunsway* zu suchen.

Nachdem ich etwa ein Jahr recherchiert hatte, entdeckte ich die Karte in einem Kuriositätenladen in Boston. Ich gab sie Ammon und setzte meine Suche nach der Münze fort. Ohne Erfolg. Ich steckte in einer Sackgasse fest und machte mir keine Illusionen mehr. Zu Beginn unserer Geschäftsbeziehung hielt ich Ammon für einen reichen Exzentriker. Als ich ihn dann besser kennenlernte, wurde mir klar, dass er ein krimineller Verrückter ist. Er ist größenwahnsinnig und schreckt vor nichts zurück, wenn er etwas haben will.

In dem Tagebuch wird unter anderen Reichtümern auch der Avaritia-Stein als Teil des Mogul-Schatzes aufgeführt. Deshalb hat Ammon meine Recherchen finanziert. Er war besessen und wollte unbedingt den Stein der Habgier besitzen. Ammon glaubte, dass er mithilfe des Steins den schlafenden Mammon in sich erwecken könnte. Er hasst mich, weil ich das weiß und weil ich Mammon nicht verehre.«

»Haben Sie das Tagebuch jemals gesehen?«, fragte Diesel.

»Ja, ich hatte sogar Gelegenheit, es zu lesen, und ich glaube, Palgrave Bellows war auf seine eigene Weise auch ein wenig verrückt. Anscheinend bewahrt Ammon das Tagebuch mittlerweile so gut gesichert auf, als wäre es ein heiliges Buch.«

»Ich glaube, ich habe die Karte in Ammons Büro an der Wand hängen sehen«, warf ich ein.

»Es ist ein wunderbares Stück Geschichte, aber ohne die Münze als Schatzkarte wertlos«, sagte Devereaux. »Die Wegbeschreibung ist verschlüsselt, und der Schlüssel zu dem Code ist die Münze.«

»Und als wir mit dem Stück einer falschen Münze in Ihr Büro kamen, hatten Sie den Verdacht, dass es aus dem Besitz von Bellows stammen könnte.«

»Richtig. Ich war mir nicht sicher, aber ich vermutete, dass ich endlich einen Teil der Münze zu Gesicht bekommen hatte. Und da Sie das Fragment entdeckt hatten, hoffte ich natürlich, dass Sie auch den Rest finden würden. Schließlich haben Sie besondere Fähigkeiten.«

»Woher wissen Sie das?«, fragte ich.

»Das ist nicht gerade ein Geheimnis«, erwiderte Devereaux. »Die Leute reden eben darüber.«

»Ja, das habe ich schon gehört«, sagte ich.

Fast überall im Land würden die Leute die Augen verdrehen und grinsen, und jedes Gerücht über meine Fähigkeiten hätte den gleichen Stellenwert wie eine Meldung über die Landung eines Ufos in Arizona. Aber wir befanden uns in Salem, und hier war man bereit, fast alles zu glauben.

»Ammon hat durch sein Geld und seinen Einfluss leider seine Augen und Ohren überall«, sagte Devereaux. »Als er erfuhr, dass einige Teile der Münze aufgetaucht sind, verstärkte das seine Besessenheit nur noch.«

»Und Sie will er nun bei der Suche nicht mehr dabeihaben«, sagte ich.

Devereaux nickte. »Richtig.«

Devereaux ging, um sich um sein Büro zu kümmern, und Diesel und ich blieben allein auf dem Schiff zurück. Ich hörte Stimmen in der Ferne. Leise Gesprächsfetzen, die von den Restaurants am Hafen über das Wasser zu uns herübergetragen wurden. Ich schaute aufs Meer hinaus und dachte, wie schön es wäre, einfach davonzusegeln und mein merkwürdiges, verwirrendes Leben hinter mir zu lassen.

Diesel legte den Arm um mich und zog mich an sich. »Das würde dir nicht gefallen«, sagte er. Offensichtlich hatte er meine Gedanken gelesen. »Du würdest seekrank werden. Und den Sinn in deinem Leben vermissen.«

»Hast du nie den Wunsch verspürt, diese Verantwortung loszuwerden?«

»Doch. Ständig. Jeden Tag.«

»Was hält dich bei der Stange?«, fragte ich.

»Verantwortung trägt man nicht wie ein Kleidungsstück. Du kannst sie nicht annehmen und ablegen, wann dir danach zumute ist. Verantwortung trägt man in seinem Inneren, und sie lässt sich nicht so einfach abschütteln. Du musst lernen, damit zu leben.«

»Wow.«

»Ziemlich tiefschürfend, oder? Wie wertvoll ist diese Lebensweisheit für dich? Schaffe ich es, dich damit aus deinen Klamotten zu schälen?«

»Nein!«

»Wenn das so ist, erkläre ich das alles für Blödsinn. Ich bleibe dabei, weil mir das Spiel manchmal sehr gefällt. Nur eben nicht immer.«

Offensichtlich war das Diesels Einstellung. Meine allerdings nicht.

KAPITEL 11

Um Punkt neun Uhr stürmte Glo in den Laden. Sie hatte sich ihren Besen unter den Arm geklemmt, und in ihrer Stofftasche steckte eine Zeitung.

»Habt ihr schon Zeitung gelesen?«, fragte sie Clara und mich. »Der Bericht über die Explosion hat es auf die Titelseite geschafft. Und sie brachten es sogar heute Morgen im Fernsehen.«

Clara unterbrach ihre Arbeit und starrte Glo an. »Du liest Zeitung und schaust dir die Nachrichten im Fernsehen an?«

»Nein. Ich bin auf der Straße Mr Bork begegnet. Er hat mir von dem Artikel über die Explosion erzählt, also habe ich mir eine Zeitung gekauft.« Sie zog sie aus ihrer Tasche und legte sie auf die Arbeitsplatte. »Es sind auch Bilder abgedruckt. Es soll eine selbst gebastelte Bombe mit einem Zeitzünder gewesen sein. Niemand wurde verletzt, aber es ist großer Sachschaden entstanden.«

Clara und ich betrachteten die Fotos. Ich war erleichtert, dass ich auf keinem zu sehen war.

»Du hättest dabei sein müssen«, sagte Glo zu Clara. »Wir waren in Devereaux' Büro, und Josh rief ihn an. Devereaux hat uns gewarnt, und kaum waren wir draußen, gab es einen Riesenknall. *BUM!* Devereaux' Büro flog in die Luft. Und dann bekam Josh einen Anruf von Devereaux, konnte ihn aber kaum verstehen.«

»Beängstigend«, sagte Clara. »Eine schreckliche Vorstellung. Gott sei Dank habt ihr es noch rechtzeitig aus dem Büro geschafft.«

»Was glaubt ihr, wer die Bombe gelegt hat?«, fragte Glo.

Der Mann, der gerade mein Kochbuch gekauft hat, dachte ich. Mein Telefon summte, und ich checkte meine SMS.

»Was ist los?«, fragte Clara. »Du siehst aus, als wäre jemand gestorben.«

»Martin Ammon hat mich daran erinnert, dass ich am Samstag in seinem Haus das Catering für seine Party übernehmen soll«, antwortete ich.

»Brauchst du Hilfe?«

»Ja!«

Eine Stunde später machte ich mich auf den Weg zum Bauernmarkt in der Pleasant Street, der dort jeden Mittwoch stattfand. Wir legten großen Wert auf Produkte aus regionalem Anbau, und ich kaufte Äpfel für unsere Blätterteigtaschen, Gewürze und Zwiebel für die Fleischpasteten und preisreduzierte Himbeeren. Auf dem Rückweg zur Bäckerei spürte ich plötzlich einen scharfen, stechenden Schmerz an meiner Pobacke. Ich wirbelte herum und sah Hatchet mit einer Spritze in der Hand vor mir stehen.

»Überraschung«, sagte er.

Als ich wieder zu mir kam, lag ich ausgestreckt auf einem Liegestuhl auf dem Deck einer großen Jacht. In der Ferne erblickte ich den Hafen von Salem. An der Reling stand Hatchet. Und an einem kleinen Tisch neben mir, gedeckt mit frischem Obst, Croissants und Kaffee, saß Wulf.

»Ich hoffe, es geht dir gut«, sagte er. »Hatchet ist Experte auf dem Gebiet lähmender Gifte. Dein kleines Nickerchen dürfte also keine bösen Nachwirkungen haben. Ich gönne mir gerade ein spätes Frühstück. Möchtest du auch etwas?«

»Nur Kaffee. Und ich wüsste gern, warum ich betäubt und entführt worden bin«, erwiderte ich.

Wulf schnippte mit den Fingern, und Hatchet eilte herbei, goss eine Tasse Kaffee ein und reichte sie mir.

»Milch oder Zucker?«, fragte er.

Ich schüttelte den Kopf.

»Ich habe Steven gebeten, dich auf mein Schiff zu bringen«, sagte Wulf. »Die Methode habe ich ihm überlassen.«

»Er hat mir eine Nadel in den Hintern gerammt.«

»Ihr habt euch bewegt«, verteidigte sich Hatchet. »Hatchet brauchte eine große Zielfläche.«

Ich sah ihn mit zusammengekniffenen Augen an. »Wie würde es dir gefallen, einen kräftigen Faustschlag auf die Nase zu bekommen?«

»Ihr seid ein impertinentes Frauenzimmer«, sagte Hatchet.

Als Wulf ihm einen strengen Blick zuwarf, zog er sich rasch in den Eingang zum Salon zurück.

»Es tut mir leid, falls ich dir Unannehmlichkeiten bereitet habe«, wandte sich Wulf an mich. »Ich wollte mit dir über Martin Ammon sprechen. Du hast einen gefährlichen Vertrag mit ihm abgeschlossen.«

»Woher weißt du von dem Vertrag?«

»Ich weiß so einiges. Zum Beispiel, dass es einige Leute gibt, die Martin Ammon für Mammon halten. Martin selbst natürlich auch.«

»Meinst du jemanden, der wie Mammon ist, oder den richtigen Mammon?«, fragte ich.

»Den richtigen Mammon.«

»Ich habe zwar begriffen, dass der Anfangsbuchstabe seines Vornamens zusammen mit seinem Nachnamen das Wort ›Mammon‹ ergibt, aber als Prinzen der Hölle kann ich ihn mir nicht vorstellen. Ich glaube nicht, dass ein Prinz der Hölle Bräunungsspray verwenden würde.«

»Ich habe den Vertrag gesehen, den du unterschrieben hast. Du gehörst jetzt praktisch Martin Ammon«, sagte Wulf.

»Du meinst, meine Seele gehört ihm?«

»Nein. Deine Existenz. Auf unbegrenzte Dauer.«

»Warum sagst du mir das?«

»Ich möchte, dass du verstehst, in welcher Situation du dich befindest, und begreifst, welches Unheil dir bevorsteht. Martin Ammon darf auf keinen Fall den Avaritia-Stein in die Hände bekommen. Er ist nicht an deinem Kochbuch interessiert und benutzt es nur als Mittel, um dich im Auge zu behalten und dich durch deine eigene Habgier zu kontrollieren. Er braucht dich, um alle acht Teile der Münze zu finden. Wenn er sie hat, kann er damit

Palgrave Bellows' Karte lesen. Und dann ist es nur noch eine Frage der Zeit, bis er den Stein an sich bringt.«

»Wenn du deshalb so besorgt bist, warum holst du dir die Karte nicht?«, fragte ich. »Du könntest wie eine Rauchsäule aufsteigen, dir die Karte schnappen und mit einem aufzuckenden Blitz wieder verschwinden.«

»Dein Vertrauen in meine Fähigkeiten ehrt mich, aber so einfach ist das nicht. In dem Haus sind noch andere Mächte im Spiel, und für einen Diebstahl eignet sich mein lästiger Cousin viel besser«, antwortete Wulf.

»Willst du sagen, dass Diesel die Karte stehlen soll?«

»Ich möchte dir nur empfehlen, auf keinen Fall Martin Ammon zu helfen.«

Er schnippte wieder mit den Fingern, und Hatchet eilte herbei.

»Miss Tucker möchte jetzt gehen.«

Hatchet zog eine Spritze hervor.

»Wenn er auch nur einen Schritt auf mich zukommt, springe ich über die Reling«, drohte ich.

»Er liebt seine Spielsachen«, erklärte Wulf.

»Er ist ein Spinner.«

»Wir brauchen jetzt keine Pharmaka«, sagte Wulf zu Hatchet. »Bring Miss Tucker zum Kai.«

Ich folgte Hatchet über die Bootsrampe und warf einen Blick zurück auf die Jacht, als die Gangway eingezogen wurde. Von Wulf keine Spur. Das Boot trug, wie ich jetzt bemerkte, den Namen *Sea Wulf.* Ich versuchte, so viel Abstand wie nur möglich zu Hatchet zu halten. Als wir zum Kai kamen, fragte ich: »Ist das ein Delphin neben der Jacht?«

Hatchet drehte sich zum Wasser um, und ich versetzte ihm einen kräftigen Schlag mit meiner Tasche und stieß ihn vom Landesteg. Ich eilte weiter, ohne einen weiteren Blick zurückzuwerfen.

Diesel war mit Carl bereits in der Bäckerei.

»Deine Bestellung vom Markt ist vor einer halben Stunde eingetroffen«, sagte Glo zu mir. »Wir haben uns schon Sorgen um dich gemacht.«

»Ich bin Wulf über den Weg gelaufen«, erwiderte ich.

»Und?«, fragte Diesel.

»Wir hatten eine interessante Unterhaltung. Er sagte, dass mein Vertrag mit Martin Ammon nicht zu meinem Besten ist. Es gibt wohl einige Leute, die M. Ammon für den leibhaftigen Mammon halten. Auch Ammon glaubt das. Aber das ist eigentlich alles nicht wirklich neu für uns.«

»Mammon ist ein Dämon«, sagte Glo. »Ich habe alles über ihn in *Ripple's Zauberbuch* gelesen. Ein Kapitel handelt von Teufeln und Dämonen. Mammon ist der Dämon der Habgier.«

Diesel lehnte sich gegen die Arbeitsplatte und runzelte die Stirn. »Wulf glaubt, Martin Ammon ist Mammon?«

»Nein, nicht ganz. Er sagte, dass einige Leute das glauben. Und er sprach von ›anderen Mächten‹, die in Ammons Haus mit von der Partie sind.«

»Das klingt ziemlich mysteriös«, meinte Diesel. »Hat Wulf sonst noch etwas gesagt?«

»Ammon ist anscheinend gar nicht an meinem Kochbuch interessiert. Seiner Meinung nach ist das nur ein Trick, um mich zu kontrollieren und so die acht Münzstücke zu finden. Sobald Ammon die ganze Münze hat, kann er damit Palgrave Bellows' Schatzkarte lesen, und die Karte wird ihn zum Avaritia-Stein führen. Aber das wissen wir ja auch schon.«

»Ich finde es cool, dass du einen Dämon persönlich kennst«, sagte Glo bewundernd. »Hat er sich wie ein Dämon verhalten? Glühen seine Augen? Hat er Ansätze von Hörner auf dem Kopf?«

»Nichts von alldem. Er ist ein merkwürdiger, unsympathischer Mann mit perfekten Zähnen.«

»Und Milliarden Dollar auf dem Konto«, fügte Clara hinzu.

Eine Weile schwiegen wir.

»Mammon, der Dämon der Habgier. Das muss man sich mal vorstellen«, sagte Glo schließlich.

»Ich kenne eine Elfe und eine Baumfee«, sagte Diesel. »Aber bei dem Dämon der Habgier muss ich passen.«

»Wulf hat angedeutet, dass du möglicherweise die Karte stehlen könntest«, sagte ich. »Du seist ein viel besserer Dieb als er.«

»Du könntest sie am Samstag klauen«, schlug Glo vor. »Wir gehen alle verkleidet als Catering-Mitarbeiter hin und servieren die Nachspeise.«

»Wir *sind* die Mitarbeiter des Catering-Services«, sagte ich.

»Umso besser. Das ist die perfekte Tarnung«, erwiderte Glo. »Diesel kann sich mit der Karte aus dem Staub machen, während sich alle auf das Dessert stürzen.«

»Hast du eine Lizenz zum Stehlen?«, wandte ich mich an Diesel.

»Na ja, das ist nicht so richtig festgelegt.«

»Es wird sicher Spaß machen, aber bringt es uns etwas, wenn Diesel die Karte klaut?«, fragte Glo. »Eigentlich nutzt sie uns nichts. Wir haben nur fünf Münzstücke. Wulf besitzt noch eine, und niemand hat einen blassen Schimmer, wo die restlichen beiden sind.«

»Okay, dann beschäftigen wir uns zuerst mit den beiden letzten Münzfragmenten«, schlug ich vor. »Holzbein Dazzle hat alle versteckt. Wahrscheinlich hat er auch die restlichen beiden irgendwo in seiner Nähe aufbewahrt. Zwei hatte er bei sich, zwei waren bei Opa Dazzle und zwei im Leuchtturm.«

Clara schlug sich mit der flachen Hand vor die Stirn. »Das Dazzle Speakeasy! Die Kneipe steht seit dem Ende der Prohibition leer. Holzbein hat praktisch dort gewohnt … Bis er dann verschwunden ist. Sie war sein ganzer Stolz. Man kann sie durch den Untergrund erreichen.«

»Durch den Untergrund?«, fragte ich.

»Tunnel, die von Schmugglern gebaut wurden. Sie laufen überall unter der Stadt entlang. Die Alkoholschmuggler haben sie benutzt, aber sie existierten schon viel früher. Zivilen Ungehorsam gibt es in Salems Geschichte bereits seit ewigen Zeiten. Die meisten der unterirdischen Gänge stammen aus der Regierungszeit von Jefferson, als er Zölle auf Melasse erlassen hat. Ein Tunnel befindet sich direkt unter Dazzle's Bäckerei. Man kann ihn durch die Tür dort hinten betreten.«

Wir gingen zum hinteren Teil der Küche. Diesel öffnete die Tür und betrachtete den dunklen Treppenschacht.

»Was ist dort unten?«

»Nicht viel«, antwortete Clara. »Hauptsächlich Werkzeug und anderer Kram. Eigentlich ist es ein Lagerraum, aber er ist nicht sehr praktisch. Die Tür führt zum Untergrund, deshalb halte ich sie immer verschlossen.«

Diesel kletterte die wacklige Treppe hinunter und zog an der Kette, mit der man die Glühbirne an der Decke anknipsen konnte. Wir folgten Diesel. Clara schob ein leeres Regal an der hinteren Wand zur Seite.

»Das ist der versteckte Eingang«, sagte sie.

»Das ist ein gähnendes, schwarzes, verhängnisvolles Loch«, meinte Glo.

Clara nahm eine Taschenlampe aus dem Regal, schaltete sie an und richtete den Lichtstrahl in den höhlenartigen Gang. Die Wände aus ockerfarbenen Ziegeln waren durch Eisenbogen verstärkt. Carl sprang vor uns her und zeigte uns den Stinkefinger, als ihn der Lichtstrahl traf.

Diesel nahm Clara die Taschenlampe aus der Hand und ging in den Tunnel hinein. »Weißt du, wohin der Gang führt?«

»Ja. Ich war schon seit Jahren nicht mehr hier, aber als kleines Mädchen habe ich oft in den Tunneln gespielt. Ich konnte von der Bäckerei zum Haus meiner Eltern gehen. Der Tunnel führt auch zu Opas Haus. Und zu der Kneipe.«

Diesel ging ein Stück weiter. »Wird die Kneipe noch genutzt?«

»Nur von meinem Opa. Es gibt einen direkten Zugang

über seiner Besenkammer. Er nennt das Speakeasy seinen Partyraum. Opas Haus gehörte früher Holzbein, der die Kneipe eine Zeitlang führte.«

Glo kehrte in die Bäckerei zurück, und Clara, Diesel und ich gingen den Gang entlang, bis wir zu einer Eisentür gelangten.

»Dahinter ist die Kneipe«, sagte Clara. »Wir können nicht hinein, weil die Tür von der anderen Seite abgesperrt ist.«

»Kein Problem.« Diesel legte die Hand auf den Türknauf.

Das Schloss klickte, und Diesel schob die Tür auf.

»Wie hast du das gemacht?«, fragte Clara.

»Man hat mir gesagt, das habe irgendetwas mit meinem Magnetfeld zu tun.«

Für ein Lokal war der Raum recht klein und entsprach in etwa der Vorratskammer in der Bäckerei. Clara machte das Licht an, und wir sahen uns in Opas Spielzimmer um. Eine richtige Männerhöhle. Hier hatte Claras Opa als junger Mann sicher Poker gespielt und dabei ordentlich gebechert. Die Bar war aus polierter Eiche und der Holzboden stark abgenutzt. Der grüne Filz auf dem Pokertisch war verblichen und fleckig. In der Mitte standen zwei Polstersessel, wo, wie ich mir vorstellte, auf Bartischen früher illegal Alkohol ausgeschenkt worden war.

Diesel schaute sich um und lächelte.

»Was ist los?«, fragte ich ihn.

»Der Laden gefällt mir. Vielleicht miete ich ihn, wenn ich das nächste Mal in der Stadt bin.«

»Du könntest Nergal einladen«, schlug ich vor. »Und eine Party mit ihm feiern.«

Diesel legte mir den Arm um die Schulter. »Ich habe eine Aufgabe für dich.«

»Oje.«

»Ich würde dir gern die Augen verbinden, aber ich habe kein Tuch dabei, also heben wir uns das für später auf. Wenn du verstehst, was ich meine …«

»Alle verstehen, was du meinst.«

Er grinste noch breiter. »Ich möchte, dass du mit geschlossenen Augen im Raum umhergehst. Achte einfach darauf, ob du irgendetwas fühlst. Normalerweise musst du einen Gegenstand in der Hand halten, um die Schwingungen wahrzunehmen, aber du hast im Leuchtturm das Münzfragment hinter dem Ziegel gefunden. Also vielleicht spürst du auch hier irgendwelche Vibrationen.«

Diesel führte mich durch die Kneipe. Ich berührte den weichen Filz auf dem Pokertisch und ließ meine Hand über die Ziegelwände gleiten. Als ich das Eichenholz der Bar anfasste, fühlte ich ein leichtes Vibrieren.

»Hier«, sagte ich.

Ich öffnete die Augen und fuhr mit der Fingerspitze über das Holz, bis ich die richtige Stelle gefunden hatte.

»Das Holz ist überall ziemlich vernarbt und hat dunkle Flecken, aber dort, wo du die Vibration spürst, scheint ein Pfropfen drinzustecken.«

Diesel bohrte einen Korkenzieher hinein, hebelte ein Stück Holz heraus und holte dann mit dem Korkenzieher zwei Münzstücke aus dem Loch. Als er sie in meine Hand fallen ließ, spürte ich sie vibrieren.

»Sie sind echt«, stellte ich fest.

Diesel holte die fünf Münzfragmente aus seiner Tasche und legte sie auf die Bartheke. Ich fügte meine zwei Stücke hinzu – sie passten perfekt. Alle Schnittstellen fügten sich aneinander.

»Wenn ich jetzt Wulfs Münzfragment hätte, wäre der Kopf von Carlos III. komplett«, sagte Diesel.

Er steckte die sieben Münzstücke in die Tasche. Wir gingen zurück zur Bäckerei, schoben das Regal wieder vor den Tunneleingang und kletterten die Treppe hinauf.

Diesel wischte mir mit dem Daumen einen Mehlfleck von der Wange. »Ich muss noch einiges erledigen, danach treffen wir uns bei dir.«

»Ich werde wahrscheinlich erst spät nach Hause kommen«, sagte ich. »Ich muss noch eine Auswahl von Nachspeisen für Ammons Party zusammenstellen. Und allmählich anfangen zu backen.«

KAPITEL 12

Glo sperrte den Laden um vier Uhr ab, hängte das Schild mit der Aufschrift *Geschlossen* an das Fenster und kam zu mir und Clara in die Küche. »Ich habe einige Recherchen über Dämonen angestellt«, sagte sie, während sie mir beim Ausrollen des Pastetenteigs zusah. »Und ich habe ein paar ausgezeichnete Zaubersprüche zu ihrer Bekämpfung gefunden. Wir sollten auf jeden Fall vorbereitet sein.«

»Ich glaube eigentlich nicht an Dämonen«, erklärte ich.

»Ich glaube an alles«, erwiderte Glo. »Da kenne ich keine Grenzen. Ich habe sogar ein paar Tests entdeckt, mit denen wir feststellen können, ob Ammon tatsächlich ein Dämon ist.«

»Ich glaube kaum, dass Ammon bereit ist, sich irgendwelchen Dämonentests zu unterziehen.«

»Richtig, und deshalb habe ich einen Zauberspruch herausgesucht, der ihn dazu bringen wird. Er ist idiotensicher. Ich besorge mir nach der Arbeit im Exotica-Laden die nötigen Zutaten.« Sie betrachtete den Teig. »Wie viele Törtchen musst du backen?«

»Vierhundert«, antwortete ich.

»Du lieber Himmel. Das ist eine ganze Menge.«

»Ich möchte vier verschiedene Füllungen machen. Außerdem bereite ich vier große Servierteller mit Keksen und vier mit kleinen Cupcakes vor. Und einen Tisch, an dem Bananen gebraten und flambiert werden.«

»Ich kann es kaum erwarten«, sagte Glo. »Ich liebe Partys. Ich habe meinem Besen versprochen, dass er mitkommen darf. Das ist hoffentlich okay.«

»Klar. Er kann uns später beim Aufkehren helfen.«

Glo verließ die Bäckerei. Clara räumte auf und ging eine halbe Stunde später ebenfalls. Ich blieb bis fünf, verstaute meine Törtchenformen, schob den Speisezettel in meine Stofftasche, schaltete das Licht aus und schloss die Ladentür ab. Ich hatte gerade die Hand auf den Griff meiner Autotür gelegt, als ich ein Geräusch hinter mir hörte. Ich drehte mich um und sah Hatchet mit weit aufgerissenen Augen auf mich zulaufen. Sein Haar stand in alle Richtungen ab, und eine noch feuchte Strumpfhose schlackerte um seine Beine. Er fuchtelte mit seinem Schwert herum.

»Verfluchtes Frauenzimmer!«, brüllte er. »Wie könnt Ihr es wagen, Hatchet ins Wasser zu stoßen? Macht Euch darauf gefasst, dass Hatchet Euch niederstrecken wird!«

Mist! Ich riss die Tür auf, sprang in den Wagen und drückte auf den Verriegelungsknopf. Hatchet ließ sein Schwert auf das Autodach niedersausen und wurde durch den Rückstoß nach hinten geschleudert. Ich ließ den Motor an und brauste davon. Hatchet rannte hinter meinem Wagen her, aber nach kurzer Zeit hatte ich ihn abgehängt. Allmählich normalisierte sich mein Herzschlag wieder. Hatchet hatte Glück gehabt, dass er mich nicht erwischt hatte, denn das hätte Wulf sicher nicht gefallen. Und wenn Wulf nicht zufrieden ist, können hässliche Dinge geschehen.

Zwanzig Minuten später betrat ich mein Haus. Diesel und Carl waren bereits da, und Katerchen ließ sie nicht aus den Augen.

»Was gibt's Neues?«, fragte Diesel.

»Ich hatte gerade einen Zusammenstoß mit Hatchet. Er hat versucht, mich mit seinem Schwert zu erschlagen, aber ich war zu schnell für ihn. Und was ist bei dir los?«

»Ich muss bei jemandem an der Westküste den Stecker ziehen, aber vorher wollte ich mich noch gebührend von dir verabschieden.«

»Den Stecker ziehen? Heißt das, du sollst jemanden umlegen?«

»Nein, ich soll niemanden töten. Ich werde nur jemandem den Strom abstellen, der seine Rechnung nicht gezahlt hat.«

Diese Unterhaltung wollte ich nicht fortführen. Manchmal will man gar nicht so viel wissen.

Wir gingen in die Küche.

»Kannst du eigentlich kochen?«, fragte ich Diesel.

»Ich kann Rühreier und Sandwiches machen und eine Bierflasche öffnen. Die raffinierten Gerichte überlasse ich lieber anderen.«

Offensichtlich gehörte ich zu den Leuten, die einfallsreicher kochten, und ich holte zwei Hähnchenbrüste und Gemüse aus dem Kühlschrank.

»Wie ernstzunehmend war Hatchets Angriff?«, wollte Diesel wissen.

»Schwer zu sagen. Jedenfalls schlimm genug, um meinen Puls in die Höhe zu treiben. Er hat eine große Beule in mein Autodach geschlagen. Auch wenn es eigentlich keine Rolle spielt.«

»Hast du eine Ahnung, warum er auf dich losgegangen ist?«

»Ich habe ihn heute Vormittag vom Bootssteg ins Wasser gestoßen und wahrscheinlich seine Frisur ruiniert.«

Diesel grinste. »Großartig.«

Ich wusch das Gemüse und legte es auf die Arbeitsplatte. »Wir brauchen also bloß noch ein Münzfragment und die Karte, um den Stein zu suchen. Nur Wulf und ein Dämon stehen uns noch im Weg. Unsere Probleme sind so gut wie gelöst.«

»Die Karte zu besorgen ist ein Kinderspiel, aber ich werde dich wohl gegen Wulfs Münzstück eintauschen müssen.«

»Was?«, erwiderte ich entsetzt.

Diesel stellte sich hinter mich, schmiegte sich an mich und küsste mich unter meinem Ohr.

»Das war nur ein Scherz. Ich würde dich niemals Wulf überlassen. Du bist mehr wert als ein Münzfragment. Um mir das Geschäft schmackhaft zu machen, müsste er mir zusätzlich noch Hatchet überlassen.«

Ich stieß ihm den Ellbogen in die Brust. »Du bist ein Idiot.«

»Stimmt, aber ich bin auch ziemlich heiß.«

»Wann kommst du nach dem Steckerziehen zurück?«

»Weiß nicht genau. Es dürfte nicht lange dauern. Mit Sicherheit bin ich wieder da, um am Samstag die Karte zu klauen.«

Ich holte mein großes Gemüsemesser aus der Schublade und schnitt in einem Höllentempo die Karotten in kleine Scheiben.

»Das sieht sehr aggressiv aus«, meinte Diesel. »Wenn du dich ein wenig abreagieren musst, könnte ich dir etwas Besseres anbieten, als Karotten zu zerhacken.«

Ich warf ihm einen Blick zu und zog eine Augenbraue nach oben.

»War ja nur ein Vorschlag.« Er steckte die Hände in die Hosentaschen und wippte auf den Fersen.

Zack! Ich halbierte eine Zwiebel.

»Vielleicht später«, sagte Diesel.

KAPITEL 13

Um Punkt vier Uhr hängte Glo das Schild mit der Aufschrift *Geschlossen* an die Ladentür, und wir versammelten uns alle in der Küche. Wir mussten den Van beladen und spätestens um sechs Uhr in Cupiditas sein, um dort alles herzurichten. Die Party sollte von sieben bis neun gehen. Wie ich gehört hatte, handelte es sich um eine Spendenaktion für die Erhaltung der Syrischen Schaufelkröte. Wahrscheinlich war den meisten Gästen diese Kröte piepegal. Sie hatten über fünftausend Dollar für eine Eintrittskarte lockergemacht, um zu einer Party bei Martin Ammon zu gehen und einen Blick auf sein Haus werfen zu können.

Josh und Glo würden mir beim Servieren helfen. Sie trugen die für Catering-Mitarbeiter übliche Kleidung: Josh trug eine schwarze Hose, ein weißes Hemd und eine rote Krawatte, Glo einen schwarzen Rock, eine weiße Bluse und eine rote Krawatte, und ich hatte mich in mein einziges kleines Schwarzes geworfen. Von Diesel war nichts zu sehen.

Kurz nach fünf Uhr hatten wir alles in den Van geladen und waren bereit zur Abfahrt, als Diesel hereinkam. Er hatte einen schwarzen Anzug, ein schwarzes Hemd und eine schwarze Krawatte an. Wulf war meistens so angezogen und sah dann aus wie ein Hollywood-Vampir. Diesel hingegen wirkte eher wie ein Bodyguard von Madonna.

»Wer bist du?«, fragte ich.

»Ich bin dein Fahrer. Wenn die Party läuft, mische ich mich unter die anderen Gäste und spaziere unbemerkt durchs Haus und schnappe mir die Karte.«

»Viel Glück«, sagte ich.

Für mich war es ein Ding der Unmöglichkeit, dass Diesel nicht auffiel. Er war groß und wirkte auf eine sehr anziehende Weise ein wenig abgerissen – wie ein markiger Kinoheld –, und ihn umgab eine gewaltige Wolke Testosteron. Wer Diesel nicht bemerkte, war mit Sicherheit tot.

Zwanzig Minuten später fuhr er den Van durch das Eingangstor vor Ammons Haus und parkte vor einer der Garagen. Rutherford und zwei der Hausangestellten halfen uns beim Entladen. Um sieben Uhr hatten wir alles vorbereitet. Die Gäste wurden in den großen Salon und von dort auf die Terrasse mit Blick auf das Meer geführt. Ich hatte meine Nachspeisen auf mehreren Tischen auf der Terrasse angerichtet. Der Tisch mit den Bananen befand sich im Haus vor einem Erkerfenster. Josh und Glo trugen Silbertabletts mit Keksen und handgemachter Schokolade herum, während Diesel in einer Ecke auf seine Chance lauerte.

Um halb acht rief Ammon alle Gäste in den Salon und bat sie um ihre Aufmerksamkeit.

»Ich möchte Ihnen Lizzy Tucker vorstellen«, sagte er. »Ammon Industries wird eine vollkommen neue, von Miss Tucker und ihren Kochkünsten inspirierte Produktlinie auf den Markt bringen. Jedes Rezept in ihrem brandneuen Kochbuch *Küchenmagie* wird schon bald unter der Marke Ammon erhältlich sein.«

Alle klatschten, und ich hielt mich rasch an einem Servierwagen fest, um nicht umzukippen. Wulfs Warnung, dass ich nun Ammon gehören würde, klang mir in den Ohren.

»Miss Tucker wird nun ihre magischen Kochkünste vorführen und Ihnen flambierte Bananen servieren«, fuhr er fort. »Guten Appetit.«

Er schenkte mir ein strahlendes Lächeln, drehte sich auf dem Absatz um und mischte sich unter seine Gäste.

Glo kam zu mir. »Alles in Ordnung?«, fragte sie. »Du bist plötzlich ganz blass geworden. Vielleicht weil der Dämon neben dir stand?«

»Er ist kein Dämon.«

»Das wissen wir noch nicht. Seine Haut hat eine ziemlich merkwürdige Farbe.«

»Das kommt von dem Bräunungsspray!«

Um mich herum bildete sich ein Grüppchen, das mein Bananendessert probieren wollte.

»Du solltest loslegen«, meinte Glo. »Die Leute sehen nicht so aus, als hätten sie viel Geduld. Und ich hoffe, du hast genug Bananen dabei, denn sie stehen alle schon Schlange.«

»Ich könnte eine Assistentin brauchen. Bleib hier und hilf mir beim Servieren.«

Ich hatte nur eine einzige Herdplatte auf dem Servierwagen, und damit musste ich nun Bananen für zweihundert wartende Gäste braten. Hastig stellte ich die Platte an, ließ ungesalzene Butter in einer Pfanne schmelzen und gab braunen Zucker und Gewürze hinzu. Dann warf ich klein geschnittene Bananen hinein und wollte nach der Rumflasche greifen. Kein Rum da.

»Wo ist der Rum?«, fragte ich Glo. »Die Flasche steht nicht auf dem Wagen.«

»Ich hab ihn hier«, erwiderte Glo. »Um dir zu assistieren.«

»Gut, dann gib ein paar Tropfen auf die Bananen, während ich den Gasbrenner anmache.«

Ich schaltete den Brenner an, und Glo kippte die halbe Flasche Rum auf die Bananen.

»Das ist viel zu viel!«

Sie machte eine ruckartige Handbewegung und kippte dabei den restlichen Rum aus. Die Bananen fingen Feuer, und blaue Flammen sprangen von der Pfanne auf die Beine des Servierwagens über. Eine Feuerspur lief über den orientalischen Teppich und setzte die schweren Brokatvorhänge hinter uns in Brand.

Sofort brach Chaos aus. Der Feueralarm schrillte. Die Gäste kreischten und rannten auf die Terrasse hinaus. Die Vorhänge qualmten. Kleine Flammen tanzten über die Wand. Eigentlich hatte ich mir immer eingebildet, in Notsituationen einen kühlen Kopf zu bewahren, aber nun stand ich wie angewurzelt da und sah tatenlos zu, wie Rutherford und ein halbes Dutzend Hausangestellte mit Feuerlöschern herbeieilten.

»Ich glaube, die Party ist gelaufen«, meinte Glo. »Josh hat mir gerade eine SMS geschickt – Diesel wartet mit laufendem Motor auf uns.«

Ich schaute mich in dem Zimmer um. Das Feuer war fast gelöscht und hatte sich glücklicherweise nicht weiter ausgebreitet. Ammon war nirgends zu sehen.

»Wir gehen jetzt besser«, sagte ich. »Das Bananendessert fällt aus.«

Wir hasteten mit gesenkten Köpfen in die Eingangshalle und durch die leere Küche in die Garage, wo Josh bereits wartete und uns hektisch zu sich winkte. Wir gingen zum Van hinüber. Josh und Glo stiegen hinten ein, und ich ließ mich neben Diesel auf den Beifahrersitz fallen.

»Warum die Eile?«, fragte ich Diesel. »Hast du die Karte?«

»Ja. Dummerweise kam Ammon in sein Arbeitszimmer, nachdem du das Haus in Brand gesetzt hattest. Er wollte die Karte retten und hat mich beim Klauen erwischt. Es gab eine kurze Diskussion darüber, wer sie behalten darf, und dann hat Josh ihm ein Tablett über den Kopf gezogen.«

»Ich habe gesehen, wie er den Salon verlassen hat, und bin ihm gefolgt«, erklärte Josh. »Gott sei Dank.«

»Ach, du lieber Himmel. Ist er verletzt?«, fragte ich.

»Vielleicht ein bisschen benommen«, erwiderte Josh mit seiner Piratenstimme.

»Wohl eher ein bisschen k. o.«, meinte Diesel und ließ den Motor an. »Aber als wir gingen, kam er bereits wieder zu sich.«

In der Ferne heulten die Sirenen von Polizei- und Feuerwehrwagen.

»Wir müssen schnell hier weg, bevor der Weg versperrt ist«, sagte Diesel.

Die Auffahrt war nicht sehr lang, aber auf beiden Seiten zugeparkt. Diesel steuerte den Van vorsichtig zum Tor. Auf halber Strecke sprang ein Mann zwischen zwei Autos hervor und verstellte uns den Weg. Es war Martin Ammon. Wütend fuchtelte er herum und schrie laut:

»Hilfe! Polizei! Rutherford!«

»Wie ärgerlich«, sagte Diesel.

Er fuhr langsam auf Ammon zu, aber der wich nicht von der Stelle. Er trommelte auf die Motorhaube und brüllte weiter.

»Was hast du jetzt vor?«, fragte ich Diesel.

»Ich werde ihn überfahren.«

»Das kannst du nicht machen! Du bringst ihn um!«

»Und?«

»Du hast keine Lizenz zum Töten.«

»Das sind außergewöhnliche Umstände«, erwiderte Diesel.

Ammon hörte auf zu hämmern, ging zur Fahrertür und versuchte, sie aufzureißen.

»Sie werden meine Karte nicht mitnehmen!«, schrie er.

»Mein Magic-8-Ball sagt mir, dass es hier in fünf Minuten von Polizisten wimmeln wird«, warf Glo ein.

»Ich werde Sie verhaften lassen, dann können Sie im Gefängnis verrotten!«, brüllte Ammon. »Die Polizei ist bereits unterwegs. Ich höre die Sirenen.«

Diesel fuhr langsam weiter. Ammon stolperte zurück, zog sein Telefon aus der Tasche und wählte.

»Das sieht schlecht aus«, sagte ich. »Er wählt den Notruf.«

»Wir müssen ihn mitnehmen«, erklärte Diesel. »Schnappt ihn euch!«

Glo, Josh und ich sprangen aus dem Van und rannten auf Ammon zu. Er lief die Auffahrt hinunter, aber Josh erwischte ihn am Tor. Diesel hielt den Van neben uns an, wir stießen Ammon auf den Rücksitz, Josh und Glo setzten sich auf ihn, und ich kletterte rasch auf den Beifahrersitz. Als Diesel das Grundstück verließ und auf die Uferstraße fuhr, kam es auf dem Rücksitz zu einem Handgemenge. Wir hörten lautes Stöhnen und Fluchen und dann ein dumpfes Geräusch, gefolgt von einem Seufzen.

»Was ist passiert?«, fragte ich und versuchte, über die Kisten mit dem Geschirr und den Tabletts einen Blick nach hinten zu werfen.

»Der Magic-8-Ball ist mir aus der Hand gefallen und hat Ammon am Kopf getroffen«, antwortete Glo. »Ammon scheint zu schlafen.«

»Ach, du meine Güte, wir haben Martin Ammon zweimal k. o. geschlagen und ihn jetzt auch noch gekidnappt!«, stöhnte ich. »Wir wandern alle ins Gefängnis. Meine Mutter braucht bestimmt ein Beruhigungsmittel.«

»Ich habe *Ripple's Zauberbuch* mitgebracht«, sagte Glo. »Ich kann Ammon mit einem Spruch des Vergessens belegen, dann wird er sich an nichts mehr erinnern.«

Einen Moment lang herrschte Schweigen. Keiner von uns setzte großes Vertrauen in Glos Fähigkeiten.

»Hier auf Seite siebenunddreißig steht der Spruch«, verkündete Glo. »Und ich habe fast alle Zutaten bei mir.«

»Fast alle?«, fragte ich.

»Mir fehlt nur die pulverisierte Molchspucke, aber das

dürfte nicht so schlimm sein. Molchspucke wird meistens nur als Bindemittel verwendet.«

Diesel grinste, und ich biss mir auf die Unterlippe, um nicht loszuprusten.

»Die Kerze soll brennen, der Rauch sich verziehen, Martin Ammons Gedächtnis wird nun fliehen«, deklamierte Glo.

»Hast du denn eine Kerze bei dir?«, fragte ich.

»Nein, aber ein Feuerzeug.«

Ich hörte Buchseiten rascheln.

»Hoppla«, sagte Glo. »Jetzt habe ich die Stelle überblättert.«

Wieder raschelte Papier.

»Ah, hier ist es«, sagte sie. »Der Hund, mein zuverlässiger Freund, möge sich nun nicht mehr an das bittere Ende erinnern und sein wie zuvor.«

»Das klingt nicht passend«, wandte ich ein.

»Es ist zwar ziemlich dunkel hier hinten, aber ich bin mir sicher, dass ich den richtigen Spruch gefunden habe«, entgegnete Glo.

Auf der anderen Straßenseite raste ein Polizeiwagen vorbei, gefolgt von zwei weiteren Streifenwagen und einem Löschfahrzeug.

»Vielleicht sollten wir Ammon ins Krankenhaus bringen«, schlug ich vor. »Wie geht es ihm?«

»Eigentlich ganz gut«, antwortete Glo. »Seine Nase blutet nicht mehr, und seine Augen sind leicht geöffnet.«

»Ich habe seine Hände mit einem Seil gefesselt, das hier herumlag«, sagte Josh. »Er ist also in sicherer Verwahrung.«

»Wenn wir ihn nicht ins Krankenhaus bringen, wohin dann?«, fragte ich Diesel.

»In dein Haus. Ich habe Hunger.«

»Nein, nein, nein. Ich will ihn nicht in meinem Haus haben.«

»Lizzy hat recht«, mischte Glo sich ein. »Wahrscheinlich ist er ein Dämon, und er könnte Lizzys Haus mit irgendeiner schrecklichen Dämonenseuche infizieren. Als wir vorher miteinander kämpften, habe ich mit ziemlicher Sicherheit in seinem Auge eine doppelte Pupille gesehen. Und danach vielleicht noch ein Glühen.«

Diesel bog von der Ocean Avenue ab und fuhr weiter in Richtung Atlantic Street. »Ammon ist kein Dämon. Er ist lediglich ein Narzisst, der gerne ein Dämon wäre.«

»Wenn wir ihn nun in mein Haus bringen und ein SWAT-Team kommt, die Fenster zerschlägt und die Tür einbricht?«, gab ich zu bedenken. »Das wäre grauenhaft.«

»Ich schließe die Haustür nicht ab«, erwiderte Diesel. »Dann können die Männer einfach hereinspazieren.«

Zehn Minuten später zerrten wir Ammon aus dem Van, schleppten ihn ins Haus und setzten ihn in meiner Küche auf einen Stuhl. Katerchen starrte ihn von seinem Platz auf der Arbeitsplatte misstrauisch an, und Carl zeigte ihm den Stinkefinger. Diesel ging los, um einen Parkplatz für den Wagen zu suchen.

Glo holte ihren Magic-8-Ball aus der Tasche.

»Magic-8-Ball, sag mir, ob Martin Ammon ein Dämon ist.«

»Und?«, fragte ich. »Was meint er dazu?«

»Er sagt: ›Soviel ich sehe, ja‹.«

KAPITEL

14

Ammon stand mit vor seinem Bauch gefesselten Händen mitten in der Küche und schwankte leicht. Seine Augen waren glasig.

»Dämonen hassen Salz«, verkündete Glo und holte sich die Salzpackung aus meinem Schrank.

Sie streute ein wenig davon in einem Kreis um Ammon herum auf den Fußboden.

»Okay, und nun treten Sie aus dem Salzkreis«, forderte sie ihn auf.

Ammon schien nicht zu begreifen, was sie von ihm wollte.

»Möglicherweise ist er verwirrt, weil ich ihn mit dem Zauberspruch des Vergessens belegt habe und er jetzt nicht mehr weiß, dass er ein Dämon ist«, meinte Glo.

»Vielleicht ist er verwirrt, weil er zweimal bewusstlos geschlagen wurde und eine Gehirnerschütterung hat«, erwiderte ich. »Was passiert mit Dämonen, die aus einem Salzkreis treten?«

»Ich glaube, sie schmelzen«, sagte Glo. »Aber das ist eine Information aus zweiter Hand.«

Josh versetzte Ammon einen Stoß, sodass er über die Salzlinie stolperte.

»Hm, er schmilzt nicht«, stellte Glo fest.

Ammon warf den Kopf in den Nacken und stieß ein Heulen aus.

»Oh mein Gott«, sagte Glo. »Er ist ein Dämon-Werwolf. Wir müssen ihn mit einer Silberkugel erschießen. Hat jemand eine Silberkugel dabei?«

Josh und ich warfen uns einen besorgten Blick zu. Wir hatten keine Silberkugel bei uns. Und auch keine Waffe.

»Er hat keine Zähne wie ein Werwolf«, sagte ich. »Bist du sicher, dass du den richtigen Zauberspruch verwendet hast?«

Glo blätterte in *Ripple's Zauberbuch*. »Hier ist es. Oh-oh.«

»Was heißt das?«, wollte ich wissen. »Ich hasse es, wenn jemand ›Oh-oh‹ sagt.«

»Möglicherweise habe ich einen Fehler gemacht, als ich im Auto die richtige Stelle überblättert habe. Vielleicht habe ich ihn mit dem Zauber belegt, der sich auf den besten Freund des Menschen bezieht.«

Ammon kniete sich auf den Boden und leckte das Salz auf. Dann kroch er zur Kücheninsel hinüber und hob ein Bein.

»Böser Hund!«, schimpfte ich. »Nein!«

Er stellte das Bein auf den Boden und schaute mich an.

»Tu etwas!«, forderte ich Glo auf. »Verwandle ihn zurück!«

»Das könnte schwierig werden«, erklärte Glo. »Ich habe anscheinend zwei Zaubersprüche miteinander vermischt. Aber nun die gute Nachricht: Ich habe keine pulverisierte Molchspucke verwendet, deswegen können wir davon ausgehen, dass die Wirkung des Zauberspruchs nur eine gewisse Zeit anhält.«

Diesel betrat die Küche, legte die Karte auf die Arbeitsplatte und ging zum Kühlschrank. »Wie läuft es?«

»Nicht so gut«, erwiderte ich. »Ammon hält sich für einen Hund.«

»Dafür kann ich nichts.« Diesel holte sich eine Fleischpastete heraus. »Und ich werde ihn nicht Gassi führen.«

»Das ist also die Karte.« Josh betrachtete sie. »Kaum zu glauben, dass sie jemanden zu einem so unglaublich wertvollen Schatz führen kann.«

Diesel verschlang die kalte Fleischpastete und spülte sie mit einem Schluck Bier hinunter. Er nahm die Karte aus dem Rahmen und legte sie wieder auf die Arbeitsfläche. Ich musste Josh recht geben. Die Karte sah nicht so aus, als würde sie uns zu einem Schatz führen. Es war nur ein rundes Stück altes Pergament. Auf einer Seite stand *»Denarius clavis ad chartum est«*. Und darunter war die grobe Skizze einer Inselgruppe. Eine Insel war mit einem X gekennzeichnet. Die andere Seite der Karte war von oben bis unten mit scheinbar willkürlich zusammengestellten Buchstaben beschrieben. Nur eine Reihe konzentrischer Kreise schienen einige Buchstabengruppen voneinanderzutrennen. Es sah aus wie eine Zielscheibe beim Bogenschießen.

»Ob das wirklich ein Volltreffer ist?«, meinte Glo. »Der Schatz könnte auf irgendeiner dieser Inseln vergraben sein. Wir könnten tausend Jahre Löcher buddeln, ohne ihn zu finden.«

Diesel drehte die Karte auf die Seite mit den Buchstaben und legte die Münze auf das Pergament. Keine magische Veränderung. Josh versuchte, wie bei einem Rubbellos mit der Münze über die Buchstaben zu reiben. Nichts passierte.

»Wie hast du die sieben Münzstücke miteinander befestigt?«, fragte ich Diesel.

»Mit Sekundenkleber.«

»Möglicherweise ist es so etwas wie ein Ouijabrett«, meinte Glo. »Vielleicht müssen wir die Münze auf die Karte legen, sie dann alle mit unseren Händen berühren, ein Zauberwort aussprechen und warten, bis sie sich über die Karte bewegt.«

»Ich halte es für eine Art Puzzle«, sagte ich. »Wir müssen herausfinden, was es mit diesen konzentrischen Kreisen auf sich hat.«

Ich legte die Münze auf den Kreis in der Mitte … auf das Zentrum. Sie passte perfekt darauf.

»Ach, du meine Güte!«, rief Glo. »Durch eines der kleinen Löcher in der Münze sieht man einen Buchstaben.«

Ich drehte die Münze, und weitere Buchstaben erschienen.

»Die Münze muss so gedreht werden, dass die Buchstaben durch die Löcher erscheinen«, sagte ich. »Bisher haben wir ein ›E‹ und ein ›O‹.«

»Wir brauchen das fehlende Münzstück«, sagte Diesel. »Sonst wissen wir nicht, ob wir die Münze korrekt ausrichten, ob wir Buchstaben auslassen oder ob es überhaupt die richtigen sind.«

»Was ist mit den äußeren Kreisen?«, fragte Josh. »Da sind auch überall Buchstaben zu sehen.«

Diesel legte die Münze auf den äußersten Ring. Sie bedeckte exakt den Raum bis zum nächsten Kreis. Tatsächlich war der Abstand zwischen allen Kreisen derselbe, obwohl sie immer kleiner wurden – er betrug in etwa vier Zentimeter, ebenso viel wie der Durchmesser der Münze.

»Dreh die Münze in dem äußersten Ring. Mal sehen, ob in den Löchern Buchstaben erscheinen«, sagte Diesel.

Ich suchte mir einen Startpunkt aus und legte die Münze darauf. Vorsichtig drehte ich sie, bis Buchstaben durch die Löcher zu sehen waren. Dann rollte ich sie innerhalb des Kreises weiter wie das Rad an einem Fahrrad. So wie ein Planet sich um die Sonne bewegt. Während die Münze in der Umlaufbahn kreiste, kamen immer wieder Buchstaben zum Vorschein. So verfuhr ich mit allen Ringen, und Diesel schrieb die Buchstaben auf.

»Das ergibt keinen Sinn.« Er starrte auf seine Notizen. »Wir brauchen das letzte Münzstück von Wulf, sonst können wir die Botschaft nicht entziffern.«

Ammon rappelte sich auf und schaute sich um. Als er den Kater entdeckte, stieß er ein lautes »Wuff!« aus und jagte ihn ins Wohnzimmer. Katerchen blieb fauchend stehen, schlug mit der Tatze nach Ammon und riss ihm einen zehn Zentimeter langen Schlitz in die Hose. Ammon winselte und sprang rasch zurück.

Ich deutete auf die Couch. »Sitz!«, befahl ich.

Ammon ließ sich auf dem Sofa nieder, rutschte kurz hin und her und rollte sich dann zusammen.

»Wir müssen irgendetwas unternehmen«, sagte ich zu Diesel. »Hier kann er nicht bleiben. Entweder bringen wir ihn zu Rutherford zurück, oder er muss ins Tierheim.«

Rums! Ammon fiel vom Sofa.

»Meine Güte! Ist alles in Ordnung mit ihm?«, fragte ich.

»Ich glaube, er hat versucht, sich die Eier zu lecken, und ist dabei von der Couch gerutscht«, erwiderte Glo.

Rutherford kam fünfzehn Minuten später. Wir warteten mit Ammon bereits auf dem Gehsteig. Ammon war nicht mehr gefesselt, aber Diesel hielt ihn gut fest, damit er nicht Autos oder Eichhörnchen hinterherjagte.

»Ich habe ihn vor meiner Tür gefunden«, sagte ich zu Rutherford. »Er scheint verwirrt zu sein.«

Ammon knurrte Rutherford an.

»Wahrscheinlich hat er wegen des Feuers einen Schock erlitten«, fuhr ich fort. »Er steht irgendwie neben sich.«

»Das stimmt«, sagte Josh an Rutherford gewandt. »Er hält sich für einen Hund. Passen Sie gut auf ihn auf, wenn er in einen Raum kommt, in dem ein Teppich liegt.«

Rutherford starrte Ammon an. »Er blutet!«

»Er ist wohl hingefallen«, meinte Diesel.

Rutherford lud Ammon in den Mercedes Sedan. Als er losfuhr, steckte Ammon seinen Kopf aus dem Fenster und ließ sich den Fahrtwind um die Nase wehen.

»Kaum zu fassen«, sagte Glo.

Wir brachten den Van zurück zu Dazzle's Bäckerei, stiegen dort in unsere Autos und fuhren nach Hause. Als ich einen Blick in den Rückspiegel warf, bemerkte ich, dass Diesel mir folgte. Zu Hause angekommen stellte ich meinen Wagen ab, und Diesel parkte vor dem Nachbarhaus auf der Straße.

»Du fährst nicht zu dir?«, fragte ich ihn.

Wir standen vor meinem Haus, und Diesel blickte zur Haustür. »Ich habe meinen Affen hiergelassen. Außerdem ist Wulf dort drin.«

»Woher weißt du das?«

»Ich habe einen Krampf im Hintern.«

Diesel ging vor und schaltete das Licht an. Wulf saß auf einem Sessel im Wohnzimmer. Er wirkte ruhig und schien sich sehr wohlzufühlen. Er zwinkerte nicht, als das grelle Licht anging. Er lächelte nicht. Er runzelte nicht die Stirn. Und es schien ihn nicht zu überraschen, Diesel zu sehen.

»Hallo, Cousin«, sagte er.

Diesel nickte kurz. »Wulf.«

»Ich habe die Karte bewundert«, sagte Wulf. »Wie schade, dass sie ohne mein Münzstück absolut nutzlos ist.«

»Was schlägst du vor?«, fragte Diesel.

»Ich gebe euch das Münzfragment, ihr könnt den Schatz behalten, und ich bekomme dafür den Stein.«

»Vergiss es«, erwiderte Diesel.

»Martin Ammon mag sich im Moment wie ein Narr aufführen, aber er ist kein Dummkopf.«

»Er ist aber auch kein Dämon«, erwiderte Diesel.

»In uns allen sitzt ein Dämon«, erklärte Wulf. »Ammons Dämon ist die Habgier. Er wird immer nach noch mehr Reichtum und Macht streben. Und er wird sich von nichts und niemandem aufhalten lassen, um zu bekommen, was er will. Es gibt viele Leute, die ihm folgen wie ein Hund, wenn du mir diesen Vergleich gestattest. Mammon hat seine Jünger, auch wenn sie manchmal fehlgeleitet sind.«

»Und was willst du mir damit sagen?«, fragte Diesel.

»Ich möchte darauf hinweisen, dass Miss Tucker nun praktisch sein Eigentum ist. Sie hat einen Vertrag unterzeichnet, der Ammon Kontrolle über ihre zukünftige Karriere gibt. Die Sicherheitskameras haben aufgezeichnet, dass sie Ammon entführt hat. Und sie besitzt einen aus seinem Haus gestohlenen Gegenstand. All das wird er dazu verwenden, um sie zu erpressen und ihm dabei zu helfen, den Schatz zu finden. Und falls das nichts nutzt, erhöht er den Einsatz, bis sie nachgibt. Er brennt ihr Haus nieder, tötet ihre Katze, entführt ihre Mutter und hackt ihr einen Finger nach dem anderen ab«, sagte Wulf nüchtern, ohne jegliche Gefühlsregung oder einen Hauch von Zweifel, dass das alles geschehen würde. Und Diesel und mir war klar, dass er die Wahrheit sagte.

»Es wäre besser, ihr überlasst mir den Stein als Ammon und seinen Mammon-Anhängern. Ich kann die Macht des Steins kontrollieren. Die Anhänger Mammons werden sie freisetzen.«

»Wir könnten den Stein einfach in seinem Versteck lassen«, schlug ich vor. »Selbst ein Verrückter wie Ammon wird verstehen, dass wir uns in einer Sackgasse befinden.«

»Das wird ihn nicht davon abhalten, deiner Mutter die Finger abzuhacken«, erwiderte Wulf.

»Selbst ein komplett Verrückter muss doch begreifen, dass ich keinen Einfluss auf dich habe und dich nicht dazu zwingen kann, mir das letzte Stück der Münze zu geben«, sagte ich zu Wulf.

Diesel und Wulf tauschten einen Blick.

»Du besitzt in gewisser Weise schon Macht über ihn«, erklärte Diesel. »Wulf darf nicht zulassen, dass dir oder deiner Familie etwas zustößt, denn sonst müsste er handeln.«

»Warum?«

»Aus dem gleichen Grund, aus dem ich das nicht zulassen darf«, erwiderte Diesel. »Wir sind an dich gebunden.«

»Meine Güte. Ich habe keine Ahnung, was das bedeutet.«

»Ich müsste einen hohen Preis dafür bezahlen, wenn ich es zuließe, dass eine sich unter meinem Schutz befindliche Person zu Schaden kommt«, erklärte Wulf mir. »Und wenn meine Zielpersonen Mammon-Anhänger wären, hätte ich ein ordentliches und sehr ermüdendes Stück Arbeit vor mir.«

»Das verstehe ich nicht. Du bedrohst mich doch ständig«, sagte ich.

»Das eine hat mit dem anderen nichts zu tun.« Wulf legte sein Münzfragment auf den Couchtisch.

Diesel nahm es und fügte es mit den anderen Teilen zusammen. Wir legten die Münze auf die Karte, und Diesel schrieb die Buchstaben auf, die beim Schieben der Münze um die Kreise erschienen.

»Was steht nun da?«, fragte ich Diesel.

»›Im tiefen Wasser westlich von Gull Rock liegt der verfluchte Edelstein von Babur. Er kann dich zu einem Schatz führen, aber der Preis dafür ist vielleicht dein Tod.‹«

»Ach herrje«, seufzte ich. »Ein mit einem Fluch belegter Edelstein?«

»Was auch immer, ihr müsst es finden«, sagte Wulf.

Zisch! Ein Blitz zuckte auf, eine Rauchsäule stieg in die Luft, und Wulf war verschwunden.

»Wie macht er das?«, fragte ich.

Diesel grinste. »Ehrlich gesagt weiß ich es nicht.«

»Haben wir ihm soeben den Stein der Habgier versprochen?«

»Ja, und ich bin darüber nicht sehr glücklich. Aber solange wir zwei Steine sicher aufbewahren, ist seine Macht begrenzt. Um wirklich Schaden anzurichten, braucht er alle sieben SALIGIA-Steine.«

»Glaubst du, dass es tatsächlich Mammon-Anhänger gibt?«

»Das würde mich nicht überraschen«, antwortete Diesel. »Und ich kann mir gut vorstellen, warum sie Ammon als ihren Anführer haben wollen.«

»Du glaubst aber nicht, dass er in Wahrheit Mammon ist, oder?«

»Nein. Seine Eltern haben nur keine gute Wahl getroffen, als sie sich für diesen Vornamen entschieden haben.«

»Wie sehen Mammon-Anhänger wohl aus?«, fragte ich. »Wie eine Zombie-Armee, die Ammon verehrt?«

»Ich tippe auf Rutherford«, sagte Diesel. »Er lässt Ammon nie aus den Augen. Und falls er einer von ihnen ist, gibt es unter dem Haushaltspersonal sicher noch weitere Gefolgsleute.«

»Rutherford scheint Ammon auf ungewöhnliche Weise ergeben zu sein, aber ich kann mir nicht vorstellen, dass er ein Anhänger Mammons ist. Er sieht so normal aus.«

»Meine Tante Lydia sieht auch ganz normal aus, aber sie gehört einem Hexenzirkel an, der sie zur Göttin der Gänseblümchen erwählt hat.«

»Du hast eine merkwürdige Familie«, stellte ich fest.

»Nicht nach kalifornischen Maßstäben.«

Ich schenkte mir ein Glas Wein ein und trank es in einem Zug zur Hälfte aus. »Wegen heute Nacht.«

Diesel lehnte sich lässig gegen die Arbeitsplatte und steckte die Daumen in seine Hosentaschen. Er hatte seine Krawatte gelockert und den obersten Knopf seines Hemds geöffnet. »Du hast ein halbes Glas Wein trinken müssen, um das anzusprechen?«

»Hast du ein Problem damit?«

»Ganz und gar nicht.«

»Na ja, ich habe ein bisschen Angst, allein im Haus zu bleiben. Wulf kommt ständig hereingeschneit, wann es ihm gerade passt, und wahrscheinlich bemerkt Ammon irgendwann, dass er kein Hund ist. Und ich bin im Besitz seiner Karte.«

»Du möchtest also, dass ich heute Nacht bei dir bleibe?«

»Ja.«

»Und wo soll ich schlafen?«, fragte Diesel.

»Wo immer du willst.«

»Das ist zu einfach.«

»Ich dachte, es gefällt dir, wenn alles einfach ist.«

»Ich bin deshalb so erfolgreich in meinem Job, weil ich ausgezeichnete Instinkte habe, und sie sagen mir gerade, dass das nicht gut enden wird.«

»Du würdest mir einen Gefallen tun, wenn du hierbleibst. Ich würde dir auch mein Bett anbieten … Ich weiß ja, dass das Sofa zu klein für dich ist.«

»Und?«

»Ich schlafe hier unten«, antwortete ich.

»Warum?«

»Weil ich das Risiko nicht eingehen möchte, allein die Welt retten zu müssen.«

»Ich dachte, dafür hätten wir bereits eine Lösung gefunden«, sagte Diesel.

»Und wenn das nur ein glücklicher Zufall war? Vielleicht hat der Zuständige am Schalter gerade geschlafen? Es steht jetzt einiges auf dem Spiel.«

Diesel schenkte sich etwas von dem Wein ein und füllte mein Glas nach. »Gib mir Bescheid, falls du es dir anders überlegst. Ich stehe jederzeit auch kurzfristig zur Verfügung.«

Ich änderte meine Meinung um zehn Uhr, als wir den Fernseher abschalteten.

»Vielleicht könnten wir die Sache mit den Kissen noch einmal versuchen«, schlug ich vor. »Du bleibst auf deiner und ich auf meiner Seite.«

Diesel packte mich am Handgelenk und zog mich die Treppe hinauf. »Es wäre alles viel einfacher, wenn Hatchet mein Partner wäre.«

»Er ist total verrückt.«

»Schon, aber ihn will ich nicht nackt sehen.«

»Ich nehme an, du bist nicht bereit, in deinen Klamotten zu schlafen.«

Er warf sein Jackett über einen Stuhl. »Nein, aber du darfst gern tragen, was immer du willst.«

Ich schnappte mir einen Flanellpyjama und verschwand damit ins Badezimmer. Diesel lag schon im Bett, als ich zurückkam.

»Es ist Juli«, sagte er. »Glaubst du nicht, dass dir in dem Schlafanzug ziemlich warm wird?«

»Er ist sehr bequem.«

»Das kann ich mir vorstellen.«

KAPITEL 15

Der Wecker meines Smartphones ging an. Es war stockdunkel im Schlafzimmer. Katerchen hatte sich an meinen Füßen zusammengerollt, und ich hatte mich an Diesel geschmiegt. Keine Kissen. Rasch überprüfte ich meinen Schlafanzug – ich hatte ihn noch an, und er war zugeknöpft. Ich schwang mich aus dem Bett, tastete im Dunkeln nach meiner Kleidung und ging ins Badezimmer. Fünfzehn Minuten später war ich geduscht und angezogen. Diesel schlief noch.

»Nein, tue ich nicht«, sagte Diesel.

Ich schaltete das Licht an.

»Das heißt nicht, dass ich grelle Beleuchtung möchte.«

Ich knipste die Lampe wieder aus und ging nach unten, dicht gefolgt von Katerchen.

Nachdem ich Kaffee gekocht und einen Bagel getoastet hatte, fütterte ich den Kater. Ich hängte mir meine Tasche über die Schulter, füllte Kaffee in eine Tasse zum Mitnehmen und biss in den Bagel. Carl schlief bei eingeschaltetem Nachtlicht auf dem Sofa. Ich ging durch das Wohnzimmer, schloss die Haustür auf und wurde unsanft zurückgestoßen.

Josh und Devereaux stürmten ins Haus. Devereaux

hielt mich mit einer gezückten Waffe in Schach, während Josh in die Küche lief und kurz darauf mit der Münze, der Karte und dem Zettel, auf dem Diesel die Buchstaben notiert hatte, zurückkam.

»Was zum Teufel ist hier los?«, fragte ich.

»Einhundertneunzig Millionen Dollar sind ein Haufen Geld.« Josh rannte zur Haustür.

Das kam alles so unerwartet, dass ich einen Moment brauchte, um zu begreifen, was hier vor sich ging. Sie waren dabei, uns alles zu stehlen und sich den Schatz unter den Nagel zu reißen.

»Diesel!«, brüllte ich. »DIIIIIESEL!«

Ich ließ meine Kaffeetasse, den Bagel und meine Handtasche fallen, rannte hinter Devereaux her und packte ihn von hinten am Jackett. Er wirbelte herum und schlug mir den Kolben seiner Waffe gegen die Schläfe.

Josh sah mich beunruhigt an. »Alles in Ordnung?«

»Nein.« Blut lief mir übers Gesicht und tropfte auf mein Sweatshirt, und meine Ohren klingelten.

Devereaux hastete zu einem Wagen, der mit zwei Reifen auf dem Gehsteig vor meinem Haus geparkt war. »Los, steig ein!«, rief er Josh zu.

»Tut mir leid«, sagte Josh zu mir. »Du bist ein nettes Mädchen, aber ich muss das jetzt tun.«

»Und du bist ein A-loch!«, schrie ich ihm nach. »Ich hoffe, du bekommst Herpes.«

Die beiden brausten davon.

Diesel tauchte neben mir auf. »Was ist los?«

»Devereaux und Josh haben uns die Karte und die Münze geklaut.«

Ich drehte mich zu Diesel um und merkte, dass er nackt war.

»Heiliger Bimbam!«

»Du hast mich aus dem Bett geholt.«

Ein Wagen fuhr hupend vorbei. Diesel winkte, machte die Haustür zu und schloss sie ab.

»Du hast eine Wunde am Kopf«, sagte er. »Wie ist das passiert?«

Ich zog mein Sweatshirt aus, presste es gegen die Platzwunde und ging in die Küche. »Devereaux hat mir eins mit seiner Waffe übergezogen. Das hat mich einen Moment lang außer Gefecht gesetzt – sodass sie entkommen konnten.«

»Es enttäuscht mich sehr, dass Josh sich mit Devereaux verbündet hat. Damit hätte ich nicht gerechnet.« Diesel feuchtete ein Küchentuch an und tupfte die Haut um die Wunde sauber. »Es ist nicht so schlimm«, sagte er. »Die Wunde ist nicht tief und hat bereits zu bluten aufgehört.« Er holte ein großes Pflaster aus dem Verbandskasten in meiner Küche. »Ruh dich ein wenig aus. Ich gehe nach oben und ziehe mich an.«

Verdammt. Er wollte sich anziehen. Wie schade.

»Mit solchen Gedanken wirst du dich noch in Schwierigkeiten bringen«, sagte er.

»Du hast wieder meine Gedanken gelesen!«

»Nein, das habe ich nicht«, erwiderte Diesel. »Du hast dir über die Lippen geleckt und mich angestarrt.«

Diesel trug eine verwaschene Jeans, ein schwarzes T-Shirt und Sneaker. Sein Haar war noch feucht vom Duschen, und er hatte einen Zwei-Tage-Bart. Er schob sich einen halben Bagel in den Mund und schenkte sich eine Tasse Kaffee ein.

Ich ließ am Spülbecken Wasser in meinen Becher laufen, als ich spürte, dass jemand an der Hintertür stand. Als ich mich umdrehte, sah Rutherford durchs Fenster.

Diesel öffnete ihm die Tür. »Wie läuft's?«

»Nun, ehrlich gesagt könnte es besser sein«, seufzte Rutherford. »Mr Ammon ist sehr aufgebracht, weil ihm seine Karte abhandengekommen ist. Und er hätte sie gern zurück.«

»Tut mir leid«, erklärte Diesel. »Wir haben sie nicht.«

»Vielleicht sollten Sie sich noch einmal gründlich umschauen.« Rutherford lächelte und gestikulierte mit den Händen, als wollte er Brötchen backen.

»Sie ist nicht hier«, sagte Diesel.

Rutherford lächelte immer noch. »Hören Sie, ich würde Ihnen gern glauben, aber wir haben ein Video, auf dem zu sehen ist, wie Sie sie stehlen.«

»Das war gestern«, erwiderte Diesel. »Sie kommen eine Stunde zu spät. Man hat sie uns gerade geklaut.«

Rutherford stieß ein kurzes, höfliches Lachen aus. »Ah! Haha. Natürlich glaube ich Ihnen, aber … Haha, Mr Ammon wird Zweifel daran haben, dass jemand, äh, einfach hier hereinspaziert ist und die Karte mitgenommen hat.«

»Hier spazieren eine Menge Leute herein«, sagte Diesel. »Pausenlos.«

»Man hat mir eine Waffe auf den Kopf geschlagen.« Ich deutete auf mein Pflaster.

»Das tut mir sehr leid.« Rutherford betrachtete mich scheinbar betroffen. »Ich werde versuchen, das Mr Ammon zu erklären. Ja, das werde ich tun.«

Diesel schloss die Tür hinter Rutherford und schenkte sich Kaffee nach. »Bei dir ist heute ja einiges los.«

Ich stellte meinen Kaffeebecher in das Abtropfgestell. »Glaubst du, dass Devereaux und Josh die Insel finden?«

»Devereaux weiß wahrscheinlich schon lange, wo die Insel liegt. Unten auf der Karte war eine grobe Skizze, und er hatte sie lange genug in seinem Besitz, um Nachforschungen anzustellen. Auch Ammon kennt den Ort sicher schon. Wahrscheinlich haben die beiden bereits jeden Zentimeter der Insel abgesucht, aber nichts gefunden. Ohne die Münze, mit der man die Botschaft auf der Karte entziffern kann, kamen sie nicht weiter.«

»Und was ist mit uns? Weißt du, wo die Insel liegt?«, fragte ich.

»Ja. Ich habe gestern Abend ein Bild von der Karte an jemanden geschickt, der, wie ich weiß, jahrelang in diesen Gewässern gesegelt ist. Die kleine Inselgruppe liegt in der Penobscot Bay. Laut meinem Kontaktmann ist sie nicht schwer zu finden, da sie eine einzigartige Form besitzt. Ihr Name ist Brimstone Island. Und er kennt auch Gull Rock.«

»Der Name Brimstone Island – die Schwefelinsel – erweckt nicht gerade die Vorstellung von einem tropischen Paradies.« Ich warf einen Blick auf die Uhr. »Ich muss los, sonst komme ich zu spät zur Arbeit.«

»Korrektur. Du gehst nicht zur Arbeit. Du musst dir

noch einen Tag freinehmen, um die Welt zu retten. Wir müssen vor Devereaux auf Brimstone Island sein.«

»Schaffen wir das überhaupt? Er hat einen Vorsprung«, sagte ich.

»Ich habe schon alles ausgerechnet. Bis Rockland, Maine, dauert es etwa vier Stunden. Von dort kann man mit einer Fähre in zwei Stunden zu den Fox Islands übersetzen. Und mit einem gemieteten Boot gelangt man nach Brimstone Island. Die gesamte Tour dauert etwa acht Stunden. Glücklicherweise steht uns ein Hilfsmittel zur Verfügung, das Devereaux nicht hat«, sagte Diesel.

»Und das wäre?«

»Ein schnelles Boot. Wulf erwartet uns in einer Stunde am Kai.«

Ich rief Clara an und sagte ihr, dass ich nicht kommen könne. Am Sonntag war meistens nicht viel los. Sie würde ein paar Apfeldonuts backen, und Glo konnte ihr beim Aufräumen helfen.

Wir fuhren mit Diesels Wagen zum Jachthafen am Pickering Wharf und gingen zum Dock.

»Ich sehe Wulfs Boot nicht«, sagte ich.

»Es ist das orangefarbene ganz am Ende.«

»Das ist nicht das Boot, auf dem ich war.«

»Das wäre zu langsam für unsere Zwecke. Das hier ist ein fünfzehn Meter langes Nor-Tech 5000 V. Es erreicht eine Spitzengeschwindigkeit von hundertneunzig Stundenkilometern. So schnell werden wir heute nicht fahren, aber auf jeden Fall sind wir schneller als Devereaux.«

»Wie viele Boote besitzt Wulf?«

Diesel zuckte die Achseln. »Sie kommen und gehen.«

»Hast du auch ein Boot?«

»Ich habe eine Hängematte und ein Surfboard.«

Das Boot war lang und niedrig und hatte ein offenes Cockpit. Wulf stand am Steuer. Hatchet saß neben ihm. Dahinter waren drei Sitze. Ich zählte achtzehn Armaturen an der Konsole, und links neben dem Steuer befanden sich einige weitere. Die Luke zum unteren Deck war ebenfalls auf der linken Seite. Die Planken waren aus Teakholz und die Sitze aus rotem Leder. Ich ließ mich auf einem Sitz nieder. Diesel stellte sich hinter Wulf. Der drehte den Schlüssel im Zündschloss, ließ den Motor aufheulen und steuerte das Boot aus dem Hafen. Wie immer trug er schwarze Kleidung. Sein Haar hatte er sich im Nacken zu einem Pferdeschwanz zusammengebunden, und seine Augen waren hinter einer verspiegelten Sonnenbrille versteckt. Ich fragte mich, ob er wohl eine Sonnenschutzcreme aufgetragen hatte. Als wir auf dem offenen Wasser waren, gab Wulf ordentlich Gas, und das Boot schoss davon. Diesel und Wulf taten so, als wäre das für sie nichts Ungewöhnliches. Hatchet sah aus, als würde er sich jeden Moment übergeben. Und mir blieb die Luft weg.

Am späten Vormittag erreichten wir Penobscot Bay. Das Meer war ruhig, und die Sonne schien. Wulf verringerte die Geschwindigkeit und orientierte sich an den Koordinaten von Diesels Kontaktmann.

»Die Insel direkt vor uns ist Brimstone«, sagte er schließlich.

Sie sah aus wie ein Cupcake mit grüner Glasur. Tatsächlich war es ein massiver Felsbrocken, auf dem oben einige Bäume wuchsen. Wir umkreisten die Insel und hielten Ausschau nach Gull Rock. Der größte Teil der Küste bestand aus Riffen und Geröll, aber auf der Nordseite entdeckten wir einen kleinen Sandstrand. Und auf der Westseite befand sich ein etwas größerer Strand, auf dem sich eine Menge Menschen tummelten. Aus einer Strandbar schallte Musik über das Wasser zu uns herüber. Wenige Meter vor der Küste lagen etliche kleine Boote vor Anker.

»Ich dachte, es wäre eine abgelegene, verlassene Insel«, sagte Diesel.

Wulf richtete sein Fernglas auf den Strand. »Auf dem Schild über der Strandbar steht BRIMSTONE BAR UND GRILL. Das sieht aus wie ein FKK-Strand für Senioren.«

Diesel nahm Wulf das Fernglas aus der Hand. »Ach, du lieber Himmel!«

Er grinste und reichte mir das Fernglas, aber ich verzichtete dankend. Mir war klar, dass auch ich nicht vor dem Alter verschont bleiben würde, aber auf einen so genauen Blick in die Zukunft war ich nicht scharf.

Wir kehrten zur Nordseite der Insel zurück, wo einige Felsen aus dem Meer ragten.

»Dort drüben.« Diesel deutete auf das Meer. »Wenn meine Quellen stimmen, müsste das Gull Rock sein. Der Felsbrocken, der die Form von Vogelflügeln hat. Dort nisten viele Seemöwen. Wahrscheinlich gibt es dort viele Fische.«

Wulf steuerte das Boot um den Felsen und warf einen Blick auf den Fishfinder und das Sidescan Sonar. Er zog immer größere Kreise, bis er schließlich ein Schiffswrack entdeckte. Er stellte den Motor ab und warf den Anker aus.

»In welcher Tiefe liegt das Wrack?«, fragte Diesel.

»Nicht sehr tief. Ich schätze, es sind etwa fünfundzwanzig Meter.«

»Ich könnte es ohne Sauerstoffflaschen schaffen«, erwiderte Diesel, »aber mit Taucherausrüstung könnte ich länger unten bleiben.«

»Du findest alles in der Kajüte«, sagte Wulf.

»Tauchst du auch?«, fragte ich ihn.

»Nein. Ich fahre, und Diesel taucht.«

Wulf setzte die Taucherflagge, und Diesel zog sich einen Taucheranzug an und holte sich die Ausrüstung. Er ließ sich in das dunkle Wasser gleiten. Nach zwanzig Minuten tauchte er wieder auf.

»Das Wrack ist ziemlich klein«, berichtete er und schälte sich gekonnt aus dem Taucheranzug. »Es scheint ein Fischereischiff zu sein, das vorsätzlich versenkt wurde. Es gibt keine weiteren Beschädigungen und auch nichts von Wert, bis auf diese Kiste.« Diesel reichte Wulf ein Netz, in dem sich ein mit Muscheln verkrustetes Kästchen befand.

Wulf öffnete es. »Auf den ersten Blick würde ich sagen, dass das der Blaue Diamant ist.«

Diesel nahm den Edelstein heraus und gab ihn mir. »Spürst du etwas?«

»Eine leichte Schwingung und ein wenig Wärme.«

»In meiner Hand fühlt er sich kalt an«, sagte Diesel.

»Aber er glüht nicht«, erwiderte ich. »Devereaux hat

gesagt, er würde blau leuchten, wenn er sich in der Nähe des Steins befindet.«

»Bestimmt ist die Entfernung noch zu groß«, sagte er. »Dort unten war nichts anderes, und wenn du eine Vibration spürst, ist der Diamant eindeutig mit dem Stein verbunden.«

»Ein Boot nähert sich, Sir«, meldete Hatchet.

Wir drehten uns um. Ein Center-Console-Boot, nur halb so groß wie unseres und angetrieben von zwei Außenbordmotoren raste mit ziemlich hoher Geschwindigkeit auf uns zu.

Wulf schaute durch sein Fernglas. »Professor Devereaux und sein Freund.«

»Hatchet, hol den Anker ein.«

Das Boot schwenkte ab und entfernte sich. Dann drehte es um und hielt mit dem Bug auf uns gerichtet an.

»Was ist da los?«, fragte Diesel.

»Devereaux ist wütend, und sein Kumpel sieht sehr beunruhigt aus«, sagte Wulf.

»Devereaux ist sicher nicht begeistert, dass wir es vor ihm hierhergeschafft haben«, meinte Diesel.

Wulf ging zum Steuer und ließ den Motor an. »Devereaux hat sich soeben mit einem Raketenwerfer bewaffnet«, sagte er. »Wir müssen hier weg. *Sofort.* Haltet euch fest.«

KAPITEL

16

Die Doppelturbinen heulten auf, und unser Boot machte einen Satz nach vorn.

Ich sah den grellen Blitz der Rakete, und dann flog ich durch die Luft und wurde unter Wasser gezogen. Ich strampelte an die Wasseroberfläche und versuchte, mich irgendwo festzuhalten. Um mich herum trieben Wrackteile von Wulfs Boot. Ein Sitzkissen schwamm vorbei, und ich ergriff es. Ich war zu benommen, um das kleinere Boot zu hören, und bekam nicht mit, dass man mich aus dem Wasser zog. Als ich zu mir kam, lag ich auf den Planken des Boots, rang nach Luft und umklammerte das Sitzkissen.

»Was war das?«, stammelte ich. Das Boot raste los.

Josh kniete neben mir. »Alles in Ordnung?«, fragte er. Sein Gesicht war blass, und er wirkte mitgenommen.

Mühsam setzte ich mich auf. Josh half mir auf die Beine und hievte mich auf eine Sitzbank im hinteren Teil des Boots.

»Was ist passiert?«, fragte ich.

»Er hat euch in die Luft gejagt«, erwiderte Josh. »Er ist total verrückt. Er hat euer Boot in tausend Stücke gesprengt.«

»Warum?«

»Wegen dem Schatz. Er ist besessen davon. Ich gebe zu, dass ich mich mit ihm zusammengetan habe, um ein bisschen Geld zu verdienen und auf eine Schatzsuche zu gehen, aber plötzlich ist er total durchgedreht. So habe ich mir das nicht vorgestellt. Er hat gesagt, es sei nur ein Spaß. Ein Wettrennen, bei dem der Sieger alles bekommt.«

Ich betrachtete die Wrackteile. »Diesel und Wulf …«

»Sie treiben irgendwo auf den Trümmern. Und noch einer.«

»Das ist Steven Hatchet.«

Ich schaute auf meine Hand, mit der ich immer noch den Blauen Diamanten umklammerte.

»Wow!«, rief Josh. »Was ist das?«

Devereaux verließ das Steuerpult und sah sich den Diamanten an. »Damit finden wir den Schatz«, sagte er. »Das ist der Steinfinder – der Blaue Diamant von Babur. Ich hätte nie gedacht, dass ich ihn jemals zu Gesicht bekommen würde. Sie waren das entscheidende Element. Nun habe ich alles, was ich brauche, um den Schatz zu heben. Und Ammon hat nichts!«

»Großartig«, sagte ich. »Wie schön für Sie. Vielleicht könnten wir dann jetzt, wo Sie alles haben, was Sie brauchen, zurückfahren und die Männer retten, die dort draußen auf dem Meer treiben.«

»Sie nützen mir nichts. Ich hoffe, sie ertrinken.«

Das kam nicht unerwartet, nachdem dieser Kerl unser Boot in die Luft gejagt hatte, aber mir lief trotzdem ein Schauer über den Rücken.

»Nur Sie können den Schatz finden«, erklärte Devereaux. »Es steht in dem Tagebuch. Und es ist auch in den Schriften Mammons zu lesen. Der Führer wird den Weg finden. Und dieser Führer sind Sie.«

»Ich dachte, Sie seien kein Anhänger Mammons.«

»Ich bin kein Anhänger, ich bin Historiker. Wenn ich den Schatz finde, bin ich einer der größten Geschichtsforscher und Schatzsucher aller Zeiten.«

»Ganz zu schweigen davon, dass Sie dann unglaublich reich sind.«

Devereaux grinste. »Das auch.«

»Sollten die drei ertrinken, können Sie sich auch zu den Mördern der Geschichte zählen«, erklärte ich ihm.

»Und wer wird mich des Mordes beschuldigen?«, erwiderte Devereaux. »Josh? Er ist mein Komplize. Und Ihnen wird niemand glauben. Sie sind nur eine hysterische, wahnhafte Frau.«

Ich war tropfnass, zitterte und fragte mich, ob er damit nicht sogar recht haben könnte. Das alles war so unwirklich, und ich spürte tatsächlich, dass ich gleich einen hysterischen Anfall bekam.

Devereaux steuerte das Boot zur Küste. Aus seiner Hosentasche ragte eine halbautomatische Pistole, und er war so verrückt, sie zu benutzen.

»Ich habe mir die Karte genau angesehen«, verkündete er, »und werde das Boot zum Startpunkt unserer Schatzsuche steuern und dort an Land gehen.«

»Und wie soll der Diamant dabei helfen?«, fragte ich.

»Gemäß dem Tagebuch will der Steinfinder sich mit dem Stein vereinen, also wird er Energie ausstrahlen, sobald wir ihm uns nähern.«

»Er wird glühen«, sagte ich.

»Ja. Ich habe schon vermutet, dass der Blaue Diamant der Steinfinder ist. Meiner Meinung nach hat Palgrave Bellows die Schatzsuche viel komplizierter als nötig gemacht, aber das lässt sich nicht ändern.«

»Und was wäre, wenn ich nicht mitmachen will?«, fragte ich.

Devereaux schaute zu Josh hinüber. »Dann werde ich ihn töten.«

»Herrje«, sagte Josh. »Sie sollten nichts übereilen.«

»Stimmt«, erwiderte Devereaux. »Ich werde dir zuerst ein paar Finger abschießen. Vielleicht ein Ohr.«

»Das halte ich für keine gute Idee. Ich hänge an beiden Ohren.«

Devereaux fuhr an der felsigen Küste entlang, bis wir zu einem kleinen Sandstrand in einer geschützten Bucht kamen. Er steuerte das Boot so nahe an den Strand wie möglich, und als der Sand aufgewirbelt wurde, zog er den Außenbordmotor aus dem Wasser.

»Nimm dir ein Seil und zieh uns an Land«, befahl er Josh. »Dann bindest du das Seil um einen Baum. Im Augenblick herrscht Ebbe. Wenn wir zurückkommen, treibt das Boot auf dem Wasser.«

Josh sprang mit dem Seil in das knietiefe Wasser, zog das Boot an den Strand, watete durch das Wasser ans Ufer und ging zum nächsten Baum. Er warf einen Blick zurück zu uns und fasste sich ans Ohr. Zweifellos ging ihm gerade durch den Kopf, dass er es gern behalten würde. Er ließ das Seil fallen und lief in den Wald.

»Hoppla«, sagte ich.

Devereaux feuerte zwei Schüsse ab, aber Josh rannte weiter …

»So läuft das nicht«, erklärte ich. »Was halten Sie davon, wenn ich Ihnen den Diamanten gebe und Sie allein den Schatz suchen?«

Devereaux hängte sich einen abgewetzten Rucksack über die Schulter und richtete seine Waffe auf mich. »Das funktioniert vielleicht nicht. Vielleicht glüht der Diamant in der Hand eines normalen Menschen nicht. Gehen Sie an den Strand und binden Sie das Boot fest. Ich bleibe dicht hinter Ihnen, und falls Sie sich dazu entschließen sollten, Josh zu folgen, schieße ich.«

Ich schlang das Seil um einen Baum, und wir gingen einen Pfad entlang, der in den Wald führte. Nach einer Weile gelangten wir an eine Gabelung. Devereaux zog eine Karte aus seinem Rucksack, studierte sie einen Moment lang und befahl mir dann, nach links zu gehen. Ich war immer noch tropfnass, und aus meinen Schuhen schwappte bei jedem Schritt Wasser. Der steinige Pfad führte steil nach oben zu einem Granitfelsen. Mir wurde flau im Magen.

»Was sagt Ihnen der Steinfinder?«, wollte Devereaux wissen.

»Gar nichts. Er ist warm, das ist aber auch alles.«

»Vorwärts«, befahl er.

Der schmale Pfad war mit Geröll übersät und an manchen Stellen mit Kletterpflanzen überwuchert. Dornenbüsche und verkümmerte immergrüne Sträucher versperrten mir die Sicht. Während ich mich vorankämpfte, hörte ich Devereaux hinter mir schwer atmen. Ich erreichte die Felsplatte und konnte durch die Büsche erkennen, wie sich tief unter mir die Wellen an der Küste brachen. Die kleine Bucht, in der wir das Boot vertäut hatten, war nicht mehr zu sehen. Ich betrachtete den Diamanten und schnappte nach Luft. Der Edelstein glühte. Zwar nur ganz schwach, aber es war eindeutig.

Devereaux merkte es auch.

»Ich wusste es!«, sagte er triumphierend. »Der Diamant führt uns zum Schatz.«

Seine Stimme klang heiser, und sein Gesicht war von der Anstrengung gerötet. Seine Augen waren glasig und seine Pupillen nur noch so groß wie Stecknadelköpfe. Er sah aus wie ein Irrer.

»Haben Sie die Münze dabei?«, fragte ich.

»Natürlich.«

»In einem Behältnis? Vielleicht aus Metall?«

»Ich habe sie in meiner Hosentasche.«

»Sie könnte möglicherweise Ihr Verhalten beeinflussen«, sagte ich. »Ich möchte nicht unhöflich sein, aber Sie benehmen sich ein bisschen schräg. Sie sind nicht mehr Sie selbst. Vielleicht sollten Sie sich hinsetzen und ausruhen. Wieder zu Atem kommen.«

»Dafür haben wir keine Zeit. Ammon könnte uns auf den Fersen sein.«

Ich dachte, dass er sich weniger um Ammon als um Diesel und Wulf Sorgen machen sollte. Sie suchten sicher nach mir.

Der Pfad endete an der Granitfelsplatte. Um uns herum waren nur noch Felsen, teilweise mit Gestrüpp bewachsen.

Ich wandte mich um und bemerkte, dass der Diamant aufhörte zu glühen. Als ich einen Schritt zurücktrat und mich in eine andere Richtung drehte, leuchtete er wieder auf. Wir kletterten über Felsbrocken und kämpften uns durch Brombeergestrüpp. Meine Arme waren von Dornen zerkratzt, und meine Jeans war an den Knien aufgerissen, nachdem ich an einem Felsbrocken heruntergerutscht war. Hin und wieder wandte ich mich um und hielt nach Devereaux Ausschau in der Hoffnung, dass er weit genug zurückbleiben würde, damit ich fliehen konnte. Aber er schleppte sich immer noch hinter mir her und hielt seine Waffe auf mich gerichtet. Seine Augen leuchteten irre. Zweimal musste ich stehen bleiben und die Richtung ändern, weil der Diamant verblasste, doch seit zwanzig Minuten wurde das Glühen immer stärker.

Ich erreichte eine Stelle, an der es nicht weiterzugehen schien, doch dann entdeckte ich eine schmale, aus zwei Granitblöcken geformte Schlucht vor mir. Sie war nicht breiter als einen knappen Meter, und die Wände waren zehn bis zwölf Meter hoch. Ich betrat den Felsspalt, betrachtete den schmalen Streifen blauen Himmels über mir und spürte, wie sich mir vor Panik die Brust zuschnürte.

»Da kann ich nicht reingehen«, sagte ich zu Devereaux. »Die Spalte ist zu eng. Dort drin sitzen wir in der Falle.«

»Genug Platz für uns. Was sagt der Diamant?«, fragte er.

Ich hatte den Diamanten in meine Hosentasche gesteckt, aber das dumme Ding leuchtete durch den Stoff meiner Jeans.

»Es muss einen einfacheren Weg zu dem Schatz geben«, sagte ich. »Wir sollten zurückgehen und nach einer anderen Route suchen.«

»Wir gehen nicht zurück – wir folgen dem Diamanten. Geben Sie ihn mir. Na los.«

Ich reichte ihm den Edelstein, und er verblasste sofort. Kein Glühen. Keine Wärme. Nichts.

»Also sind Sie nicht der Führer«, sagte ich.

»Glück für Sie«, entgegnete er. »Allerdings heißt das nicht, dass Sie unentbehrlich sind. Ich bin bis hierhergekommen, und ich habe eine Karte. Falls Sie mir nicht weiterhelfen, werde ich Sie eliminieren und allein weitergehen.«

»Allein finden Sie den Schatz niemals.«

»Wir werden sehen.«

Die Aussicht, eliminiert zu werden, war noch schlimmer als die Vorstellung, mich durch den engen Spalt zwängen zu müssen. Ich senkte den Kopf und ging weiter, vorsichtig einen Fuß vor den anderen setzend. Ich schaute nicht nach vorn und nicht nach oben, sondern hielt den Blick starr nach unten gerichtet. Der schmale Durchgang schien endlos lang zu sein, doch plötzlich stand ich im grellen Sonnenlicht. Wir hatten eine wie ein Becken geformte freie Fläche erreicht. Sie hatte einen Durchmesser von zehn bis zwölf Metern, und die Felswände ringsherum waren etwa zehn Meter hoch. Mit einem Mal fiel mir das Atmen wieder leichter. Allerdings gab es keinen Weg, der aus dem Becken herausführte.

»Und nun?«, fragte ich Devereaux.

»Laufen Sie herum und beobachteten Sie den Diamanten.«

Als ich das Becken umrundete, blinkte der Diamant plötzlich auf. Zwei Jahre zuvor hätte ich das alles nicht für möglich gehalten, aber seit Diesel in mein Leben getreten war, war ich bereit, fast alles zu glauben. Und ich muss zugeben, dass es mir schwerfiel, meine Aufregung beim Anblick des funkelnden Edelsteins zu unterdrücken. Ich warf einen Blick nach oben zum Rand des Kessels in der Hoffnung, dort Diesel oder Wulf zu entdecken, aber außer einem Streifen blauen Himmels war nichts zu sehen.

»Gehen Sie weiter«, befahl Devereaux.

Ich schritt weiter den Rand des Beckens ab, und nach einigen Minuten erlosch das Funkeln des Diamanten.

»Zurück!«, brüllte Devereaux. »Der Schatz muss hinter den Felsbrocken liegen.«

Dort, wo der Diamant vorher pulsiert hatte, befanden sich eine Felszunge mit Geröll und einige größere Felsbrocken. Auf dem kargen Boden wuchsen struppige Büsche und dürres Immergrün. Der Untergrund bestand hauptsächlich aus Granit. Kein geeigneter Ort, um einen Schatz zu vergraben.

Ich stapfte durch die Büsche und entdeckte hinter einem mannshohen Felsbrocken einen Spalt in der Felswand. Devereaux holte zwei Taschenlampen aus seinem Rucksack und reicht mir eine.

»Schauen Sie hinein«, befahl er mir. »Was sehen Sie?«

Ich steckte meinen Kopf hinein und knipste die Taschenlampe an. Hinter dem Spalt schien ein natürlicher

Tunnel zu liegen. Soweit ich erkennen konnte, war es dort drin feucht und dunkel. Der Tunnel war nur einen knappen Meter breit, und die Höhe war schwer zu schätzen. Wahrscheinlich würde ich nur mit Müh und Not darin aufrecht stehen können.

»Und?«, fragte Devereaux.

»Sieht aus wie eine Sackgasse«, erwiderte ich.

»Nein, das ist ein Tunnel. Das kann ich sogar von hier aus sehen. Los, gehen Sie hinein.«

»Auf keinen Fall. Erschießen Sie mich. Ich sterbe lieber hier als in dieser Gruft.«

»Das ist keine Gruft, Sie Idiotin, das ist eine Schatzhöhle. Sie ist der Weg zur Unsterblichkeit.«

Devereaux kam näher, und die Hand, in der er die Waffe hielt, zitterte.

»Wir können jetzt nicht einfach aufgeben«, sagte er. »Das ist mein Schicksal. Mein Vermächtnis. Und Sie werden mir helfen.«

»Das sehe ich anders. Nehmen Sie den Diamanten. Ich bin froh, wenn ich ihn los bin. Viel Glück.«

Ich hörte das Flap-Flap-Flap eines Hubschraubers über uns, und ein Schatten fiel auf Devereaux und mich. Mein erster Gedanke galt Diesel und Wulf, aber als ich nach oben schaute, sah ich einen weißen Helikopter mit dem schwarz-goldfarbenen Schriftzug AMMON ENTERPRISES. Ich wusste nicht, ob ich erleichtert sein sollte.

»Diese Mistkerle!«, brüllte Devereaux.

Er feuerte zwei Schüsse auf den Helikopter ab, der wieder verschwand.

»Sie bekommen meinen Schatz nicht.« Er richtete die Waffe wieder auf mich. »Wir müssen uns beeilen. Gehen Sie voran in die Höhle, oder ich erschieße Sie.«

»Woher wissen Sie, dass sich der Schatz in einer Höhle befindet?«

»Ein Schatz befindet sich entweder in einer Höhle, oder er wird vergraben. Und auf diesem gottverlassenen Felsen kann man nichts vergraben. Ich zähle jetzt bis drei, und wenn Sie dann nicht in der Höhle sind, schieße ich auf Ihren Fuß.«

»Woher wollen Sie wissen, dass der Schatz immer noch dort ist? Inzwischen sind Jahrhunderte vergangen.«

»Drei«, zählte Devereaux und feuerte einen Schuss auf meinen Fuß ab.

Die Kugel schrammte an meinem Sneaker vorbei und riss ein Loch hinein.

»Verdammt«, fluchte Devereaux. »Halten Sie still, damit ich es noch einmal versuchen kann.«

»Schon gut! Ich gehe in die Höhle.«

KAPITEL
17

Ich zwängte mich in den Tunnel und schob mich vorsichtig vorwärts. Trotz des Lichtstrahls der Taschenlampe konnte ich kaum einen Meter weit sehen. Ich redete mir ein, dass der Tunnel irgendwohin führen würde und dass alles besser war als der klaustrophobische Tunnel. Hinter mir rutschte Devereaux über den unebenen glitschigen Boden. Er murmelte und fluchte vor sich hin, und ich hatte Angst, dass er ausglitt und mich versehentlich erschoss.

Nach einer gefühlten Ewigkeit kam ich an eine Gabelung. Der Pfad ging nach links weiter, und auf der anderen Seite tat sich ein gähnendes Loch auf. Als ich mich nach links wandte, erlosch der Diamant. Ich kehrte um und warf einen Blick in das schwarze Loch. Es sah aus wie ein Aufzugschacht, der ins Dunkle führte. Ich ließ den Strahl der Taschenlampe über die Wände gleiten und entdeckte eine in den Fels gehauene Wendeltreppe, die in die dunkle Tiefe führte.

»Los!«, befahl Devereaux. »Wir müssen als Erste zu dem Schatz gelangen, damit ich meinen Anspruch darauf erheben kann.«

»Das hilft Ihnen nichts, wenn sie Sie erschießen«, gab ich zu bedenken.

»Ich erschieße sie zuerst. Ich werde sie alle töten. Das hätte ich schon längst tun sollen.«

Das war alles Diesels Schuld. Ich hatte ein wunderbares Leben gehabt, bevor er aufgetaucht war und sich in alles eingemischt hatte. Und jetzt bedrohte mich ein mordlustiger Wahnsinniger, der von Minute zu Minute immer verrückter wurde, mit seiner Waffe.

»Die Treppe ist sehr schmal und rutschig«, sagte ich. »Und es gibt kein Geländer. Verstecken wir uns lieber in dem Tunnel und warten, bis Ammon und wer auch immer ihn begleitet in den Abgrund stürzen. Dann können wir uns die nötige Kletterausrüstung besorgen und gut gesichert den Weg in die Hölle erforschen.«

»Sie werden jetzt den Weg in die Höhle gehen!«, brüllte Devereaux. »SOFORT!«

Sein Gesicht war zu einer hässlichen Grimasse verzerrt, und seine Augen funkelten im Schein der Taschenlampe.

»Sie machen mir ein wenig Angst«, gestand ich. »Sie sollten sich beruhigen.«

»Ich beruhige mich erst, wenn ich meinen Schatz in Händen halte. Und jetzt gehen Sie weiter. Ich höre Stimmen. Sicher sind die Dämonen bereits im Tunnel.«

»Die Dämonen?«

»Ihre Anhänger. Aber vielleicht auch wahre Dämonen. Ammon und seine Gefolgsmänner. Wahrscheinlich hat er in seinem Hubschrauber einige gierige Mistkerle mitgebracht. Sie suchen alle nach diesem blöden Stein, der Ammon in seine wahre Gestalt zurückverwandeln soll.«

»Und seine wahre Gestalt wäre ...?«

»Mammon natürlich. Der Gott der Habgier.«

Ich seufzte tief. Weil Diesel verschollen war, musste ich allein die Welt retten. Ich konnte nicht einfach zusehen, wie der Gott der Habgier sich den Stein unter den Nagel riss. Vorsichtig tastete ich mich die ersten Stufen hinunter und presste mich dabei an die Felswand. Die Treppe war glücklicherweise nicht so rutschig, wie ich befürchtet hatte. Ich ließ mir Zeit; wenn ich mich konzentrierte, konnte ich es schaffen. Ich zählte beim Hinuntergehen die Stufen. Sechsundzwanzig und immer noch kein Ende in Sicht. Ich blieb kurz stehen, um mich zu sammeln, aber Devereaux stieß mir sofort die Mündung seiner Waffe in den Rücken.

»Los, weiter. Sie kommen näher. Ich höre Schritte.«

Sein Gehör war anscheinend besser als meines. Ich vernahm nur mein Herzklopfen. Mir brach der Schweiß aus, weil ich Angst hatte, auf den Stufen auszurutschen, meine Panik unter Kontrolle halten musste. Nach weiteren vier Stufen bemerkte ich, dass Devereaux zurückgeblieben war. Er drehte sich um und schaute nach oben zum Eingang der Höhle, die Taschenlampe in der einen und die Waffe in der anderen Hand. Wahrscheinlich schoss er auf jeden, der es wagte, den Kopf über den Rand des Lochs zu stecken. Aber darüber wollte ich jetzt nicht nachdenken und konzentrierte mich auf den nächsten und übernächsten Schritt. Einen Moment lang richtete ich den Strahl meiner Taschenlampe nach unten und erblickte den Boden der Höhle. Hoch über mir blinkte ein Licht auf und erhellte die gesamte Treppe. Devereaux feuerte einen Schuss auf die Lichtquelle ab, verlor das Gleichgewicht und rutschte von der Treppe. Wie in einem Cartoon ruderte er mit den Armen, fand nichts, woran er sich festhalten konnte, und stürzte in die Tiefe. Ich schloss die Augen und öffnete sie erst wieder, als ich hörte, wie er auf dem Boden aufschlug. Rasch verdrängte ich die aufsteigende Übelkeit und tastete mich eine Stufe weiter nach unten. Eine nach der anderen, befahl ich mir. Du musst nach unten. Dann konnte ich vielleicht Devereaux' Waffe an mich nehmen und mich irgendwo verstecken, hoffentlich lange genug, bis Diesel mich fand.

Ich hatte noch ungefähr zwanzig Stufen vor mir, als ich hörte, wie ein Seil herunterfiel. Kurz darauf kletterte ein Mann daran hinunter. Ein zweites Seil flog nach unten, und zwei weitere Gestalten hangelten sich nach unten. Als ich die letzte Stufe erreicht hatte und den felsigen Boden betrat, waren mir bereits vier Männer zuvorgekommen. Sie trugen schwarze Kampfanzüge und waren bewaffnet. Einer von ihnen war Rutherford. Er hatte ebenfalls einen Tarnanzug an, aber er schien sich darin nicht wohlzufühlen. Soweit ich erkennen konnte, hatte er keine Waffe bei sich.

Devereaux lag reglos auf dem Boden. Niemand schenkte ihm Beachtung. Hinter ihm befand sich ein gähnendes schwarzes Loch, das, wie ich glaubte, der Eingang zu einem weiteren Tunnel war.

»Jemand sollte sich um Professor Devereaux kümmern«, sagte ich.

Jemand ging zu ihm hinüber und sah ihn sich genauer an. »Tot«, stellte er fest.

»Tatsächlich?«, fragte Rutherford. »Ganz sicher? Nun, dann sollten wir weitergehen. Mr Ammon wartet schließlich.« Er wandte sich an mich. »Mr Ammon ist sehr aufgeregt. Für ihn ist das eine heilige Mission. Ja, das ist es für uns alle, die wir ihm dienen.«

»Ihm dienen? Sie meinen, dass Sie als seine Assistenten für ihn arbeiten?«

»Ja natürlich. Aber wir sind auch seine Schüler. Mr Ammon ist davon überzeugt, dass in ihm das schlafende Biest schlummert. Sobald er den Avaritia-Stein besitzt und die Zeremonie vollzogen ist, wird Mammon endlich wieder erwachen und die Erde regieren.« Rutherford wischte sich die schweißnassen Handflächen an seinem Tarnanzug ab. »Es wird herrlich. Ganz wunderbar.«

»Sie glauben also an Mammon?«, fragte ich.

»Aber sicher. Mr Ammon liegt sehr viel an Mammon. Kurz nachdem er das Tagebuch geerbt hatte, hatte er eine Vision. Er glaubt fest daran, dass Mammon seit Ewigkeiten in seinen männlichen Vorfahren schlummert. Können Sie sich das vorstellen? Und wenn man es genau betrachtet, wird es einem klar. Der unaufhaltsame Ehrgeiz. Das unerbittliche Streben nach Macht. In Mr Ammons Familiengeschichte findet sich eine ganze Galerie von berüchtigten Schurken. Sehr beeindruckend. Falls sich die Gelegenheit ergibt, sollten Sie Mr Ammon danach fragen. Bestimmt erzählt er Ihnen gern mehr darüber. Seine Geschichte ist einfach faszinierend. Mr Ammon ist sehr angetan von Ihnen. Er spricht sehr oft über Sie.«

»Weil ich die Fähigkeit besitze, den Avaritia-Stein zu erkennen.«

»Nein, nein. Mr Ammon ist sich sicher, dass er ihn identifizieren kann, sobald er vor ihm liegt. Allerdings waren Sie uns sehr behilflich bei der Suche nach den Münzfragmenten. Ich muss zugeben, dass wir das nicht ohne Sie geschafft hätten. Und, meine Güte, wir haben es wirklich versucht.« Rutherford wippte auf seinen Fersen vor und zurück. »Und nun kommt das Beste: Mr Ammon ist begeistert von Ihren Cupcakes.«

Es dauerte einen Moment, bis ich begriff, wovon er sprach. Die Cupcakes hatte ich total vergessen.

»Wie ich sehe, überrascht Sie das.« Rutherfords Lächeln wurde noch breiter. »Mr Ammon ist sehr facettenreich. Er ist ein scharfsinniger Geschäftsmann und erkennt ein gutes Produkt, wenn er es sieht. Natürlich hat er einen Großteil seines Vermögens geerbt, aber er hat auch selbst etliche ausgezeichnete Geschäfte gemacht. Und Sie sind ihm sofort aufgefallen. Sie können sich glücklich schätzen. Mit der Ammon-Marke werden Sie reich und berühmt. Natürlich müssen Sie sich unserem Gebieter Mammon anschließen, aber das wird Ihnen nicht schwerfallen. Wir sind eine fröhliche, lebenslustige Truppe. Obwohl, wenn ich es mir genau überlege, müssen wir natürlich schon Opfer bringen, aber auch das sollte für Sie kein Problem sein.«

Über uns ertönte ein Pfiff. »Wir lassen sie jetzt runter«, rief jemand.

Ich schaute nach oben und war zuerst geblendet vom Licht des Scheinwerfers. Als ich mit einer Hand meine Augen abschirmte, sah ich jemanden an einem Seil baumeln. Jemand in einem kurzen pinkfarbenen Balletttröckchen, schwarzen Motorradstiefeln und einem orangefarbenen Tanga. Es war Glo.

»Wir dachten, sie könnte uns nützlich sein«, erklärte Rutherford. »Wir wissen, dass Sie die besondere Fähigkeit besitzen, den Stein zu finden, aber diese Frau scheint ebenfalls ungewöhnliche Kräfte zu haben. Wie es heißt, kann sie Menschen mit Zaubersprüchen belegen und in die Zukunft schauen.«

Ach, du lieber Himmel! Glo besaß ein Zauberbuch mit Sprüchen, die nie funktionierten, und einen Magic-8-Ball, den sie auf einem privaten Flohmarkt erstanden hatte. An ihrer Schulter baumelte eine Stofftasche mit ihrem Besen.

»Scheiße, was …?«, stieß Glo hervor, als ihre Füße den Boden berührten und sie auf dem Granitboden stand.

»Sie haben mich gekidnappt, als ich einen Moment lang unaufmerksam war«, sagte sie und entdeckte die Leiche.

»Ach herrje.«

»Das ist Devereaux«, sagte ich. »Er ist ausgerutscht und gestürzt.«

»Er bewegt sich nicht.«

»Das wird sich wohl auch nicht mehr ändern.«

»Er ist gelähmt?«

»Er ist tot«, antwortete ich.

»So ein Mist!«, sagte Glo. »Soll ich ein paar Worte sprechen? Ich bin zur Priesterin geweiht worden und habe sogar eine Urkunde bekommen.«

»Von welcher Kirche?«, fragte ich.

»Von der Kirche der Göttin des Getreides.«

»Ich glaube nicht, dass das eine richtige Kirche ist.«

»Sie hat eine Website«, entgegnete Glo. »Wenn sie nicht echt wäre, könnte man sie sicher nicht im World Wide Web finden.«

»Na ja, schaden kann es wohl nicht«, meinte ich.

»Mr Ammon hätte sicher nichts dagegen einzuwenden, wenn wir uns dafür einen Moment Zeit nehmen«, warf Rutherford ein.

Glo senkte den Kopf. »Wir übergeben die Seele von Quentin Devereaux dir, der großen Göttin der alten und neuen Sprösslinge. Geleite ihn sicher in das Jenseits, und falls er wiedergeboren wird, lass ihn nicht als Schnecke oder Spinne auf die Welt kommen, denn beide sind eklig.«

»Amen«, sagten alle im Chor, schauten Rutherford an und warteten auf seine Befehle.

»Da wir nun diese feierliche Aufgabe hinter uns gebracht haben, können wir weitergehen«, erklärte Rutherford fröhlich. »Mr Carter wird uns den Weg weisen.«

Mr Carter tastete sich vorsichtig weiter in den abschüssigen Tunnel, und wir folgten ihm im Gänsemarsch. Alle außer Glo hielten eine Taschenlampe in der Hand. Der Tunnel war sehr eng und niedrig, und der Mann vor mir musste sich bücken. Ich hatte den Diamanten wieder in meine Hosentasche gesteckt und sah ihn durch den Stoff meiner Jeans glühen.

Wir schleppten uns mühsam eine scheinbare Ewigkeit durch die Dunkelheit, bis es wie durch ein Wunder plötzlich vor uns hell wurde. Das Licht war nicht so stark, dass ich darauf hoffen konnte, gleich im Freien zu stehen, aber wahrscheinlich hatten wir das Ende des Tunnels erreicht. Ein paar Minuten später traten wir in eine riesige Höhle mit einem großen unterirdischen See. Durch die Öffnungen in der Felsdecke hoch über uns drangen Sonnenstrahlen herein.

Holzpfähle und einige verrottete Bretter ragten in das Wasser, die Überreste eines alten Hafenbeckens. Hinter dem Steg erblickte ich eine Felszunge und ein weiteres verfallenes Bauwerk. Der Diamant in meiner Hosentasche blinkte und glühte, und ich spürte, dass er wärmer wurde.

»Wir sind nahe dran«, sagte Rutherford. »Meine Güte, ist das aufregend!«

Ich ging am Ufer des Sees entlang und blieb vor der Ansammlung von Felsblöcken stehen. Der Diamant summte jetzt, aber ich kam nicht weiter.

»Der Schatz ist auf der anderen Seite der Felsen«, sagte Rutherford zu mir. »Klettern Sie rüber.« Er fuchtelte mit den Armen. »Nach oben, na los!«

Glo warf einen Blick auf ihren Magic-8-Ball. »Die Zeichen stehen auf vielleicht«, sagte sie.

»Vielleicht was?«, fragte ich. »Vielleicht kann nur eine Bergziege auf die Felsen klettern?«

»Mr Carter hilf Ihnen«, erwiderte Rutherford fröhlich. »Er ist ein sehr guter Sportler. Er war bei den Marines.«

Ich biss die Zähne zusammen, und wir folgten Mr Carter über den Geröllhaufen. Der Felsbrocken war zehn bis zwölf Meter hoch, und wir kamen nur langsam voran. Endlich oben angekommen erblickten wir die Überreste eines großen Schiffs in einer kleinen Felsnische. Es lag auf der Seite, die Masten waren abgebrochen, das Holz zum größten Teil verrottet. Es sah beinahe so aus, als hätten wir das Skelett eines riesigen prähistorischen Tiers entdeckt.

Wir tasteten uns zentimeterweise nach unten, rutschten immer wieder auf Geröll aus und krochen über große Felsbrocken. Der Diamant strahlte und summte, als ich mich dem Schiff näherte. Von Diesel oder Wulf war immer noch nichts zu sehen, und ich bekam allmählich Angst. Bestimmt ging es ihnen gut, denn man hatte mir schon oft gesagt, dass die beiden kaum totzukriegen seien. Aber der Stein war in greifbarer Nähe, und ich wusste nicht, wie ich Rutherford aufhalten sollte. Ich könnte ihm zwar meine weitere Hilfe verweigern, aber ich befürchtete, dass Rutherford Glo als Druckmittel einsetzen würde, um mich bei der Stange zu halten. Vermutlich verbarg Rutherford hinter seinem irritierenden Lächeln und der ständig guten Laune, dass er im Grunde genommen ein unsicherer kleiner Wicht war, der alles tun würde, um seinem Boss zu gefallen. Müsste er mir die Kehle durchschneiden, würde er sich wahrscheinlich seine schweißnassen Hände an der Hose abwischen, sich zu einem Lächeln zwingen und es tun.

Rutherford befahl zwei bewaffneten Männern, in das Wrack hineinzuklettern. Wir hörten das Holz knarzen, als sie durch das Schiffsinnere liefen. Eine Planke zerbrach, und dann herrschte Stille. Rutherford warf einen Blick auf seine Armbanduhr. Ich schaute ebenfalls auf meine Uhr, aber das Glas war durch den Abstieg verkratzt, und ich konnte nichts mehr erkennen. Nach einer Weile waren erneut gedämpfte Scharrgeräusche zu vernehmen. Die Männer hatten sich wieder an die Arbeit gemacht.

»Was sagt der Magic-8-Ball?«, fragte ich Glo.

»›Kleiner Stern, nun leuchte mir, wo sind die Toiletten hier‹«, sagte sie.

Einer der Männer auf dem Schiff kam in Sichtweite.

»Wir haben den Schatz gefunden!«, rief er. »Er ist im Quartier des Kapitäns verstreut.«

»Los!«, feuerte Rutherford mich munter an.

Ich betrachtete den Kiel, der bedrohlich über mir aufragte.

»Das kann ich nicht«, sagte ich. »Es muss noch einen anderen Weg auf das Schiff geben.«

»Ja, natürlich. Wir finden eine andere Möglichkeit«, erwiderte Rutherford. »Ich hätte auch Schwierigkeiten, hier hochzusteigen.«

Wir gingen um das Schiff herum, bis wir an ein im Schotter liegendes Seitendeck gelangten. Der größte Teil war verrottet, aber es gelang mir, über die morschen Planken zu klettern, und ich erreichte das schräg liegende Deck. Mit der Hilfe eines Mannes stieg ich durch die Luke in die Kajüte. Die anderen folgten mir. Im Inneren war alles schief und verschoben. Die Treppe befand sich an der Wand, und der Gang führte nach unten zu einer mit aufwändigen Gravuren verzierten Tür. Ich zog sie auf und betrat die Kapitänskabine. Die kunstvollen Möbel waren umgestürzt, aber die edlen Schnitzereien und Intarsien aus Gold waren noch erhalten. Durch das große Fenster zum Heck strömte Licht herein. Wir betrachteten den Namen, der über dem Fenster eingraviert war: GANJI-I-SAWA.

»Das ist die *Gunsway*«, sagte Rutherford. »Offensichtlich konnte man früher einmal hierhersegeln. Wir haben die Insel etliche Male umrundet, aber keinen Zugang gefunden.«

»In Kinofilmen sprengen sie den Eingang immer, nachdem sie vor Anker gegangen sind, damit sie nicht gefunden werden können«, warf Glo ein.

Rutherford sah sie an, als würde er ihr am liebsten seine Taschenlampe über den Kopf ziehen. »So wird es wohl gewesen sein.«

Ich ging durch die schräg liegende Kabine zu einem umgekippten Tisch. Dahinter lagen überall verstreut Gold- und Silbermünzen, Schmuck, Rohjuwelen, kleine Ikonen, kunstvoll gestaltete Fläschchen mit Korkenverschluss und gravierte Goldteller. Offensichtlich war das alles aus einer zertrümmerten Truhe aus schwerem Eichenholz gefallen. Neben der Kiste lag ein Skelett. An den Knochen hingen Kleiderfetzen, neben dem Schädel lag eine schmutzige weiße Perücke, und an den Füßen steckten noch die Stiefel.

»Das ist mit großer Wahrscheinlichkeit Palgrave Bellows«, meinte Rutherford. »Die Stiefel waren damals sehr modern.«

Ich achtete weniger auf die Stiefel als auf den Stein in der Größe eines Eis zwischen den Fingern des Skeletts.

»Nehmen Sie ihm den Stein aus der Hand«, befahl mir Rutherford. »Und sagen Sie mir, ob das der heilige Stein von Mammon ist.«

Bei dem Versuch, den Stein an mich zu nehmen, brach ich versehentlich zwei Finger der Leiche ab. Mir wurde heiß, und ich verspürte einen Brechreiz.

»Meine Güte!« Rutherford kicherte nervös. »Haha. Na so was. Sie sind einfach abgebrochen. Haha!« Er trat von einem Fuß auf den anderen. »Los, heben Sie den Stein auf. Wir haben nicht ewig Zeit.«

Mir liefen Schweißtropfen über die Brust. Die Fingerknochen krümmten sich noch immer um den Stein.

»Also gut«, sagte Rutherford. »Ich erleichtere Ihnen das Ganze. Wie wäre es, wenn ich auf Ihre Freundin schießen würde? Kein tödlicher Schuss natürlich, haha.«

»Mach dir keine Sorgen, Lizzy«, sagte Glo. »Mein Besen lässt das niemals zu.«

Der Besen steckte immer noch in ihrer Tasche. Da ich mir nicht sicher war, ob ich mich auf ihn verlassen konnte, atmete ich tief durch und hob den Stein auf. Er glühte grün und summte in meiner Hand.

»Aus Ihrem Gesichtsausdruck schließe ich, dass es der heilige Stein ist«, sagte Rutherford, »der Mammon zum Leben erweckt!«

»Und damit meinen Sie Martin Ammon, richtig? Warum ist er nicht bei Ihnen?«, fragte ich.

»Mr Ammon ist ein viel beschäftigter Mann. Er kann nicht überall gleichzeitig sein.«

»Ich wette, er sitzt in einem Hundezwinger«, sagte Glo. »Ich schwöre, das war keine böse Absicht. Mein Buch hat sich wie von selbst auf dieser Seite geöffnet.«

»In einem Hundezwinger?« Rutherford verschränkte die Hände. »Haha, haha! Guter Witz!«

»Dann hält er sich also nicht mehr für einen Hund?«, fragte Glo.

»Für einen Hund? Du meine Güte, nein. Nein, nein. Es geht ihm gut. Hin und wieder hat er vielleicht einen kleinen Aussetzer, aber das ist nichts Ernstes. Nichts, worüber man sich Sorgen machen müsste.«

Er nahm mir den Stein aus der Hand und steckte ihn in einen Lederbeutel, den er offensichtlich eigens für diesen Zweck mitgebracht hatte. Er band ihn sich ans Handgelenk und vergewisserte sich, dass er sich nicht lösen konnte.

»Ihr packt so viel von dem Schatz ein, wie ihr tragen könnt«, sagte er zu seiner Mannschaft. »Was wir zurücklassen müssen, holen wir ein anderes Mal. Ich muss jetzt den Stein so schnell wie möglich zu Mr Ammon bringen. Ich fliege mit dem Hubschrauber. Wenn ich zurückkomme, habt ihr hoffentlich die wichtigsten Stücke bereits nach oben gebracht. Mr Carter kümmert sich um die Verwahrung der Damen.«

KAPITEL 18

Mr Carter balancierte auf den schiefen Planken des Schiffs, direkt vor einer Falltür. Als er die Klappe öffnete, schlug uns feuchte, nach verrottetem Holz und Meerwasser riechende Luft entgegen.

»Wie praktisch.« Carter richtete den Strahl seiner Taschenlampe in den dunklen Laderaum. »Ketten für zwei.« Er warf mir einen Blick zu. »Damen haben den Vortritt.«

»Nein danke. Ich verzichte«, erwiderte ich.

»Ich habe keine Zeit für Spielchen.« Carter gab den beiden bewaffneten Männern neben ihm ein Zeichen. »Bringt sie nach unten und kettet sie an.«

»Ich werde nicht gern angekettet«, sagte Glo. »Da wäre ich lieber eine Geisel.«

»Mir wurde befohlen, euch sicher zu verwahren, also werde ich das auch tun«, erwiderte Mr Carter

»Das hat Rutherford vielleicht nicht wörtlich gemeint«, entgegnete ich. »Möglicherweise wollte er damit sagen, dass Sie für unsere Sicherheit sorgen sollen.«

»Und genau das tue ich. Ich sorge dafür, dass wir unseren Job erledigen können, ohne von euch gestört zu werden.«

Ein Mann stieg durch die Luke, und als ein anderer

Glo zur Falltür schob, schlug sie ihm ihren Besen auf den Kopf. Der Mann entriss Glo den Besen, stieß sie in das Loch und warf den Besen hinterher. Der zweite Mann stieg nach unten. Es platschte, Glo kreischte, und danach herrschte gespenstische Stille. Kurz darauf stieg der Mann aus der Luke. Er war klatschnass.

»Sie sind die Nächste«, sagte Carter. »Sie können freiwillig hinuntersteigen, oder wir machen es auf die harte Tour.«

Ich ließ mich durch die Falltür in das hüfthohe Wasser gleiten. Der eine Mann sprang mir hinterher. In dem dämmrigen Licht entdeckte ich Glo, die mit den Handgelenken an die raue Holzwand gefesselt war. Neben ihr hingen noch weitere in die Wand eingelassene Handschellen. An einer Kette waren die Überreste eines Skeletts zu erkennen. Das Wasser in dem Laderaum war schwarz und der Untergrund glitschig. Ein Mann packte mich am Arm und legte mir die Handschellen an, und der andere zog an der Kette, um sich zu vergewissern, dass sie hielt. Dann verschwanden die beiden ohne ein weiteres Wort. Die Luke wurde zugeschlagen, und Glo und ich waren allein. Es dauerte einen Moment, bis sich meine Augen an die Dunkelheit gewöhnt hatten. Aus der Kapitänskajüte über uns drang ein wenig Licht durch die Spalten zwischen den Planken. Weiter unten, im Inneren des Schiffs, strömte Wasser durch ein Leck.

»Ich hasse das«, stieß Glo hervor. »Das Wasser ruiniert meinen Vintage-Rock. Diese Röcke wachsen schließlich nicht auf Bäumen. Und ich weiß nicht, was mit meinem

Besen geschehen ist. Wahrscheinlich ist er in Panik. Sie haben ihn einfach durch die Luke hinuntergeworfen.«

Wie auf ein Stichwort trieb der Besen plötzlich an uns vorbei und verschwand, ohne einen Blick zurück, durch das Leck.

»Wahrscheinlich holt er Hilfe«, meinte Glo.

»Zweifellos. Sicher werden wir gleich gerettet«, sagte ich.

Eine Ratte schwamm vorbei, kletterte etwa einen Meter von mir entfernt auf ein Stück Holz und huschte davon. Ich hörte mich selbst wimmern und zerrte an den Ketten.

»Ich werde allmählich ein bisschen hysterisch«, sagte Glo. »Ich glaube, ich habe mich nass gemacht, als die Ratte vorbeigeschwommen ist.«

»Gut so«, erwiderte ich. »Vielleicht vertreibt sie das. Kannst du deine Ketten lockern?«

»Nein. Und du?«

»Nein.«

Das Wasser stieg und reichte mir bereits bis zur Brust. Die Flut setzte ein. Der unterirdische See war ein Gezeitentümpel und mündete irgendwo auf der Insel ins Meer.

»Entweder schrumpfe ich, oder das Wasser steigt«, sagte Glo. »Es geht mir schon bis zum Kinn, und ich friere.«

»Vielleicht sollten wir ein Lied singen, um uns bei Laune zu halten«, schlug ich vor.

»*Row, row, row your boat …*«, sang Glo lauthals, und ich stimmte mit ein.

Meine Zähne klapperten, und meine Nase lief. Ich

hatte Angst, und mir war kalt. Meine mit den rostigen Handschellen gefesselten Hände waren taub. Ich wusste, dass Diesel und Wulf uns irgendwann finden würden, aber womöglich kamen sie nicht rechtzeitig.

»Ich werde müde«, klagte Glo. »Ich stehe bereits auf den Zehenspitzen, und das Wasser reicht mir jetzt schon fast bis an den Mund. Ich will nicht sterben. Ich habe noch so viel zu erledigen. Meine Nägel müssen gemacht werden. Josh hat eine Ohrfeige verdient. Und ich habe noch nicht alle Eiscremesorten von Ben & Jerry's probiert.«

Auch auf mich warteten einige unerledigte Angelegenheiten, aber daran wollte ich nicht denken. Es war zu traurig, zu schrecklich, in Gedanken die Liste durchzugehen.

»Sie kommen mich holen«, sagte Glo. »Ich bin erledigt. Ich höre die Engel. Sie laufen auf dem Deck herum.«

»Ich glaube nicht, dass es Engel sind«, entgegnete ich. »Sie haben Flügel und flattern.«

»Na gut, aber ich höre, dass dort oben jemand herumgeht.«

Wir verstummten und lauschten.

Es knackte und knirschte.

Diesel fiel durch das verrottete Deck ins Wasser und tauchte vor mir wieder auf.

»Heilige Scheiße!«, stieß Glo hervor.

Er legte kurz die Hände auf meine Handschellen, und sie öffneten sich. Dann befreite er Glo. Ich schwamm rasch zur Falltür. Diesel drückte sie auf und bugsierte Glo nach oben. Kurz darauf saß ich neben Diesel auf den trockenen Planken der Kapitänskajüte. Ich hatte das merkwürdige Gefühl, immer noch gefesselt zu sein und die rostigen Handschellen zu tragen, aber als ich nach unten schaute, merkte ich, dass Diesel die Finger um meine Handgelenke gelegt hatte.

»Mir macht so schnell nichts Angst«, sagte er. »Aber in den letzten Stunden, als wir euch nicht finden konnten, bin ich beinahe in Panik ausgebrochen.«

Ich zwinkerte die aufsteigenden Tränen weg und atmete tief durch. Alles war in Ordnung. Glo war nicht ertrunken. Die Ratten hatten uns nicht erwischt, und Diesel hatte sich Sorgen um mich gemacht. Und nun war ich in Sicherheit und saß neben ihm.

»Ich habe gewusst, dass du mich finden würdest.«

»Schätzchen, das war wirklich nicht leicht. Wir mussten an die Küste schwimmen und Hatchet mitschleppen, weil er nicht schwimmen kann. Dann haben wir ein Boot gestohlen, um Devereaux hinterherzufahren. Als wir ablegen wollten, hat uns glücklicherweise Josh entdeckt und uns zu der Bucht gebracht, in der Devereaux sein Boot vertäut hatte. Danach tappten wir völlig im Dunkeln – keiner von uns versteht sich aufs Spurenlesen. Wir sahen den Hubschrauber landen und kletterten den Felsen hinauf, aber bevor wir ihn erreichen konnten, flog er wieder weg. Als ich von einem Felsvorsprung ins Wasser schaute, sah ich etwas vorbeitreiben. Zuerst befürchtete ich, dass es eine Leiche war, aber es war der Besen.«

»Ich habe dir gesagt, dass er Hilfe holt!«, sagte Glo.

»Langer Rede kurzer Sinn: Wir schlugen uns eine Weile durchs Dickicht, verließen uns aber dann darauf, dass es irgendwo eine Höhle mit Zugang zum Meer geben musste. Eine Höhle ist der ideale Ort, um einen Schatz zu verstecken. Wir fuhren mit dem Boot zu der Stelle, wo der Besen vorbeigetrieben war, und entdeckten eine starke Strömung unter einem Felsvorsprung. Und hier bin ich.«

»Der Diamant hat uns zu einem Tunnel hoch oben auf der Insel geführt«, erzählte ich Diesel. »Rutherford ist uns gefolgt. Devereaux wollte Rutherford erschießen und ist in den Tod gestürzt. Dann haben Rutherford und seine Männer mich dazu gezwungen, sie zu dem Schatz zu bringen. Sie haben den SALIGIA-Stein genommen und uns unserem Schicksal überlassen.«

»War Martin Ammon bei ihnen?«, fragte er.

»Nein. Laut Rutherford ist er zu beschäftigt, um an der Schatzsuche teilzunehmen, aber ich glaube, er befindet sich immer noch hin und wieder im Hundeland.«

»Wie ist Glo hierhergekommen?«

»Rutherford hat sie wegen ihrer Zaubersprüche mitgenommen.«

»Und? Wie ist es gelaufen?«, wollte Diesel wissen.

»Da war eine R…r…ratte im Wasser«, stammelte Glo.

Diesel half mir auf die Beine, und gemeinsam zogen wir Glo hoch. Sein Blick fiel auf das Skelett.

»Das ist wohl Palgrave Bellows«, sagte ich. »Ich musste den SALIGIA-Stein aus seinen Fingerknochen klauben.«

Diesel steckte den Finger durch eine Augenhöhle und hob den Schädel vom Boden auf. »Den nehmen wir mit, damit Nergal sich damit befassen kann.«

Glo fand ihre Leinentasche und hängte sie sich über die Schulter, und Diesel steckte den Totenkopf hinein.

»Geht es meinem Besen gut?«, fragte sie. »Hast du ihn retten können?«

»Er ist bei Wulf und Josh auf dem Boot.«

Wir kletterten von dem Wrack auf die Felsen. Der Strand war mittlerweile überflutet.

»Am schnellsten kommen wir im Wasser hier raus«, erklärte Diesel. »Ich werde euch nacheinander herausziehen. Zwischen Fels und Wasser ist nur ein halber Meter Platz, also passt auf eure Köpfe auf.«

Er brachte zuerst Glo nach draußen und kam dann zurück, um mich zu holen. Ich schloss die Augen, als wir unter dem Felsvorsprung durch das Wasser schwammen, und öffnete sie erst wieder, als uns eine Welle überspülte. Eigentlich bin ich eine gute Schwimmerin, aber jetzt war ich halb erfroren und erschöpft und heilfroh, dass Diesel mich zu dem Boot schleppte, das hinter der Brandung auf den Wellen schaukelte.

Sie hatten ein Boot geklaut, das dem von Devereaux glich. Josh saß zusammengesunken auf einem der hinteren Sitze und betupfte seine blutende Nase. Wütend starrte Glo ihn an. Es war keine Erklärung nötig – ich konnte mir gut vorstellen, was da soeben passiert war. Von Hatchet fehlte jede Spur.

Diesel zog sich aus dem Wasser, und Wulf ließ den Motor an und steuerte das Boot um die Insel herum zu dem Strand, wo die Party stattfand.

»Ich habe gedacht, wir fahren nach Hause«, sagte ich zu Diesel.

»Ein Hubschrauber holt uns ab. Anscheinend gibt es in der Nähe des FKK-Strands ein flaches Stück Land, das als Hubschrauberlandeplatz dient. Die Insel ist nicht ganz so abgelegen, wie wir dachten.«

Wulf ging im seichten Wasser vor Anker, und wir wateten alle an den Strand. Hatchet wartete bereits auf uns. Er war nackt bis auf den um seine Hüfte geschlungenen Gürtel, in dem sein Schwert steckte. Er sah aus wie ein zerlaufener Marshmallow mit Spinnenbeinen und Hängebacken.

Wie immer setzte Wulf eine undurchdringliche Miene auf, aber Diesel brach in Gelächter aus. Und ich befürchtete, dass sich dieser Anblick für immer in mein Gehirn eingebrannt hatte.

»Willkommen, Sir«, sagte Hatchet zu Wulf. »Der Vogel ist noch nicht gelandet.«

»Zumindest steckt sein Schwert in der Scheide«, meinte Glo.

»Ich war der Meinung, bekleidet hier zu große Aufmerksamkeit zu erregen«, erklärte Hatchet. »Falls ich Euch damit verstimmt haben sollte, dann peitscht mich aus. Ich kann aus einem Zweig eine Gerte machen. Ich lebe, um Euch zu dienen.«

»Du Glückspilz«, sagte Diesel zu Wulf.

»Das ist das Kreuz, das ich tragen muss«, erwiderte Wulf.

»Leider ist mein Gewand verschwunden«, fuhr Hatchet fort. »Unter diesen faltigen alten Menschen gibt es wohl einige Spitzbuben.«

Ein Helikopter schwirrte über den Strand und verschwand hinter einem bewaldeten Hügel. Die Strandparty neigte sich offensichtlich dem Ende zu. Die Bandmitglieder packten ihre Instrumente ein, und an der Strandbar wurden keine Getränke mehr ausgeschenkt. Einige der Partygänger lagen noch am Strand und genossen die letzten Sonnenstrahlen, die anderen standen in kleinen Grüppchen zusammen und unterhielten sich. Alle waren nackt, und keiner von ihnen war inzwischen jünger geworden. Ich sah viel graues Haar, kein Haar und Hautkrebs. Es war ernüchternd, was die Schwerkraft im Laufe der Jahre mit dem menschlichen Körper anrichtete.

Ein paar winkten Hatchet zu, als wir auf unserem Weg zum Hubschrauberlandeplatz den Strand überquerten.

»Hey, Hatchet«, brüllte einer. »Wie läuft's?«

»Huhu, Hatchet-Schätzchen«, rief eine kleine weißhaarige Frau. »Komm rüber und zeig uns dein Schwert.«

»Was für ein ungebärdiger, rüpelhafter Haufen«, murmelte Hatchet.

Wir erreichten den Hubschrauber. Hatchet stieg als Erster ein und verschaffte uns einen Ausblick auf den Grand Canyon, als er sich vorbeugte, um Platz zu nehmen.

»Ich setze mich nicht neben ihn«, sagte ich zu Diesel.

»Ich auch nicht«, sagte Glo.

»Ich auch nicht«, stimmte Josh ein.

Wulf holte Hatchet aus dem Helikopter. Der Pilot wischte den Sitz mit einem Desinfektionstuch ab und versprühte Lufterfrischer in der Kabine.

Als wir abhoben, winkte Hatchet uns nach und rief uns einen Abschiedsgruß hinterher.

»Wie kommt er jetzt zurecht?«, fragte ich Wulf. »Er hat keine Kleidung und kein Geld.«

»Er ist ziemlich einfallsreich«, erwiderte Wulf. »Er kommt schon klar.«

Es war bereits dunkel, als Diesel und ich nach Hause kamen. Wir sperrten die Haustür auf und gingen in die Küche. Katerchen saß auf der Arbeitsplatte und kaute an einer Hähnchenpastete. Carl kratzte mit dem Finger Erdnussbutter aus dem Glas. Die Schranktüren standen offen, und auf dem Boden verstreut lagen einige Müslipackungen.

»Sieht so aus, als hätte Carl sich ums Abendessen gekümmert«, sagte ich.

Carl grinste mich an.

Diesel legte den Schädel in die Mikrowelle. »Morgen früh statten wir Nergal einen Besuch ab.«

»Ich bin mir nicht sicher, ob wir von ihm etwas Wichtiges erfahren«, meinte ich. »Der Kerl ist vor Hunderten von Jahren gestorben. Wir sollten uns lieber auf die Suche nach Martin Ammon machen und ihm den Stein abnehmen.«

»Man weiß nie«, gab Diesel zu bedenken. »Es könnte interessant werden. Du hast doch gesagt, dass du ihm den Stein aus der Hand genommen hast.«

Bei dem Gedanken daran lief mir ein Schauer über den Rücken. »Es war gruselig. Ich habe ihm dabei zwei Finger abgebrochen.«

Meine Kleider waren immer noch feucht und mit Meersalz verkrustet. Meine Schuhe quietschten bei jedem Schritt. Und ich war am Verhungern. Rasch machte ich mir ein Käsesandwich und überließ Diesel seinem Schicksal. Oben schloss ich mich ins Badezimmer ein und zog mich aus, während ich das Sandwich verspeiste. Dann stellte ich mich unter die Dusche und ließ das Wasser siedend heiß auf mich herunterprasseln. Ich schloss die Augen und fühlte mich wie im Himmel. Plötzlich spürte ich Diesel neben mir und riss die Augen wieder auf.

»Hey!«, protestierte ich. »Das ist meine Dusche!«

»Nicht mehr. Jetzt ist es *unsere.*«

Diesel gab ein wenig von meinem Duschgel auf seine Hände und rieb es, bis es schäumte.

»Das riecht gut«, sagte er.

»Bisher roch es nach Zitrone, und jetzt duftet es nach frisch gebackenen Keksen. Wie machst du das?«

»Ich mache gar nichts. Das geschieht einfach.«

Er strich mit den Händen über meine Schultern und Arme.

»Hör auf damit«, befahl ich. »Mach keinen Unsinn.«

»Ich mache keinen Unsinn«, entgegnete Diesel. »Ich meine es todernst.«

KAPITEL 19

Um fünf Uhr rollte ich mich mühsam aus dem Bett. Mein Tag hatte kaum angefangen, und ich war bereits zu spät dran. Ich zog mich im Dunkeln an, um Diesel nicht zu wecken. Katerchen folgte mir die Treppe hinunter in die Küche. Ich gab ihm frisches Wasser und füllte Trockenfutter in seine Schüssel. Dann schnappte ich mir einen Apfel und eilte aus dem Haus. Auf der Straße war es noch ruhig, aber in einigen Häusern brannte bereits Licht. Ein Wagen bog in den Parkplatz der Werft am Fuße des Hügels ein.

Clara war schon bei der Arbeit, als ich in der Bäckerei eintraf. Der große Teigmixer summte, und Mehl hing wie Feenstaub in der Luft.

»Wie ist es gestern gelaufen?«, erkundigte sie sich.

»Zuerst sind Josh und Devereaux in mein Haus eingebrochen und haben die Karte und die Münze gestohlen«, berichtete ich. »Dann lieferten wir uns ein Wettrennen zur Penobscot Bay, um den verfluchten Blauen Diamanten von Babur zu suchen, der uns zu dem Stein führen sollte. Wir haben ihn gefunden, aber Devereaux hat unser Boot mit einer Rakete in die Luft gesprengt. Dann hat er mich entführt und mich gezwungen, mit ihm den Schatz zu suchen. Währenddessen hat

Rutherford Glo gekidnappt und ist uns in die Höhle gefolgt. Devereaux ist bei einem Sturz zu Tode gekommen, wir haben den Schatz gefunden, einschließlich des SALIGIA-Steins, und Rutherford wollte Glo und mich in einem gekenterten Piratenschiff verrotten lassen. Aber Diesel hat uns gerettet, und nun bin ich wieder hier.«

»Immer das gleiche alte Lied«, meinte Clara.

Ich knöpfte meinen weißen Kittel zu. »Ja, kann man so sagen.«

»Es enttäuscht mich, dass Josh sich mit Devereaux zusammengetan hat«, sagte Clara. »Man durchschaut eben niemanden.«

»Wie sich herausgestellt hat, war Devereaux ein verkappter Bösewicht. Oder vielleicht hat er sich auch verändert. Auf jeden Fall war er total durchgeknallt, bevor er starb. Und Josh war meiner Meinung nach einfach nur dumm. Zumindest hat er versucht, dabei zu helfen, Glo und mich zu retten.«

»Hat das Glo beeindruckt?«

»Sie hat ihm bei der ersten sich bietenden Gelegenheit einen Faustschlag auf die Nase verpasst. Als wir die beiden gestern hier abgesetzt haben, hat sie immer noch kein Wort mit ihm gesprochen.«

»Gut für sie«, meinte Clara.

Kurz vor neun kam Glo in die Bäckerei. Sie stellte ihren Besen in eine Ecke in der Küche und legte ihren Magic-8-Ball und ihre Leinentasche auf die Arbeitsplatte.

»Ich habe dem Magic-8-Ball am Morgen einige Fragen gestellt«, erzählte sie. »Aber er gibt immer dieselbe Antwort. Wahrscheinlich ist er voll Wasser.«

»Wie lautet seine Antwort?«, fragte Clara.

»Die Zeichen stehen schlecht.«

Nur gut, dass ich nicht an den Magic-8-Ball glaubte, sonst hätte mich das möglicherweise deprimiert.

»Triffst du dich weiterhin mit Josh?«, wollte Clara wissen.

Glo schüttelte den Zauberball, und es erschien die Nachricht: »Die Zeichen stehen schlecht.«

Um elf Uhr schlenderte Diesel in den Laden. Er nahm sich einen Blaubeermuffin und setzte sich neben meinen Arbeitsplatz auf einen Hocker.

»Was gibt's Neues?«

»Ich muss noch diese Zimtbrötchen glasieren, dann bin ich fertig für heute.«

Diesel grinste. »Soll ich dir helfen?«

»Nein!«

»Du errätst nie, was ich heute Morgen gefunden habe«, sagte er. »Du hast deine nassen Klamotten auf dem Boden im Badezimmer liegen lassen, und als ich sie zur Seite schob, fiel der Blaue Diamant aus einer Jeanstasche.«

»Ach, du lieber Himmel! Ich habe ihn in die Tasche gesteckt und dann völlig vergessen.«

»Rutherford war sicher am Boden zerstört, als er feststellte, dass er ihn nicht mitgenommen hat. Der Diamant ist von unschätzbarem Wert.«

»Wahrscheinlich wusste er gar nichts von dem Blauen Diamanten«, erwiderte ich.

»Kannst du dich mit dem Glasieren dieser Dinger ein

bisschen beeilen? Wir müssen heute noch einiges erledigen«, sagte Diesel.

»Hast du einen Schlachtplan?«

»Ich möchte mit Nergal reden. Den Schädel habe ich dabei.«

»Und danach?«

»Weiß ich noch nicht.«

»Das klingt nicht gerade nach einem tollen Plan.«

»Ich arbeite noch daran.«

Nachdem ich alle Brötchen auf dem Blech glasiert hatte, machte ich meinen Arbeitsplatz sauber und fragte Clara, ob sie noch etwas für mich zu tun habe.

»Nein«, erwiderte sie. »Heute am Montag ist nicht viel los. Du kannst dir gern freinehmen.«

Wir verließen die Bäckerei, und ich schaute mich um.

»Wo steht dein Wagen?«, fragte ich Diesel.

»Dort drüben, der kleine schwarze.«

»Das ist ein Porsche 911 Turbo. Was ist mit dem anderen Wagen passiert?«

»Er wurde ausgetauscht. Ich habe ihn gestern Abend vor deinem Haus geparkt, und heute Morgen war er verschwunden, und der Porsche stand da«, sagte Diesel.

»Woher weißt du, dass es deiner ist?«

»Meine Autos haben immer ähnliche Nummernschilder. ›DD0000‹ oder etwas Ähnliches.«

Wir fuhren die kurze Strecke zum Krankenhaus und trafen Nergal in seinem Büro an.

»Wir haben Ihnen etwas mitgebracht«, verkündete Diesel.

»Hoffentlich einige Cupcakes«, sagte Nergal.

»Nein, keine Cupcakes, tut mir leid«, antwortete ich.

»Es ist etwas von einem Toten, oder? Was ist los mit euch? Ihr wirkt wie eine Todesschwadron.«

Und das von einem Mann, der als Leichenbeschauer arbeitete.

Diesel holte den Totenschädel aus seinem abgewetzten braunen Lederrucksack und legte ihn auf den Schreibtisch.

»Für den Rest des Skeletts hatte ich keinen Platz in meiner Tasche«, sagte er. »Aber wahrscheinlich brauchen Sie nicht mehr. Wir glauben, dass es Palgrave Bellows ist.«

Nergal beugte sich nach vorn und sah sich den Schädel genauer an. »Der echte Palgrave Bellows? Das ist cool.«

Ich nickte zustimmend. »Wir haben ihn in einer Höhle gefunden.«

Nergal legte die Hand auf den Schädel und riss die Augen auf. »Meine Güte! Der Kerl ist total verrückt.«

»Was sagt er?«, fragte ich.

»Er sagt, dass alles einen Sinn ergibt. Dass jetzt alles klar ist. Er weiß, dass er die Macht besitzt. Dass es sein Schicksal ist, der Dämon Mammon zu werden. Er wird alle Ungläubigen vernichten und die Welt beherrschen. Der vernichtende Schmerz in seiner Brust kündigt Mammons Wiedergeburt in seinem Körper an.« Nergal nahm die Hand von dem Schädel. »Ich persönlich glaube eher an einen massiven Herzinfarkt als an die Theorie der Wiedergeburt Mammons.«

»Hören Sie noch etwas?«, fragte Diesel.

»Nein, das war alles. Kann ich den Schädel behalten?«

»Klar«, erwiderte Diesel. »Vielleicht bringe ich Ihnen eines Tages den Rest des Skeletts vorbei.«

Schweigend verließen Diesel und ich das Gebäude und setzten uns wieder in den Porsche.

»Bellows hielt den Stein in der Hand, als er starb«, sagte ich. »Ich habe den Eindruck, dass der Stein seinen Besitzer mit Habgier und diesem ganzen Mammon-Zeug infiziert. Devereaux hat sich ähnlich benommen, als er die komplette Münze in der Tasche hatte.«

»Wo ist die Münze jetzt?«, fragte Diesel.

»Soviel ich weiß, hatte Devereaux sie bei sich, als er stürzte. Möglicherweise haben sie Rutherford oder einer seiner Männer auf dem Rückweg aus der Höhle mitgenommen, aber keiner hat sie beim Aufsammeln des Schatzes erwähnt. Ich glaube, sie haben sie einfach vergessen.«

»Und das Tagebuch?«

»Das hat Ammon irgendwo versteckt. Wahrscheinlich in Marblehead.«

»Dann muss ich mich wohl bald noch einmal auf den Weg machen«, sagte Diesel.

»Fahren wir zurück zur Insel?«

»Nur ich, du nicht. Das schaffe ich allein schneller. Ich möchte dort sein, bevor Ammon oder Rutherford oder wer auch immer die Fäden in der Hand hält, seine Gefolgsleute zurückschickt, um den Rest des Schatzes zu holen.«

»Ich glaube nicht, dass Rutherford das Sagen hat«, erwiderte ich. »Wahrscheinlich ist er nur mit der Schadensbegrenzung beauftragt und versucht krampfhaft, sich über Wasser zu halten. Ich kann dir sagen, wie du in den Tunnel kommst. Der Landweg ist vielleicht einfacher als der Zugang über die Bucht und durch das Wasser. Devereaux und ich sind auf einer gefährlichen, in den Felsen gehauenen Treppe nach unten gelangt. Rutherford und seine Männer haben sich abgeseilt. Das war schneller und sicherer. Devereaux liegt am Fuß der Treppe. Ein weiterer schmaler Tunnel verbindet die Treppe mit der Höhle und dem unterirdischen See.«

Eine Stunde später sahen Katerchen, Carl und ich Diesels Porsche hinterher.

»So, dann sind wir heute nur zu dritt«, sagte ich zu Katerchen und Carl. »Was wollen wir machen? Das Haus putzen?«

Katerchen tat so, als würde er mich nicht verstehen, und Carl hüpfte auf das Sofa und stellte den Fernseher an.

Ich hatte die Hälfte des Wohnzimmerteppichs gesaugt, als ich Rumoren auf der Veranda hörte, und kurz darauf wurde die Haustür eingetreten. Das war nicht schwer, denn die Tür war schon zweihundert Jahre alt und morsch, und das Schloss war auch nicht mehr das jüngste.

Rutherford stieg über die kaputte Tür. »Hallo?«, rief er. »Jemand zu Hause?«

»Ja, ich bin hier!«, antwortete ich. »Was fällt Ihnen ein, meine Haustür einzutreten? Sie steht unter Denkmalschutz. Sie werden ein großes Problem mit der Historischen Kommission bekommen.«

»Ich habe geklopft, aber niemand hat geöffnet.«

»Ich habe Staub gesaugt und Sie nicht gehört.«

»Ja, ja, das sehe ich. Mr Ammon regelt das mit der Historischen Kommission. Er spendet dort regelmäßig große Summen.«

»Dann wird das wohl klappen.« Ich stahl mich langsam in die Küche, wo ein großes Tranchiermesser lag.

»Ich bin erleichtert zu sehen, dass Sie aus der Höhle entkommen konnten«, sagte Rutherford. »Das war mein Fehler – ich hätte meine Instruktionen an Mr Carter deutlicher formulieren müssen. Ich wollte, dass er Sie sicher den Canyon hinaufbringt. Als wir den Irrtum bemerkten, kehrten wir in die Höhle zurück, aber Sie waren schon weg. Sehr klug von Ihnen, die Sache selbst in die Hand zu nehmen. Wie Sie wissen, hat Mr Ammon Pläne für Sie. Er ist ganz verrückt nach Ihren Cupcakes. Und Sie werden in Zukunft eine große Rolle in unserem Leben spielen.«

»Dann sind Sie also gekommen, um sich zu entschuldigen?«

»Ja, ja, natürlich. Aber es geht noch um etwas anderes, nämlich um die Münze. Wir haben sie nicht mehr.«

»Devereaux hat sie.«

»Mr Carter hat mir versichert, dass er sie bei Devereaux nicht gefunden hat. Allerdings ist Mr Carter nicht mehr bei uns. Er wurde … ähm, anderweitig eingesetzt. Aber wir sind sicher, dass die Münze jemand mitgenommen hat.«

»Ich habe sie nicht«, sagte ich.

»Das glaube ich Ihnen. Wirklich. Aber sicher begreifen

Sie, wie wichtig die Münze für unseren Mr Mammon ist. Wir brauchen alle wesentlichen Elemente, um die Erweckungszeremonie durchführen zu können. Und die Münze scheint eines dieser Elemente zu sein.«

»Kapieren Sie eigentlich, wie verrückt das alles klingt?«

»Verrückt?«, entgegnete Rutherford. »Haha. Nein, nein, das ist nicht verrückt. Mr Ammon hat alles gründlich recherchiert. Er hat eine Vision.«

»Und Sie glauben Mr Ammon?«

»Natürlich. Ganz und gar.«

»Und Sie glauben auch an Mammon?«, fragte ich.

»Ah, Mammon. Ja, er ist … der Prinz.«

»Tja, tut mir leid, aber der Prinz wird ohne die Münze wiedererweckt werden müssen, denn ich habe sie nicht.«

Rutherford lächelte und begann zu schwitzen. »Das wäre wunderbar. Wir würden uns alle darüber freuen, aber möglicherweise funktioniert das nicht. Deshalb müssen Sie uns die Münze besorgen. Sie sind die Einzige, die sie erkennen kann. Mr Ammon liegt sehr viel daran. Was ich jetzt sage, mag sich radikal anhören, aber Sie dürfen nicht vergessen, wie wichtig die Zeremonie ist. Deshalb sehen wir uns gezwungen, notfalls auch Unheil anzurichten, wenn Sie uns die Münze nicht bringen. Unheil ist ein sehr starkes Wort, das gebe ich zu, aber Mr Ammon hat sich diesbezüglich sehr klar ausgedrückt.«

»Wie definieren Sie Unheil?«

»So wie ich es verstanden habe, könnte es sich um Folter und Tod handeln. Möglicherweise auch um Verstümmelung.« Rutherford holte ein Foto aus seiner Jackentasche und reichte es mir. »Wie Sie sehen, ist das ein Bild von dem älteren Herrn, der mit Ihrer Chefin verwandt ist. Ich glaube, er ist ihr Großvater.«

Auf dem Foto winkte Gramps in die Kamera. Hinter ihm standen zwei bewaffnete Männer in Anzügen. Ihre Gesichter waren unkenntlich gemacht worden.

»Er ist ein Unikum«, fuhr Rutherford fort. »Man weiß nie, was ihm im nächsten Moment einfällt. Sehr unterhaltsam. Es wäre schrecklich, wenn wir ihm ein Ohr abschneiden müssten.«

»Das ist ekelhaft.«

»Ja, da gebe ich Ihnen recht. Aber wir müssen tun, was nötig ist. Verantwortung ist eine schwere Bürde.« Er klatschte in die Hände. »Nun, damit ist wohl alles gesagt. Ich gehe jetzt, damit Sie sich an die Arbeit machen können.«

»Wie kann ich Sie erreichen?«

»Ich habe meine Kontaktdaten auf Ihrem Handy hinterlassen.«

Ich schaute ihm nach. Er ging zu einem SUV, neben dem einige Männer in Anzügen auf ihn warteten. Erst stieg Rutherford in den Wagen, dann seine Schläger.

Eine Flut von Gefühlen überkam mich. Es war ein so großes Durcheinander, dass es mir schwerfiel, die einzelnen Emotionen auseinanderzuhalten, aber Wut war eindeutig dabei. Ich war wütend, weil Rutherford Claras Großvater gekidnappt hatte, und das meinetwegen. Diesel hatte unrecht – mir lag nichts an Abenteuern. Mir gefiel mein ereignisloses und langweiliges Leben.

Fast so stark wie meine Wut war die eiskalte Furcht,

die mir das Herz zusammendrückte. Rutherford und Ammon waren gefährlich und zu allem fähig. Und ich befürchtete, dass sie sich durch den Stein allmählich in verrückte Psychopathen verwandelten.

Ich betrachtete meine Tür und seufzte tief. Der Türpfosten war zersplittert, und vom Türknauf verlief ein langer Riss bis fast ganz nach unten. Es gelang mir zwar, die Tür zu schließen, aber ich konnte sie nicht absperren. Spielte eigentlich auch keine Rolle. Ein kräftiger Tritt, und die Tür war im Eimer.

»Wir brauchen einen Plan«, sagte ich zu Carl und Katerchen. »Hoffentlich kommt Diesel mit der Münze zurück, bevor sie Gramps etwas antun. Bis dahin muss ich dafür sorgen, dass alle in Sicherheit sind.«

Ich rief Clara an, schilderte ihr kurz, was geschehen war, und riet ihr nachzuprüfen, ob ihr Großvater tatsächlich entführt worden war. Glo war nicht mehr in der Bäckerei, und ich versuchte, sie auf ihrem Handy zu erreichen. Sie meldete sich nicht. Ich rief Diesel an – ebenfalls keine Antwort. Einen Moment lang spielte ich mit dem Gedanken, mich mit Wulf in Verbindung zu setzen, aber ich hatte keine Ahnung, wie ich das anstellen sollte. Ich hatte keine Telefonnummer von ihm und wusste auch nicht, wo er wohnte. Man kann sich vorstellen, wie groß meine Angst war, wenn ich tatsächlich in Erwägung zog, Wulf um Hilfe zu bitten.

Ich saugte das restliche Wohnzimmer und überlegte, ob ich Wäsche waschen sollte, als Glo mich anrief.

»Das Piratenmuseum steht in Flammen«, sagte sie. »Ich bin einen halben Häuserblock entfernt; näher komme ich nicht ran. Hoffentlich geht es Josh gut. Ich bin zwar immer noch sauer auf ihn, aber ich hoffe trotzdem, dass er das Gebäude rechtzeitig verlassen konnte. Ich habe versucht, ihn anzurufen, aber er meldet sich nicht.«

»Rutherford und Ammon sind auf dem Kriegspfad, und du könntest in Gefahr sein«, warnte ich sie. »Geh zurück in die Bäckerei und bleib bei Clara, bis ich komme.«

Ich füllte Katerchens Napf mit Trockenfutter und stellte eine extragroße Schüssel Wasser dazu.

»Ich lasse das Küchenfenster offen«, sagte ich zu ihm. »Du brauchst das Haus nicht zu bewachen. Wenn jemand einbricht, spring aus dem Fenster und versteck dich. Ich komme wahrscheinlich heute Abend nicht nach Hause; ich bleibe bei Clara und Glo.«

Rasch warf ich Unterwäsche zum Wechseln, mein Sweatshirt und meine Zahnbürste zu dem üblichen Kram in meine Leinentasche, schnappte mir Carl und verließ das Haus durch die Hintertür. Auf dem Weg zur Bäckerei sah ich schwarzen Rauch aus dem Piratenmuseum aufsteigen. Mein Bauchgefühl sagte mir, dass Rutherford das Feuer gelegt hatte, wahrscheinlich um Josh auszuräuchern und um mir eine weitere angsteinflößende Botschaft zu schicken.

In der Bäckerei brannte Licht, als ich meinen Wagen auf dem Parkplatz abstellte. Clara öffnete mir und Carl die Tür, ließ uns herein und schloss hinter uns ab. Über ihre Schulter hatte sie ein Sturmfeuergewehr geschlungen, und im Bund ihrer Jeans steckte eine halbautomatische Pistole.

»Ich habe gar nicht gewusst, dass du Waffen besitzt«, sagte ich.

»Die Dazzles sind schon seit der Zeit vor der Revolution immer bewaffnet.«

»Was ist mit deinem Großvater?«

»Er ist weder zu Hause noch bei seiner Pflegerin.«

Glo setzte sich auf einen Hocker. »Diese Leute sind krank. Gramps ist ein so lieber Mensch. Es wäre schrecklich, wenn man ihn entführt hat. Habt ihr es schon der Polizei gemeldet?«

Clara und ich tauschten einen Blick.

»Noch nicht«, erwiderte ich. »Ich habe gehofft, dass Diesel rechtzeitig mit der Münze zurückkommen würde und wir mit ihnen verhandeln könnten. Ich möchte diese bizarre Geschichte nicht der Polizei erklären. Wahrscheinlich würden sie mir ohnehin nicht glauben. Martin Ammon besitzt Macht und Geld, und ich backe nur Cupcakes.«

»Schon, aber das sind keine normalen Cupcakes«, wandte Glo ein. »Deine Cupcakes sind *außergewöhnlich.*«

»Auch das möchte ich der Polizei nicht erklären.«

Wie sich herausgestellt hatte, besaß ich noch eine andere übernatürliche Fähigkeit, nämlich besondere Cupcakes zu backen. Es war also kein Scherz, als ich Ammon sagte, dass es sich bei der fehlenden Zutat in meinem Rezept um Magie handelte.

An der Vordertür der Bäckerei klopfte es laut, und Glo warf einen Blick durch das Fenster.

»Es ist Josh.« Sie schloss die Tür auf und ließ ihn herein.

Josh war rußverschmiert und schwitzte. Sein Piratenhemd mit den Ballonärmeln war schmutzig und hing herunter, seine gestreifte Hose war am Knie aufgerissen, und sein Haar war zerzaust.

»Die sind total verrückt geworden!«, keuchte er. »Sie haben das Piratenmuseum angezündet. Ich habe es gerade noch geschafft, lebend herauszukommen. Ich musste aus dem Kellerfenster klettern.«

Der Besen schlug gegen Joshs Kopf.

»Au!«, schrie Josh. »Das hat wehgetan!«

»Das war der Besen«, sagte Glo ungerührt.

»Nein, das warst du. Schließlich hältst du den Besen in der Hand.«

»Warst du allein im Museum?«, fragte ich Josh.

»Ja. Der Museumsdirektor wollte ein Paket abholen, also habe ich die Türen für eine Weile abgeschlossen. Allein kann ich den Laden nicht schmeißen. Außerdem ist im Augenblick sowieso nicht viel los. Erst wenn die Geistertouren beginnen, kommen wieder mehr Besucher zu uns.«

»Wie ist das Feuer ausgebrochen?«

Josh bekam noch einen Schlag von dem Besen.

»Okay, ich hab's verstanden«, sagte Josh zu Glo. »Du bist sauer auf mich. Es tut mir leid. Ich habe mich dumm verhalten. Ich weiß auch nicht, was in mich gefahren ist.«

»Das Feuer«, wiederholte ich.

»Ich hatte alles abgeschlossen, doch dann klopfte jemand, immer und immer wieder. Und ich Idiot habe die Tür geöffnet. Draußen standen drei Typen in Anzügen. Sie schoben mich zurück in das Museum, und einer schlug mir seine Waffe auf den Kopf. Als ich wieder zu mir kam, brannte es schon überall lichterloh. Glücklicherweise lag ich in der Nähe der Falltür, die in den Keller führt. Es ist nur ein niedriger Raum, wo Ratten und Spinnen leben, aber es ist mir gelungen, zu dem kleinen Fenster auf der Rückseite zu kriechen und nach draußen zu klettern. Vor dem Haus stand schon die Polizei, und die Feuerwehr rückte an, aber ich wollte nur so schnell wie möglich weg von diesen Anzugträgern. Wahrscheinlich lauerten sie irgendwo in der Nähe und warteten darauf, dass meine verkohlten Überreste geborgen wurden.«

»Sie haben Claras Großvater entführt«, sagte Glo.

»Das ist schrecklich. Geht es ihm gut?«, fragte Josh.

»Wir wissen es nicht«, erwiderte ich.

Mein Telefon klingelte. Es war Rutherford. »Guten Abend. Mr Ammon möchte mit Ihnen sprechen.«

Ich hörte Schlurfen im Hintergrund und dann Ammons Stimme. »Vermutlich haben Sie mittlerweile von dem Feuer im Piratenmuseum gehört. Die Symbolik erscheint mir passend, da wir es mit Feuer und Schwefel zu tun haben. *Grrr. Wuff.* Verzeihung, das sind die Nachwirkungen meiner Gehirnerschütterung. Ich gehe davon aus, dass Sie sich bemühen, die Münze für mich zu finden. Sobald ich sie habe, steht uns eine wundervolle gemeinsame Zukunft bevor.«

Ich hörte ein Jaulen und wieder ein scharrendes Geräusch, dann meldete sich Rutherford: »Mr Ammon muss sich ein Hustenbonbon holen«, erklärte er. »Aber wie ich gehört habe, ist das Gespräch gut verlaufen. Ich habe das Feuer im Museum gesehen und muss sagen, dass es wirklich spektakulär war. Haben Sie es auch gesehen?«

»Nein.«

»Nun, es wird sicher noch andere Gelegenheiten geben. Mr Ammon hat eine Liste mit Aktivitäten erstellt, die deutlich machen, wie sehr ihm die heilige Zeremonie für Mammon am Herzen liegt.«

»Weitere Brände und Entführungen?«

»Auf jeden Fall. Mr Ammon ist hin und wieder noch etwas angeschlagen, aber er ist ein Meister darin, Pläne für einen solchen Kampf zu schmieden. Er hätte einen großartigen General abgegeben. Einen wahren Napoleon.«

Im Hintergrund waren Knurrgeräusche und gedämpfte Stimmen zu hören.

»Noch ein letzter Punkt«, fuhr Rutherford fort. »Mr Ammon möchte ein Dutzend Cupcakes bestellen. Sechs mit Schokolade und sechs mit roter Glasur und Frischkäse. Ich schicke jemanden vorbei, der sie abholt.«

Ich legte auf, packte zwölf Cupcakes in eine Schachtel, schrieb *»Martin Ammon«* darauf und stellte sie vor die Tür.

»Wir nehmen etwas zu essen mit und machen das Licht aus«, sagte ich zu Clara, Josh und Glo. »Bis Diesel zurückkommt, verstecken wir uns im Untergrund.«

Fünf Minuten später schlossen wir die Bäckerei ab, gingen die Treppe zum Lagerraum hinunter und verschwanden im Tunnel. Ich schob die Regale wieder zurück, sodass der Eingang nicht zu sehen war. Clara ging mit ihrem großen Strahler voraus, während Glo und ich unsere kleineren Taschenlampen in die Tasche gesteckt hatten. Carl hüpfte neben mir her. Josh trug zwei große Kühltaschen mit Fleischpasteten und Muffins. Wasser gab es in der Kneipe.

»Die Tunnel ziehen sich kilometerweit unter Salem entlang«, erklärte Clara. »Das Speakeasy ist das am besten ausgebaute Versteck, aber es gibt überall Lagerräume und Bunker. Viele Wohnhäuser und Bürogebäude sind renoviert worden, und viele der jetzigen Besitzer wissen wahrscheinlich gar nicht, dass sie über einem Tunnel wohnen.«

Wir erreichten das Speakeasy und schalteten nur eine Glühbirne an, denn womöglich kehrte Rutherford noch einmal zum Haus von Claras Großvater zurück.

»Wenn jemand das Haus betritt, hören wir das sofort«, sagte Clara. »Die Dielen knarzen. Und wenn wir die Treppe hinaufgehen und uns vor die Tür stellen, haben wir dort vielleicht sogar Handyempfang.«

Wir aßen die Fleischpasteten und spielten Dame. Ich versuchte ein paarmal, Diesel zu erreichen, aber ohne Erfolg. Um neun Uhr wollte Clara vor der Bäckerei nach dem Rechten sehen, also ließen wir Josh, Glo und Carl im Speakeasy zurück, und Clara führte mich durch den Tunnel zu einer Falltür. Wir entriegelten die Tür und gelangten in einen dunklen muffigen Verschlag, in dem ein Rasenmäher stand.

»Der Schuppen gehört Myra Belkar«, sagte Clara. »Er ist total verfallen, und Myra würde ihn liebend gern abreißen und eine Garage bauen lassen, aber er steht unter

Denkmalschutz. Deshalb darf sie nichts daran verändern und ihn auch nicht entfernen lassen.«

Wir schlichen uns aus dem Schuppen und sahen uns vorsichtig um. In der engen Straße gab es keine Laternen. Die kleinen, dicht aneinandergedrängten Häuser lagen im Dunkeln. Aber im Inneren brannte Licht, und niemand hatte die Rollläden heruntergelassen. Wir sahen Myra in ihrer Küche am Spülbecken stehen. Die Bäckerei war nur einen Block entfernt. Wir gingen zur nächsten Ecke und spähten die Straße hinunter. Keine rußgeschwärzten Gebäude. Keine Feuerwehrautos. Keine gelben Absperrbänder. Keine irren Angestellten von Ammon. Alles wirkte friedlich. Wahrscheinlich hatte ich Ammon mit meinen Cupcakes glücklich gemacht.

»Zumindest haben sie die Bäckerei nicht überfallen«, sagte Clara. »Zuerst wollte ich bleiben und den Laden verteidigen, aber das wäre nicht klug. Schließlich ist es nur ein Gebäude und kann wieder aufgebaut werden.«

Mein Handy summte – eine SMS von Diesel. Sie bestand nur aus einem Wort: *Erfolg.* Also hatte er die Münze. Ich schrieb zurück, dass es hier Probleme gebe und wir in den Untergrund gegangen seien. *Schaut genau hin, bevor ihr schießt,* lautete seine Antwort. Daraus schloss ich, dass er sich auf die Suche nach uns machte.

Clara und ich gingen auf dem gleichen Weg zurück ins Speakeasy. Josh und Carl spielten im Dämmerlicht Dame.

»Wer gewinnt?«, fragte ich.

»Carl«, erwiderte Glo. »Wenn wir ihn nicht dauernd

gewinnen lassen, rastet er aus und wirft die Spielsteine durch die Gegend.«

KAPITEL

20

Im Untergrund gibt es nur eine Möglichkeit festzustellen, ob es Tag oder Nacht ist – man wirft einen Blick auf seine Armbanduhr. Allerdings gerät man trotz Armbanduhr wahrscheinlich irgendwann durcheinander. Es war kurz vor Mitternacht, als mir die Augen zufielen. Ich lag auf dem Boden, und meine Tasche diente mir als Kopfkissen. Um fünf Uhr wachte ich auf, fiel erneut in einen unruhigen Schlaf und war um sieben Uhr wieder wach.

Glo marschierte auf und ab, Josh legte eine Patience, und Carl schlief tief und fest auf einem Pokertisch.

»Wo ist Clara?«, fragte ich.

»Unterwegs in den Tunneln. Sie braucht ein bisschen Bewegung. Scheint mir ziemlich unheimlich, dort herumzulaufen«, sagte Glo.

»Nicht für Clara. Sie hat als Kind hier gespielt. Und wahrscheinlich nervt es sie, dass die Bäckerei geschlossen ist.«

Clara kam um halb acht zurück, und kurz darauf hörten wir Schritte über unseren Köpfen. Wir schalteten das Licht aus, und keiner sprach ein Wort. Ich blickte auf mein Handy. Kein Empfang. Wenn Diesel dort oben war und nach dem Eingang zum Speakeasy suchte, konnte er mich nicht erreichen. Ich schlich auf Zehenspitzen die Treppe hinauf und stellte mich an die Tür. Eine SMS von Diesel blinkte auf: *Kann den Eingang nicht finden.*

Ich schrieb rasch zurück: *Besenkammer.* Eine Weile später ging die Tür zur Besenkammer auf, und einige Schrubber und ein Eimer fielen um. Ich öffnete rasch die Geheimtür. Vor mir stand Diesel und reichte mir einen Pappkarton mit vier Bechern Kaffee von Starbucks.

»Guten Morgen«, begrüßte er mich. »Du siehst aus, als hätte dich ein LKW überfahren.«

»Ich habe die vergangene Nacht auf dem Boden geschlafen.«

»Es gibt in diesem Haus so Dinger, die sich Betten nennen«, sagte er.

»Wir hatten Angst, dass Rutherford und seine Männer zurückkommen. Sie haben Gramps gekidnappt, versucht, Josh zu töten, und das Piratenmuseum niedergebrannt.«

»Kaum bin ich ein paar Stunden weg, schon bricht die ganze Welt zusammen«, sagte Diesel.

Beim Klang seiner Stimme wachte Carl auf. Er streckte sich, kratzte sich am Hintern und schlenderte zur Toilette. Wir nahmen uns einen Becher Kaffee.

»War es schwer, die Münze zu finden?«, fragte ich Diesel.

»Nein. Sie steckte in Devereaux' Hosentasche. Ich bin mit dem Hubschrauber auf die Insel geflogen, aber der Pilot hielt es für zu riskant, auf dem Fels vor der Höhle zu landen, und setzte mich an der Strandbar ab. Ich bin den Fels hinaufgeklettert und habe den Eingang zur

Höhle gesucht. Ich habe mich an einem Seil hinuntergelassen, das dort noch hing. Kaum hatte ich die Münze gefunden, hörte ich einen Hubschrauber über der Höhle kreisen. Anscheinend hatte dieser Pilot weniger Bedenken als ich, auf dem Kraterrand zu landen. Kurz darauf stürmte eine Gruppe von Ammons Zombies in die Höhle. Ich versteckte mich in einer Felsnische, bis die Männer wieder abzogen.«

»Sie sind zurückgekommen, um die Münze zu holen«, sagte ich.

»Die Münze und den Rest des Schatzes«, bestätigte Diesel. »Sie haben alles mitgenommen. Es hat Stunden gedauert. Sie waren so emsig wie Ameisen und haben sogar Devereaux mitgenommen. Wahrscheinlich haben sie gehofft, die Münze bei ihm zu finden … oder in ihm. Leider haben sie die Seile danach hochgezogen, also musste ich die Treppe nach oben klettern. Es war nicht so schlimm, aber nach unten hätte ich sie nicht steigen wollen.«

»Wir müssen Gramps finden«, warf Clara ein. »Er braucht seine Blutdrucktabletten.«

»Habt ihr irgendeine Ahnung, wo sie ihn versteckt haben könnten?«, fragte Diesel.

»Nein«, antwortete ich. »Sie haben mir ein Foto geschickt, aber darauf ist nichts zu erkennen.«

Ich zeigte ihm das Bild, auf dem Gramps fröhlich winkte. Im Hintergrund war außer einer weißen Wand und den beiden gesichtslosen Schlägertypen nichts zu sehen.

»Ich habe eine Liste aller Immobilien, die Ammon Enterprises gehören«, sagte Diesel. »Ammon besitzt vier

Häuser in Salem, sieben in Boston, eines im Süden von New Hampshire und das Haus in Marblehead. Ich habe mir die Liste besorgt, weil ich glaubte, er bewahrt den Schatz in einem seiner Häuser auf und damit auch vermutlich den SALIGIA-Stein.«

Clara stellte uns eine Tüte mit Muffins auf die Theke, und wir griffen alle zu.

»Um einen Schatz zu verstecken, eignet sich am besten Ammons Immobilie an der Green Street«, fuhr Diesel fort. »Das vierstöckige Bürogebäude war früher eine Bank, deshalb gibt es einen Tresor. Und im Moment steht das Haus leer, weil es renoviert werden soll.«

»Ich weiß, wo das ist«, sagte Clara. »Ein Tunnel zum Hafen läuft darunter entlang. Einige Abzweigungen führen zum Leuchtturm.«

»Wie lange brauchen wir, um von hier zu dem Bürogebäude zu kommen?«, fragte Diesel.

»Ungefähr fünfundvierzig Minuten. Die Tunnel verlaufen nicht immer geradeaus.«

Diesel holte eine Karte von Salem aus seinem Rucksack. »Ich habe Ammons Häuser mit einem orangefarbenen Stift markiert. Sind einige Gebäude auch durch einen Tunnel erreichbar?«, fragte er.

Clara sah sich die Karte genauer an. »Ich bin nicht mit dem gesamten Tunnelsystem vertraut. Ich kenne nur die Gegend um die Bäckerei, das Hafenviertel und die Gegend um Gramps' Haus. Ein Tunnel verläuft unter dem Haus an der Marjorie Street, und in dem Lagerhaus an der First Avenue gibt es mit Sicherheit auch einen Zugang.«

Diesel nahm den Blauen Diamanten aus seinem Rucksack und reichte ihn mir. »Der Diamant hat den Stein auf der Insel entdeckt. Vielleicht findet er ihn auch in Salem. Und wenn wir Glück haben, auch Gramps.«

Wir verließen das Speakeasy und folgten Clara durch die Tunnel.

»Wir sind wie die sieben Zwerge auf dem Weg zur Arbeit in der Mine«, bemerkte sie. »Allerdings sind wir nur zu sechst.«

Wie einer der sieben Zwerge fühlte ich mich nicht. Die sieben Zwerge kannten alle den Weg. Ich hingegen tappte blindlings hinter Diesel her. Wäre ich einer der Zwerge, hieße ich wahrscheinlich *»Ahnungslos«*.

Hin und wieder betrachtete ich den Diamanten, aber er reagierte nicht. Kein blaues Glühen. Nicht einmal ein Aufflackern. Wir marschierten über eine halbe Stunde durch den Tunnel, bis Clara schließlich stehen blieb und sich umschaute. Wir waren an einer Abzweigung angekommen.

»Nach links geht es zum Haus der Wessels«, sagte Clara. »Es befindet sich schon seit Generationen im Besitz der Familie Wessel. Jerome Wessel war Schiffskapitän, als das Haus erbaut wurde. Bitsy Wessel führte während der Prohibition eine Pension und konnte sich über Mangel an Gästen nicht beklagen, da er in dem Rübenkeller hinter dem Haus ständig Rum brannte. Als ich die Highschool besuchte, war ich mit Kennel Wessel befreundet, und wir haben uns oft in den Tunnel verzogen, um dort zu knutschen. Das Haus der Wessels liegt nicht weit von Ammons Bankgebäude entfernt. Höchstwahrscheinlich verläuft der Tunnel dort entlang, aber ich glaube nicht, dass es einen Zugang zum Haus gibt. Die Männer, die die Tunnel gebaut haben, wollten die Bank nicht überfallen. Dieser Teil endet zwei Blocks weiter an der Ecke Marjorie und Clinton Street in einer Sackgasse. Die rechte Abzweigung führt zum Lagerhaus an der First Avenue. Die Rumschmuggler fuhren mit ihren kleinen Booten ins seichte Wasser oder zum Leuchtturm. Von diesen beiden Stellen wurde der Alkohol dann zum Lagerhaus gebracht und weiterverteilt.«

Wir wendeten uns nach links und gingen unter dem Haus der Wessels und dem Bankgebäude entlang bis zum Ende des Tunnels. Nach dem Wessel-Haus gab es keine Eingänge mehr, und der Diamant glühte weder, noch flackerte er; er wurde nicht einmal warm. Wir kehrten um und bogen nach rechts ab. Den gesamten Weg vorbei an dem Eingang zum Lagerhaus bis zum Leuchtturm reagierte der Diamant ebenso wenig.

»Also gut, dann tritt jetzt Plan B in Kraft«, verkündete Diesel. »Da wir hier in den Tunneln keine Schwingungen wahrnehmen können, gehen Lizzy und ich nach oben. Alle anderen kehren ins Speakeasy zurück.«

»Schau ab zu auf deinen SMS-Eingang«, bat ich Clara. »Ich halte dich auf dem Laufenden.«

Diesel und ich verließen den Tunnel durch den Rübenkeller und gelangten in den Garten der Wessels. Die Tür war von außen abgeschlossen, aber das war kein Problem für Diesel. Draußen war niemand zu sehen. Wir gingen in Richtung Bankgebäude, blieben kurz davor stehen und sahen uns um. Das Gebäude wirkte verlassen; Fenster und Türen waren mit Brettern vernagelt. Niemand stand Wache. Wir setzten unseren Weg zum Lagerhaus an der First Avenue fort. Nach seiner Errichtung war es sicher ein imposantes Gebäude gewesen, jetzt wirkte das zweistöckige Haus ziemlich heruntergekommen. An der hinteren Seite war eine Laderampe. An der Tür hing ein Schild mit der Aufschrift AMMON ENTERPRISES. Auch hier keine Wachen. Keine Schwingungen. Und der Diamant glühte nicht.

»Ich glaube nicht, dass er hier ist«, sagte ich. »Das Lager scheint leer zu sein.«

»Ammon besitzt ein Haus im Süden von New Hampshire, das einer Festung gleicht. Ein riesiges Monstrum auf einem vierzig Hektar großen Grundstück. Ich lasse es von jemandem überprüfen. In der Zwischenzeit sollten wir Verhandlungen wegen Gramps aufnehmen«, meinte Diesel.

»Bist du bereit, die Münze gegen Gramps einzutauschen?«

»Ja. Sie haben den Stein. Was soll die Münze schon ändern? Der Stein, die Münze und alle Teevorräte in China werden Mammon nicht zum Leben erwecken. Rutherford, Ammon und ihre Anhänger haben bereits Wahnstörungen und sind von Habgier besessen. Wenn sie noch gieriger werden, macht das keinen großen Unterschied. Letztendlich muss ich den Stein und die Münze ohnehin zurückholen.«

»Ich habe Rutherfords Nummer in meinem Telefon gespeichert«, sagte ich.

»Schlag ihm einen Handel vor.«

Ich rief Rutherford an und teilte ihm mit, dass ich die Münze hätte.

»Ich möchte sie gegen Gramps eintauschen.«

»Ich wusste, dass wir auf Sie zählen können«, sagte Rutherford. »Mr Ammon wird erfreut sein. Natürlich besteht er auf einem Nachweis, dass sie echt ist.«

»Die Münze besteht aus acht Einzelteilen und hat Löcher, durch die man die entsprechenden Buchstaben auf der Karte lesen kann. Einen anderen Beweis für ihre Authentizität gibt es nicht, da ich die Einzige bin, die die Kraft des Steins spüren kann.«

»Durch einen glücklichen Zufall sind wir auf einen Herrn namens Hatchet gestoßen. Er ist ein bisschen merkwürdig, aber man hat uns versichert, dass er dieselben Kräfte besitzt wie Sie. Wir haben ihn nackt auf Brimstone Island gefunden, und nun steht er im Dienste Mammons.«

»Ich dachte, er dient bereits einem anderen Herrn.«

»Wer etwas findet, darf es behalten«, erwiderte Rutherford fröhlich.

Viel Glück, dachte ich. Ich würde mich nicht mit Wulf anlegen.

»Wo soll der Tausch stattfinden?«, fragte ich Rutherford.

»Wir möchten die Transaktion in Mr Ammons Landhaus im Süden von New Hampshire abwickeln. Sie können kommen, wann Sie wollen. Aber allein.«

»Alles klar«, sagte ich. »Bis dann.«

Ich legte auf und schaute Diesel an. »Er ist in Ammons

Haus in New Hampshire. Sie wollen, dass ich allein komme. Und sie haben Hatchet.«

Diesel grinste breit. »Sie haben Hatchet?«

»Sie haben ihn anscheinend nackt auf Brimstone Island gefunden. Und wie du weißt: Was man findet, darf man behalten.«

»Sie werden über ihren Fund nicht sehr glücklich sein, wenn Wulf auftaucht. Er teilt nicht gern«, sagte Diesel.

Ich textete Clara, dass wir eine Spur hätten. Sie sollten aber im Tunnel bleiben, bis wir zurückkämen.

»Wir müssen mit deinem Wagen fahren«, meinte Diesel. »Gramps können wir nicht in den Porsche setzen.«

»Ich soll aber allein kommen.«

»Ich werde am Wagen warten. Ganz allein lasse ich dich nicht gehen.«

Der Plan gefiel mir. Ich wollte nicht allein fahren. Und womöglich schaffte meine alte Blechkiste es gar nicht bis nach New Hampshire und zurück. Zumindest konnte Diesel mich dann zu einer Werkstatt schieben oder einen neuen Wagen herbeizaubern.

In der Bäckerei packten wir uns eine kleine Mahlzeit für uns ein und nahmen eine große Tüte mit Lebensmitteln für Clara, Glo, Josh und Carl mit. Ich schrieb Clara, dass wir ihr Vorräte in den Tunnel gestellt hätten. Dann tuckerten wir mit meinem Auto los. Wir hielten kurz an meinem Haus an, damit ich duschen und mich umziehen konnte. Männer können trotz zerknautschter Klamotten und Körpergeruch Heldentaten vollbringen. Frauen gelingt das besser, wenn ihr Haar frisch gewaschen ist und sie ein wenig Lipgloss aufgetragen haben. Ich gab Katerchen frisches Wasser und füllte seinen Fressnapf auf. Und schon waren Diesel und ich auf dem Weg nach New Hampshire.

Die Auffahrt war von der Straße aus kaum zu sehen. Wir entdeckten einen verrosteten Briefkasten mit der Hausnummer, und dahinter führte ein schmaler, stetig ansteigender Schotterweg in den Wald. Nach etwa achthundert Metern breitete sich hügeliges Weideland vor uns aus, und wir erblickten das riesige Haus. Es sah aus wie eine kleine Nachbildung eines alten schottischen Schlosses mit dunklen feuchten Mauern und ungepflegtem Garten. Auf halber Strecke zum Haus der Verdammnis kamen wir zu einem Wächterhäuschen, wo ein bewaffneter Mann in einer schwarzen Uniform uns empfing.

»Ich bin Lizzy Tucker und möchte Martin Ammon sprechen«, sagte ich zu ihm.

Der Wächter musterte mich und dann Diesel. »Sie sollten allein kommen.«

»Ich bin so gut wie allein. Er wartet im Auto auf mich.«

Der Wächter telefonierte kurz und winkte uns durch.

Als wir uns dem Haus näherten, tauchte ein zweiter Wachmann mit einem Sturmgewehr auf. Er wies uns einen Platz an, wo wir parken konnten, und beobachtete mich schweigend, als ich aus dem Wagen stieg. Diesel blieb sitzen.

Im Haus war es noch düsterer. Graue Steinmauern, hohe Säulen, dunkelrote wuchtige Polstermöbel, dunkle Holzvertäfelung. Die Vordertür führte in eine riesige Eingangshalle mit einer verschnörkelten Treppe. Ich hatte den Lederbeutel mit dem Diamanten in die Tasche meines Sweatshirts gesteckt. Als ich meine Hand darauflegte, spürte ich ein Vibrieren. Der Stein musste hier irgendwo sein.

Rutherford eilte herbei, um mich zu begrüßen. »Ich möchte noch einmal um Entschuldigung für das Missverständnis in der Höhle bitten«, säuselte er. »Wir wollten auf keinen Fall Mr Ammons bevorzugte Cupcake-Bäckerin zurücklassen.« Er lächelte strahlend.

Ich schaute mich um. »Wo ist Mr Ammon?«

»Irgendwo draußen auf dem Grundstück. Um diese Uhrzeit geht er gern ein wenig an die frische Luft. Er will fit bleiben.«

»Das trifft sicher auch auf Mammon zu«, bemerkte ich.

»Ja natürlich. Wir alle wünschen uns einen leistungsfähigen Mammon. Und da wir gerade davon sprechen: Haben Sie die Münze mitgebracht?«

»Ja. Ist Claras Großvater hier?«

Er nickte. »Ja. Und sein Besuch hat uns großes Vergnügen bereitet.«

»Ich möchte ihn sehen.«

»Selbstverständlich.«

Im Zimmer verteilt standen einige Männer in Anzügen in der Rührt-euch-Stellung. Rutherford gab einem ein Zeichen, und kurz darauf wurde Gramps hereingeführt.

»Dieses Hotel ist eine Zumutung«, beschwerte er sich bei Rutherford. »Ich habe keine Badewanne in meinem Badezimmer, und meine Frühstückseier waren kalt.«

»Oje, das tut mir leid«, erwiderte Rutherford. »Ich werde sofort ein ernstes Wörtchen mit dem Personal reden.« Er wandte sich an mich. »Haben Sie die Münze?«

Ich reichte sie ihm, und Hatchet trat aus dem Schatten. Er trug eine Khakihose, ein weißes Hemd und eine rote Krawatte mit dem Ammon-Logo.

Ich winkte ihm kurz zu. »Hast du in letzter Zeit etwas von Wulf gehört?«

»Nein«, erwiderte Hatchet. »Mein neuer Herr verbietet mir, Kontakt zu anderen aufzunehmen. Ich lebe jetzt dafür, Mammon zu dienen.«

Er hob die Hand an den Kopf und machte eine kreisende Bewegung, um anzudeuten, wie verrückt er das fand. Ich grinste, und Hatchet trat nervös von einem Fuß auf den anderen. Uns beiden war klar, dass es richtig Ärger geben würde, wenn Wulf ihn fand. Und dass Rutherford keine Chance gegen ihn hatte.

Hatchet berührte die Münze. »Sie vibriert«, stellte er fest. »Sie ist tatsächlich magisch.«

Rutherford befahl seinem Handlanger, mir Gramps zu übergeben, und Hatchet trat in den Schatten zurück.

»Ich bin sehr froh, dass Sie die Münze gefunden haben«, sagte Rutherford. »Natürlich sehen wir uns wieder. Vermutlich sehr bald sogar. Mr Ammon hat erwähnt, dass er Sie zur Schlusszeremonie einladen möchte. Das wird eine großartige Feier. Sehr festlich.«

Ich Glückspilz. Ich ging mit Gramps zu meinem Wagen. Diesel saß bereits hinter dem Steuer. Ich half Gramps auf den Rücksitz und schnallte ihn an, sprang auf den Beifahrersitz, und wir fuhren los.

»Das ging schnell«, sagte Diesel.

»Rutherford hat bekommen, was er wollte. Ich habe bekommen, was ich wollte. Schluss, aus, fertig.«

»Nicht ganz«, entgegnete er. »Ich habe noch nicht, was ich will.«

»Du meinst den Stein.«

»Ja. Wir bringen Gramps zu Clara und fahren dann wieder zurück, um uns den Stein zu holen.«

»Der Diamant hat vibriert, also ist der Stein bestimmt dort. Aber das Haus ist eine Festung, bewacht von einem Haufen bewaffneter Männer. Außerdem befürchte ich, dass Ammon ihn bei sich trägt. Ich habe ihn nicht gesehen, aber laut Rutherford ist er auf dem Grundstück unterwegs.«

»Wahrscheinlich geht er mit dem Hund spazieren«, warf Gramps ein. »Was ist das nur für ein Hotel, in dem ein Hund die ganze Nacht lang heulen darf? Ich habe kein Auge zugetan.«

Ich warf einen Blick zu Diesel hinüber und bemerkte, dass er grinste. »Das ist nicht lustig«, sagte ich. »Der arme Mann hält sich immer noch für einen Hund.«

»Es könnte schlimmer sein«, meinte Diesel. »Er könnte sich auch für Mammon halten.«

Ich simste Clara, dass Gramps bei uns sei und wir ihn in sein Haus zurückbringen würden. Und dass aber trotzdem alle noch eine Weile im Tunnel bleiben sollten.

KAPITEL 21

»Schaut euch das an«, sagte Gramps. »Alle sind in meinem Spielzimmer versammelt. Habe ich heute Geburtstag?«

»Ich weiß nicht, wie lange ich es hier unten noch aushalte«, sagte Glo. »Mein Besen wird allmählich unruhig.«

»Wo ist mein Kuchen?«, fragte Gramps. »Und das Eis? Ich möchte Vanille.«

Josh gab ihm einen Muffin und sang *»Happy Birthday«*.

»Das ist lahm«, meinte Gramps. »Aber ich weiß die Mühe zu schätzen.«

»Wir müssen zurück, um den Stein zu holen«, sagte ich. »Hoffentlich ist das alles bald vorbei.«

»Ich habe allmählich keine Lust mehr, in diesem Spielzimmer zu bleiben«, sagte Clara. »Und ich kann mir auch nicht vorstellen, wie Gramps hier heute Nacht auf dem Fußboden schlafen soll.«

»Wenn wir das Problem nicht bis heute Abend gelöst haben, finden wir ein besseres Versteck für euch«, versprach Diesel.

Ein paar Minuten später saßen wir in Diesels Porsche und fuhren zurück nach New Hampshire.

»Und wie genau willst du das mit dem Stein anstellen?«, fragte ich Diesel.

»Keine Ahnung.«

Ich hätte wohl besser eine von Gramps' Tabletten nehmen sollen. Mein Blutdruck war wahrscheinlich schon im roten Bereich. Diesel war ein großer, starker und schlauer Kerl mit besonderen Fähigkeiten, aber ich wusste nicht, welche Fähigkeiten wir jetzt benötigten. Ich wusste aber zum Beispiel, dass es schwer war, Diesel umzubringen, aber auch nicht unmöglich. Ich wusste, dass er Türschlösser öffnen und mir einen Orgasmus verschaffen konnte. Ich wusste auch, dass er mit ein wenig Hilfe auftauchen und wieder verschwinden konnte, ähnlich wie Captain Kirk vom *Raumschiff Enterprise*. Aber alles andere war unbekanntes Terrain.

»Mir ist aufgefallen, dass wir keine militärische Unterstützung haben«, sagte ich zu Diesel. »Die Männer in den Anzügen sind mit Sturmgewehren bewaffnet.«

»Mag sein, aber ich besitze eine einnehmende Persönlichkeit.«

Ach herrje.

Die Sonne stand bereits tief am Himmel, als wir die Auffahrt zu Ammons Haus erreichten. Diesel fuhr aus dem dunklen Wald auf das sonnenbeschienene Feld und hielt an. Das Wächterhäuschen war leer, und in der Ferne, wo das riesige Landhaus gestanden hatte, war nur noch ein rauchender Haufen Schutt zu sehen.

»Anscheinend ist Wulf hier gewesen«, meinte Diesel.

»Im Ernst?«

»Als er klein war, hat er sich einmal so aufgeregt, dass er in Flammen aufgegangen ist. Wir mussten einen Eimer Wasser über ihn kippen.«

Wir gingen näher heran und entdeckten ein paar benommen wirkende Frauen und Männer in grauweißer Kleidung.

»Was ist passiert?«, fragte Diesel.

»Eine Explosion«, erwiderte ein Mann. »Ein Typ, der aussah wie ein Vampir, tauchte plötzlich auf und wollte zu Hatchet. Wir sagten ihm, dass er mit Rutherford und Ammon mit dem Hubschrauber weggeflogen sei. Das war wohl die falsche Antwort, denn der Vampir-Typ wurde ganz still, und ich schwöre, es kam Rauch aus seinem Kopf. Dann fing das ganze Haus zu wackeln an, und er sagte uns, wir hätten drei Minuten Zeit, um zu verschwinden.«

»Hatte er Vampirzähne?«, wollte ich wissen.

»Nein, aber er war sehr blass, hatte langes schwarzes Haar und war von Kopf bis Fuß in Schwarz gekleidet.«

»Konnten sich alle rechtzeitig aus dem Haus retten?«, fragte Diesel.

»Ja, ich glaube schon. Die Sicherheitsleute sind gegangen, als Rutherford und Ammon weggeflogen sind. Wir sind alle vom Hauspersonal, aber wahrscheinlich sind wir jetzt, wo das Haus nicht mehr steht, alle arbeitslos.«

»Wissen Sie, wo Ammon ist?«

»Nein. Sie sind einfach gegangen, ohne uns zu sagen, wohin.«

Wir wendeten den Wagen, und Diesel fuhr die Auffahrt hinunter. Als wir die gepflasterte Straße erreichten, brausten Polizeiautos und Feuerwehrwagen an uns vorbei auf Ammons Grundstück.

»Wulf macht mir meine Aufgabe nicht gerade leichter«, sagte Diesel. »Schlimm genug, dass wir uns im Untergrund verstecken müssen … Ammon möchte ich dort nicht sehen.«

»Vielleicht war es gar nicht Wulf. Es ist doch unglaublich, dass er durch einen Wutanfall ein Haus in die Luft sprengen kann. Ich gehe eher von einer defekten Gasleitung aus. Als ich in dem Haus war, hatte ich den Geruch von Gas in der Nase.«

»Hast du da zufällig neben Hatchet gestanden?«, erwiderte Diesel.

Im Spielzimmer herrschte Aufruhr, als wir zurückkamen, und wir schickten alle nach Hause. Rutherford und Ammon hatten offensichtlich ohnehin, was sie wollten, und es bestand keine unmittelbare Gefahr mehr. Der Besen schlug Josh noch einmal auf den Kopf, aber nur halbherzig, und Glo stellte fest, dass er wohl nicht mehr allzu böse auf ihn war. Ich persönlich hätte Josh nicht so schnell vergeben, aber Glo trifft sich auch mit Jungs, die Schlangen auf der Stirn tätowiert haben, und das würde ich auch nicht tun.

Katerchen wartete an der Tür, als Diesel und ich das Haus betraten. Ich hob ihn hoch, drückte ihn an mich und trug ihn in die Küche.

»Ich bin froh, dass du nicht in Gefahr warst«, flüsterte ich ihm ins Ohr. »Ich habe mir große Sorgen um dich gemacht.«

Katerchen hielt das anscheinend für ziemlich dumm. Er konnte für sich selbst sorgen. Ich hatte keine Ahnung, wie viele Leben er schon hinter sich hatte, aber das jetzige war eindeutig nicht sein erstes. Trotzdem wollte ich ihn wissen lassen, dass ich mich um ihn sorgte. Er gehörte schließlich zur Familie.

»Iiip!«, meldete sich Carl zu Wort.

Ich schaute nach unten. »Ja«, sagte ich. »Du gehörst auch dazu.«

»Und was ist mit mir?«, fragte Diesel.

»Was meinst du?«

»Bin ich auch ein Teil dieser glücklichen Familie?«

»Was soll's? Na klar.«

Er umarmte und küsste mich. »Was gibt's zum Abendessen?«

»Irgendetwas aus dem Gefrierfach.«

»Gibt es auch eine Nachspeise?«

»Das lässt sich einrichten«, antwortete ich.

Mein Telefon klingelte. Glo.

»Hilfe!«, rief sie. »Oh Mist. Mein Akku ist leer.«

Dann war die Verbindung unterbrochen.

»Glo steckt in Schwierigkeiten«, sagte ich zu Diesel.

»Wo ist sie?«

»Keine Ahnung.«

»Dann bekomme ich wohl keine Nachspeise, oder?«

»Wir sollten zu ihrer Wohnung fahren und nachschauen, ob alles in Ordnung ist.«

Diesel holte eine Schachtel Müsli aus dem Küchenschrank und gab sie Carl.

»Bedien dich«, sagte er. »Wenn wir zurückkommen, gibt's gebratene Bananen.«

Carl schnappte sich die Schachtel und zeigte Diesel den Stinkefinger.

Ich holte mir rasch ein Sweatshirt aus dem Garderobenschrank. Es hatte zu regnen begonnen, und die Temperatur fiel.

»Eigentlich gehört es nicht zu meinen Aufgaben, Senioren zu suchen und zu retten«, sagte Diesel.

»Und du tust immer nur, was in deiner Jobbeschreibung steht?«

Er öffnete mir die Tür des Porsches. »Anscheinend nicht.«

Diesel fuhr durch Marblehead nach Salem hinein. Wir waren noch einen Block von Glos Wohnung entfernt, als sie uns plötzlich auf der Straße vor den Wagen lief. Diesel stieg so abrupt auf die Bremse, dass ich nach vorn geschleudert wurde.

»Diese Ceramic-Bremsbeläge sind toll«, erklärte Diesel. »Ich habe einen entfernten Verwandten in New Jersey, der einen schwarzen Porsche Turbo fährt, und allmählich verstehe ich das. Mir gefällt der Wagen.«

Glo riss die Beifahrertür auf. »Lasst mich einsteigen. Sie sind hinter mir her!«

Ich sprang aus dem Auto, und Glo kletterte auf den winzigen Rücksitz und verstaute ihre Tasche und den Besen neben sich. Ich stieg wieder ein, und Diesel fuhr an Glos Wohnung vorbei. Sie wohnte in einem großen Haus, das in den fünfziger Jahren für eine Familie gebaut und in den Siebzigern in ein Mietshaus mit vier Wohnungen umgewandelt worden war. An den Fensterrahmen blätterte die Farbe ab, und der Vorgarten war etwas ungepflegt, aber das Haus stand in einem relativ sicheren Stadtteil, und die Miete für die Wohnung war erschwinglich.

Ein schwarzer Cadillac Escalade parkte vor dem Haus. Die Scheinwerfer und die Scheibenwischer waren eingeschaltet. Durch die getönten Scheiben konnte man nicht sehen, wer in dem Wagen saß. Diesel kehrte um und blieb ein Stück entfernt an einer Stelle stehen, von der aus wir den Cadillac im Blick hatten.

»Es war Rutherford«, sagte Glo. »Ich habe ihn durch meinen Türspion gesehen und ihm nicht geöffnet. Dann hat er die Tür eingetreten. Eine Unverschämtheit!«

»Was wollte er von dir?«, fragte ich.

»Jemand hat Mr Ammon mit einem bösen Zauber belegt, und er wollte, dass ich ihn aufhebe. Ich habe versucht, ihm zu erklären, dass das nicht so einfach ist, aber er hat mir gar nicht zugehört und immer wieder gesagt, dass Mammon wütend ist. Und dass uns nicht mehr viel Zeit bleibt. Angeblich ist Mammon erwacht, aber in seiner jetzigen Gestalt kann er nicht sein volles Potential ausschöpfen.«

»In seiner jetzigen Gestalt? Als Pudel?«, fragte Diesel.

»Wohl eher als tollwütiger Honigdachs«, erwiderte Glo. »Rutherford hatte eine große Bisswunde an der Hand. Als ich sie bemerkte, hat er behauptet, Mammons Hunger müsste gestillt werden. Und dann murmelte er irgendetwas von Menschenopfern.«

»Das klingt beängstigend«, meinte ich. »So etwas nimmt nie ein gutes Ende.«

»Wie hast du es geschafft zu entkommen?«, fragte Diesel.

»Rutherford hat mir seine missliche Lage erklärt, und plötzlich stürmte Martin Ammon in meine Wohnung. Er war komplett durchgeknallt, verdrehte die Augen und sabberte. Sein Hemd hing ihm aus der Hose. Es war zerknittert und voller Flecken von Essensresten, und sein Haar stand ihm wirr vom Kopf ab. Er war in Begleitung von zwei Bodyguards, die aber den Anschein erweckten, als hätten sie Angst, sich ihm zu nähern. Ammon stieß knurrende Laute aus und sagte immer wieder: ›Mammon will, Mammon will.‹ Es war total schräg.«

»Und was passierte dann?«

»Ich hatte mir gerade ein Schinken-Käse-Sandwich gemacht. Es lag in der Küche auf der Arbeitsplatte. Ammon hob die Nase in die Luft, schnüffelte und stürzte sich darauf. In zwei Sekunden hatte er es verschlungen. Keine Krümel übrig – nichts. Er richtete den Blick auf Rutherford, knurrte wieder und schnappte nach ihm. Und dann drehte er sich um und rannte aus meiner Wohnung.«

»Und?«

»Alle rannten hinter ihm her. Ich hörte, wie sie versuchten, ihn in der Eingangshalle zu erwischen, und verlor keine Zeit. Ich schnappte mir den Besen und meine Tasche und stieg aus dem Fenster. Dann versuchte ich, Lizzy anzurufen, aber mein Telefon ließ mich im Stich.«

Die Vordertür ging auf, und Ammon stürmte aus dem Haus, gefolgt von drei Männern. Rutherford hastete hinterher und bemühte sich, mit ihnen Schritt zu halten. Sie rannten die Straße hinunter, bogen in einen Garten ab und verschwanden im Nieselregen.

»Ich habe in meinem Job schon einige merkwürdige Sachen erlebt«, sagte Diesel. »Aber das hier übertrifft alles.«

»Zumindest wissen wir jetzt, dass Ammon in Salem ist«, sagte ich. »Und höchstwahrscheinlich hat er den Stein bei sich.«

Diesel reihte sich in den Verkehr ein und fuhr Richtung Marblehead. »Und was noch besser ist: Wir haben etwas, was Rutherford dringend haben will. Nämlich Glo.«

KAPITEL 22

Als wir zu Hause ankamen, hatten Wind und Regen sich verstärkt, und die Straßenlaternen brannten. Wir versammelten uns in meiner Küche, und ich machte gegrillte Käsesandwiches und öffnete eine Flasche Wein.

»Das würde richtig Spaß machen, wenn ich nicht so große Angst hätte, weil ein grinsender Irrer und ein gestörter Hund hinter mir her sind«, seufzte Glo.

Das erste Sandwich gab ich Carl. Er zeigte mir sein grässliches Affengrinsen, hüpfte mit seinem Essen ins Wohnzimmer und schaltete den Fernseher an.

»Wir brauchen einen Plan.« Ich gab Butter in die Pfanne und legte das nächste Sandwich hinein.

Diesel nippte an seinem Wein. »Den habe ich bereits.«

Ich sah ihn erwartungsvoll an.

»Wir haben Glo, und Rutherford braucht sie, um den Zauber rückgängig zu machen«, erklärte er. »Also werden wir ihn mit Glo anlocken.«

»Und wenn sie über Glo herfallen?«, fragte ich. »Werfen wir dann ein großes Netz über sie und nehmen Ammon den Stein ab?«

»Das Netz könnte ein Problem sein«, erwiderte Diesel.

»Ich habe keine Ahnung, wo wir ein so großes Netz

herbekommen könnten. Ich dachte eher an einen Elektroschocker.«

»Ich habe Videos gesehen, in denen Menschen mit Elektroschockern außer Gefecht gesetzt wurden«, sagte ich. »Das ist scheußlich.«

»Mir gefällt die Idee.« Glo nahm sich ein zweites Käsesandwich. »Ich hätte nichts dagegen, Rutherford mit einem Taser unschädlich zu machen, aber bei Ammon sollten wir lieber einen Betäubungspfeil verwenden. Sonst bekommen wir es noch mit Tierschützern zu tun.«

»Ich möchte, dass wir den Stein ohne Gegenwehr kriegen«, erklärte Diesel. »Ammons Handlanger sollten nicht dabei sein. Und Rutherford und Ammon müssen außer Gefecht gesetzt sein.«

»Und dafür hast du einen Plan?«, fragte ich ihn.

»Ich stelle mir vor, dass der Zauberspruch im Leuchtturm aufgehoben wird. Dabei sollten nur Glo, Lizzy, Rutherford und Ammon anwesend sein. Rutherford kann sich den Leuchtturm vorher anschauen und seine Männer in einem gewissen Abstand dazu postieren. Ich schleiche mich durch den Tunnel an und überwältige Rutherford und Ammon, während sie durch Glos Entzauberungsspruch abgelenkt sind.«

Ich reichte Diesel ein Käsesandwich. »Das ist ein sehr guter Plan. Aber wie willst du die beiden überwältigen?«

»Das weiß ich noch nicht genau.«

»Du denkst dabei aber nicht daran, sie zu töten, oder?«

»Ganz sicher nicht.«

Carl kam in die Küche, gab mir den leeren Teller und schaute mich fragend an.

»Ich habe ihm gebratene Bananen versprochen«, sagte Diesel.

Ich betrachtete meine Obstschale. »Dein Affe hat bereits alle Bananen gegessen.«

»Selbst schuld«, sagte Diesel zu Carl.

Carl zeigte ihm den Stinkefinger.

»Jemand muss einkaufen«, sagte ich.

Diesel sah zum Fenster hinaus. »Es regnet.«

»Aber du möchtest gebratene Bananen, oder?«

»Könntest du stattdessen auch Kekse backen?«

»Nur wenn du einkaufen gehst. Ich habe fast gar nichts mehr im Haus. Ich gebe dir eine Liste mit.«

»Ich würde gehen«, meldete sich Glo zu Wort. »Aber ich habe Angst, dass sie mich schnappen.«

»Ja, und ich würde auch gehen, aber mir fehlt die Motivation dazu«, sagte ich.

Diesel trank seinen Wein aus. »Also gut, ich erbarme mich. Gib mir die Einkaufsliste.«

Zehn Minuten später sahen wir ihm nach, wie er zu dem schicken schwarzen Wagen lief und einstieg.

»Sehr sexy!«, bemerkte Glo.

»Der Wagen?«

»Ja, der auch.«

Wir gingen zurück in die Küche. Ich schenkte Glo Wein nach und spülte die Pfanne ab. Als ich sie ihr zum Abtrocknen reichte, flog die Hintertür auf, und zwei Männer in Anzügen stürmten herein. Glo und ich schrien. Carl versteckte sich in einer Ecke und presste seine Pfoten aufs Gesicht. Katerchen blieb sitzen, kniff die Augen zusammen und peitschte mit dem Schwanz.

»Was soll das?«, rief ich. »Soll das ein Witz sein?«

Einer der Männer warf einen Blick zu Glo hinüber. »Verzeihen Sie, Madam, sind Sie Glo?«

Glo nickte.

»Wir möchten Sie bitten, mit uns zu kommen.«

»Auf keinen Fall.«

Er stürzte sich auf sie, und Glo schlug ihm die Bratpfanne ins Gesicht. Aus seiner Nase schoss Blut, und er fiel zu Boden. Ich nahm das große Fleischmesser und stellte mich neben Glo. Katerchen ging in Lauerstellung.

Der andere Mann erstarrte.

»Meine Güte. Was haben Sie Steve angetan? Vielleicht ist er tot.«

Glo stupste den Mann auf dem Boden an. »Ich glaube nicht, dass er tot ist. Ich habe nur seine Nase geplättet.«

Rutherford tauchte an der Tür auf. »Klopf, klopf.«

»Sie hat Steve umgebracht«, sagte der Mann.

»Das ist nicht wahr«, widersprach Glo.

Rutherford betrachtete Steve. »Er ist ein Spaßvogel. Ihm ist sicher nichts passiert. Aber wir sollten ihn wegschaffen, damit er nicht im Weg rumliegt.« Er wandte sich an den Mann, der immer noch vor der Haustür stand. »Vielleicht könnten Sie Steve zum Wagen helfen.«

»Er blutet«, bemerkte der Mann.

»Gute Beobachtung. Danke. Wir sollten ihn in den Kofferraum legen, damit wir Mr Ammons Sitze nicht ruinieren.«

Rutherford trat zur Seite, und der Mann schleifte Steve aus dem Haus.

»Wo ist Martin Ammon?«, fragte ich.

»Er schläft«, erwiderte Rutherford. »Er hatte einen anstrengenden Tag.«

»Er hat mein Sandwich gegessen«, sagte Glo. »Und Sie haben meine Tür kaputt gemacht. Sie schulden mir eine neue.«

»Natürlich, Sie bekommen eine neue Tür. Es tut mir leid, aber die Männer waren nicht mehr zu bremsen, und schon war die Tür nicht mehr da. Haha.«

»Wie sich herausgestellt hat, ist es nicht ganz einfach, einen Zauberspruch aufzuheben«, sagte Glo. »Vor allem wenn man nicht alle Details des verhängten Zaubers kennt. Ich bin mir natürlich nicht sicher, ob er tatsächlich unter einem Zauber steht …«

»Das können Sie sicher herausfinden«, sagte Rutherford.

»Ich werde ihr helfen«, bot ich ihm an. »Ich kenne mich mit solchen Dingen ein wenig aus. Wir brauchen allerdings ein bisschen Zeit, um uns kundig zu machen und einige Sachen zu besorgen. Für die meisten Zaubersprüche braucht man spezielle Hilfsmittel wie Kolibriflügel und Trollspucke.«

»Ja«, stimmte Glo mir zu. »Wobei es wichtig ist, woher die Trollspucke stammt. Am besten wirkt die rumänische. Ich habe es einmal mit französischer versucht, und das war ein totaler Reinfall.«

»Ich verstehe«, sagte Rutherford. »Wir möchten auf keinen Fall minderwertige Trollspucke verwenden. Mr Ammon besteht immer auf bester Qualität.«

»Morgen um vier Uhr im Leuchtturm«, sagte ich.

»Ah, der Leuchtturm. Ich habe eher an einen Ort mit

mehr Privatsphäre gedacht. Vielleicht das Haus von Mr Ammon in Marblehead.«

»Nein«, lehnte Glo entschieden ab. »Es muss der Leuchtturm sein.«

Rutherford sah aus, als würde es ihm nur mit Mühe gelingen, sich zu beherrschen. »Also gut, im Leuchtturm.«

Er trat vorsichtig um die beschädigte Tür herum, und kurz darauf hörte ich seinen Wagen davonfahren.

»Na toll«, sagte ich. »Jetzt sind beide Türen kaputt.«

Der Wind blies Regen herein, und ich machte rasch die Tür zu und stellte einen Küchenhocker davor. Carl trippelte durch die Küche und hüpfte auf den Hocker. Glo wischte das Blut vom Boden.

»Vielleicht solltest du in *Ripple's Zauberbuch* nachschlagen, ob es einen Spruch gibt, mit dem man alle Zauber rückgängig machen kann. Falls unser Plan nicht aufgeht, wäre es gut, Martin Ammon von seinem Wahn, ein Hund zu sein, zu befreien.«

Glo holte den Magic-8-Ball und das Zauberbuch aus ihrer Tasche und legte beides auf die Arbeitsplatte. Der Magic-8-Ball lag in einer Plastiktüte, weil Flüssigkeit heraustropfte. »Die Zeichen stehen schlecht«, war zu lesen.

»Das Ding hat auch schon bessere Tage gesehen«, meinte ich.

Glo biss sich auf die Unterlippe. »Es ist schrecklich. Ich habe versucht, das Loch mit Nagellack zu versiegeln, aber der Ball tropft immer noch.«

Diesel klopfte an die Hintertür, und ich schob den Hocker samt Carl zur Seite, um ihn hereinzulassen.

»Was ist denn hier passiert?«, fragte er und stellte die Einkaufstüten auf den Tisch.

»Das war Rutherford. Er ist mit zweien seiner Männer hier eingedrungen. Sie waren hinter Glo her, und einer hat die Bratpfanne abgekommen, die Glo zufällig in der Hand hielt«, antwortete ich.

»Na prima. Und jetzt sind sie weg?«

»Fürs Erste. Wir haben für morgen um vier Uhr ein Treffen im Leuchtturm vereinbart. Bis dahin sollte Glo einen Spruch finden, mit dem sich der Hundezauber rückgängig machen lässt. Für alle Fälle.«

»Das kann nicht schaden«, meinte Diesel.

Ich räumte die Lebensmittel weg und briet die Bananen.

»Hier ist etwas«, sagte Glo und las aus dem Zauberbuch vor: »Geeignet, um alle Zaubersprüche rückgängig zu machen, bis auf solche, die nicht rückgängig gemacht werden können.«

»Und woher weiß man, welche Zauber nicht rückgängig gemacht werden können?«

»Ich glaube, das sind die Sprüche, neben denen ein Totenkopf abgebildet ist«, erwiderte Glo. »Von denen lasse ich normalerweise die Finger.«

Ich träufelte Rum in die Pfanne mit den Bananen und zündete ihn an. Katerchen machte einen Buckel, und Carl klatschte in die Pfoten.

»Ich habe nicht alle Zutaten für den Zauber«, seufzte Glo. »Dafür brauche ich Spinnenbeine und die getrockneten Hoden eines Affen.«

Wir schauten alle zu Carl hinüber.

»Wie groß müssen die Hoden sein?«, erkundigte sich Diesel. »So wie bei einem Gorilla oder wie bei einem kleinen Affen?«

»Dazu gibt es keine genauen Angaben. Es heißt lediglich, dass man einen Teelöffel pulverisierten Affenhoden braucht.«

»Iiiip!«, kreischte Carl.

»Es dauert sicher einige Tage, um Hoden zu trocknen«, meinte Glo.

»Ja, und außerdem würden wir aus dem, was Carl zu bieten hat, wohl kaum einen Teelöffel voll herausbekommen«, sagte Diesel.

Carl zeigte ihm den Stinkefinger und präsentierte ihm sein nacktes Hinterteil. Was nicht weiter schwer war, da er keine Hose trug.

Ich richtete die gebratenen Bananen auf Tellern an, und Glo gab Vanilleeis dazu.

Diesel und Carl brachten Glo nach Hause, und Katerchen und ich räumten die Küche auf. Glo hatte zwar das Blut bereits weggewischt, aber ich reinigte den Boden noch einmal mit einem Desinfektionsmittel. Das diente eher meiner psychischen Verfassung als der Sauberkeit.

»Das war ein netter Abend«, sagte ich zu Katerchen. »Ich koche gern für meine Freunde. Vor allem wenn man so spontan zusammenkommt.«

Wir gingen ins Wohnzimmer, und ich zappte durch die Kanäle. Kurz darauf kamen Diesel und Carl herein. Sie waren durchnässt vom Regen.

»Ich habe gedacht, du würdest nach Hause fahren«, sagte ich zu Diesel.

Er setzte sich neben mich und ließ sich zurücksinken. »Da hast du dich geirrt. Ich habe Glo nach Hause gebracht und ihre Tür provisorisch repariert. Ich glaube, bis morgen um vier ist sie nicht in Gefahr.«

»Das bin ich auch nicht.«

»Schätzchen, deine Hintertür wird nur durch einen Küchenhocker gesichert. Jeder Affe könnte ins Haus spazieren.«

Carl warf Diesel einen bösen Blick zu und zeigte ihm den Stinkefinger.

»Das war nicht persönlich gemeint«, sagte Diesel. »Das ist nur eine Redensart.«

»Kannst du meine Tür reparieren?«

»Morgen. Heute sorge ich für deine Sicherheit, indem ich in deiner Nähe bleibe.«

»Wie nett.«

»Es wird besser werden als nett.«

»Großartig?«

»Noch besser.«

Carl nahm mir die Fernbedienung aus der Hand und schaltete um auf den Natursender *National Geographic Channel*.

»Was machen wir, wenn Ammon den Stein nicht hat?«, fragte ich.

»Dann gehen wir zu Plan B über«, antwortete Diesel.

»Kannst du mir erklären, was genau Plan B ist?«

»Nein.«

»Es gibt gar keinen Plan B, richtig?«

»Im Moment noch nicht.«

»Hast du in letzter Zeit mit Wulf gesprochen?«

»Nein.«

»Weißt du, wo er wohnt?«

»Nein.«

»Hast du eine Möglichkeit, dich mit ihm in Verbindung zu setzen?«

»Du stellst eine Menge Fragen.«

»Und deine Antworten sind nicht gerade ermutigend.«

»Du solltest deine Erwartungen etwas herunterschrauben.«

KAPITEL

23

Am Mittwochmorgen herrschte wieder normaler Betrieb in der Bäckerei. Clara und ich arbeiteten bereits seit fünf Uhr, Glo und ihr Besen standen ab neun Uhr hinter der Theke, und die Kunden kamen und gingen. Nach außen hin wirkte alles wie immer, aber es kostete uns Mühe, ruhig und gelassen zu bleiben.

»Ich habe die ganze Nacht *Ripple's Zauberbuch* gewälzt«, erzählte Glo, »und gehofft, einen weniger komplizierten Aufhebungszauber zu finden, denn wo soll ich nur die Zutaten für den Zauberspruch auftreiben? Wenn ich Ammon nun nicht von dem Fluch befreien kann?«

»Dann wird Rutherford für Martin den besten und teuersten Hundezwinger kaufen, den es auf dem Markt gibt«, erwiderte ich.

»Es ist zwei Uhr«, sagte Clara zu Glo. »Ich übernehme. Du und Lizzy geht jetzt zum *Raritätenkabinett* und besorgt die nötigen Zutaten. Von dort aus macht ihr euch direkt auf den Weg zum Leuchtturm. Ich schließe die Bäckerei um drei Uhr und führe Diesel durch den Tunnel.«

Ich fuhr die kurze Strecke zum *Raritätenkabinett.* Die Inhaberin des Ladens ist Nina Wortley. Sie ist Anfang sechzig, hat langes gekräuseltes weißes Haar, und ihr Gesicht sieht aus, als hätte sie es mit Mehl gepudert. Heute trug sie Birkenstock-Clogs und ein gelbes Prinzessinnenkleid aus ihrer Disney-Kollektion.

Der kleine Laden war vom Fußboden bis zur Decke mit merkwürdigen und wundersamen Dingen vollgestopft. Eisenhut, Fledermausflügel, Gummibärchen, Schlangeninnereien, Warzenschweinhufe, pulverisierte Penisse von Brückentrollen, Schokoriegel, Kartoffelchips, Geierkrallen, eingelegte braune Kuhzunge, verrottete Käfergehirne, koscheres Salz. Für vegane Hexen, die die tierischen Zutaten durch Tofu ersetzen mussten, gab es eine eigene Abteilung. Und für Touristen Harry-Potter-Zauberstäbe.

»Ich habe eine Liste erstellt«, sagte Glo zu Nina.

»Dann scheint es sich wohl um einen ganz besonderen Zauberspruch zu handeln«, meinte Nina.

Glo reichte ihr die Liste. »Es geht um einen Aufhebungszauber.«

»Die sind immer schwierig. Dann wollen wir mal schauen.« Nina nahm einen Korb. »Hoden, Eidechsenschuppen, Moosbeeren.« Sie ging zu einem vollgestopften Regal auf der anderen Seite des Ladens und sah sich suchend um. »Drachenschwanzextrakt. Das ist meine letzte Flasche. Ich darf nicht vergessen, bald nachzubestellen.« Sie schraubte ein großes, mit Augäpfeln gefülltes Glas auf. »Ein blauer Augapfel.«

»Woher kommen die Augäpfel?«, wollte ich wissen.

»Aus China natürlich. Sie stellen sie reihenweise her.«

»Werden sie geklont?«, fragte ich.

Nina ließ einen Augapfel in eine kleine Plastiktüte fallen und legte sie in den Korb. »Du lieber Himmel, nein. Sie sind aus Plastik und dienen nur dem Effekt.«

»Der ist für meinen Goldfisch«, sagte Glo. »Die Dinger schwimmen an der Wasseroberfläche.«

Nina trug den Korb zur Kasse. »Bis auf die Krötenzunge ist alles da. Ich habe stattdessen gehackten Wassermolch genommen. Das sollte funktionieren.«

»Nun muss ich das alles noch zusammenmischen«, sagte Glo.

»Ich kann das für Sie im Hinterzimmer erledigen, wenn Sie möchten«, bot Nina ihr an.

»Das wäre prima.« Glo reichte ihr *Ripple's Zauberbuch*. »Ich bin darin nicht sehr gut.«

Nach fünf Minuten kam Nina zurück und gab Glo ein Glas mit Schraubverschluss. »Die betreffende Person muss nur einen Teelöffel davon nehmen. Der Rest sollte in einem Kreis um sie verteilt werden. Wenn sie aus dem Kreis tritt, müsste der Zauber wirken.«

Glo beglich die Rechnung, und wir verließen den Laden.

»Sind all diese Dinge wirklich echt?«, sagte ich. »Wo bekommt sie Drachenschwanzextrakt her?«

»Ich habe sie einmal gefragt, er kommt aus der Slowakei.«

Es hatte aufgehört zu regnen, aber der Himmel war bewölkt, und es war für die Jahreszeit ungewöhnlich kalt. Ich trug Jeans und ein Sweatshirt über meinem T-Shirt. Glo hatte eine flauschige Jacke aus pinkfarbenem Kaninchenfell an, dazu ihre üblichen Motorradstiefel, eine schwarze Strumpfhose und eine kurze schwarze Tunika. Wir machten uns auf den Weg zum Leuchtturm.

»Du fährst im Schneckentempo«, sagte Glo. »Der Fahrer hinter uns ist darüber nicht sehr erbaut.«

»Woher weißt du das?«

»Er hupt wie ein Verrückter.«

Ich seufzte tief. »Das habe ich gar nicht mitgekriegt. Ich war in Gedanken. Ich will nicht zum Leuchtturm. Viel lieber würde ich bis Kalifornien durchfahren.«

»Da wäre ich sofort dabei. Ich bin auch nicht scharf darauf. Wenn nun mein Aufhebungszauber nicht funktioniert? Dann wird Ammon mich in Stücke reißen.«

»Das wäre furchtbar.«

»Wem sagst du das«, erwiderte Glo.

Obwohl ich so langsam fuhr, erreichte ich irgendwann die Derby Street.

»Jetzt muss ich mir wohl einen Parkplatz suchen«, sagte ich.

»Ja.« Glo suchte ihre Sachen zusammen. »Showtime.«

Wir stiegen aus dem Wagen und gingen am Pier entlang zum Leuchtturm. Auf halbem Weg begegneten wir zwei Männern in Anzügen. Ich nickte ihnen zu, und sie erwiderten die Geste.

»Verdammt unheimlich«, sagte Glo.

In den Leuchtturm verirrte sich nur selten jemand. Er sah nicht alt oder interessant aus, und es gab keine Schilder, die darauf hindeuteten, dass er für die Öffentlichkeit zugängig war.

Ich schob die Tür auf und schaltete das Licht ein. Keiner zu Hause. Wir waren zehn Minuten zu früh dran.

Mein Telefon summte – eine SMS von Diesel. *Zieht die Sache im ersten Stock beim Blinklicht durch. Ich warte dort.*

Der Boden und die Wände des Leuchtturms waren aus Beton. Hinter der Wendeltreppe befand sich eine Tür. Ich öffnete sie und schaute in eine kleine Kammer mit etlichen Sicherungskästen und elektrischen Leitungen. Hier war der Boden aus Holz. Eine Falltür, dachte ich.

Wir kletterten die Stufen hinauf. Glo stellte ihren Besen neben der Tür ab, die zur Galerie führte, und bereitete ihren Arbeitsplatz vor. Sie schlug *Ripple's Zauberbuch* an der entsprechenden Stelle auf und stellte das Schraubglas daneben.

»Das sieht nicht sehr beeindruckend aus«, meinte sie. »Ich hätte eine Kerze oder ein paar Blumen mitbringen sollen.«

»Das ist schon in Ordnung«, beruhigte ich sie. »Schließlich geben wir hier keine Dinnerparty.«

Ich ließ Glo in dem Wächterhäuschen allein und ging nach unten, um auf Rutherford und Ammon zu warten. Sie kamen auf die Minute pünktlich, beide in schwarzer Kleidung und mit roten Krawatten. Der übliche Mammon-Stil, wie ich annahm. Ammons Augen waren glasig, und er wirkte wie betäubt.

»Alles in Ordnung mit ihm?«, fragte ich Rutherford. »Er scheint ein wenig geistesabwesend zu sein.«

»Mr. Ammon? Geistesabwesend? Nein, nein, er ist nur sehr entspannt«, erwiderte Rutherford.

»Glo muss die Sache oben erledigen, wo es weniger zu Störungen kommen kann. Der … ähm, Erdmasse.«

Rutherford betrachtete die Wendeltreppe und überlegte offensichtlich, ob er Ammon dazu bringen konnte, sie hinaufzuklettern.

»Es wäre bequemer, die Zeremonie hier unten durchzuführen.«

»Glo kann nicht für den Erfolg garantieren, wenn sich Mr Ammons Füße auf festem Boden befinden.«

Wir führten Ammon zur Treppe und schoben ihn Stufe für Stufe nach oben. Ich hatte keine Ahnung, was Rutherford Ammon eingeflößt hatte, aber ich hätte auch gern etwas davon gehabt. Meine Handflächen waren feucht, und mein Herz raste. Ich hatte eine Heidenangst, dass Ammon aufwachen und sich wieder wie ein tollwütiger Hund gebärden würde. Wenn er sich nun tatsächlich in Mammon verwandelte? Heilige Scheiße!

Ich platzierte Rutherford und Ammon mit dem Rücken zur Leuchte und zur Treppe vor dem Tisch.

»Okay«, sagte ich zu Glo. »Fang an.«

»›Ungesagt soll alles sein, was gesagt wurde‹«, las Glo aus dem Buch vor. »›Alle Zaubersprüche sollen aufgehoben werden und alle Dämonen verbannt …‹«

»Oh, ähm, Verzeihung«, warf Rutherford ein. »So geht das nicht. Wir wollen nicht *alle* Dämonen verbannen. Haha. Nein, nein. In diesem Mann steckt der schlafende Prinz der Habgier. Der heilige Dämon Mammon ist bereit, hervorzukommen und die Herrschaft über sein Königreich zu übernehmen.«

»Wie dumm von mir«, sagte Glo. »Was habe ich mir nur dabei gedacht? Ich fange noch mal an. ›Ungesagt soll alles sein, was gesagt wurde. Alle Zaubersprüche sollen aufgehoben und alle Dämonen verbannt werden, mit Ausnahme des Prinzen der Habgier, unserem guten Freund Mammon.‹« Sie sah Rutherford fragend an, und er nickte zustimmend. »›Wie der Blitz soll es gehen, einmal rundherum, einen Schritt zur Seite, und der Zauber verfliegt.‹«

Ammon hechelte und sabberte.

»Und nun?«, fragte Rutherford. »Soll das alles sein?«

»Wir müssen ihm einen Teelöffel von dem Zaubertrank einflößen. Mit dem Rest machen wir einen Kreis um ihn. Wenn er den Kreis verlässt, sollte der Zauber aufgehoben sein.«

»Sollte?«

»Hey«, protestierte Glo. »Das ist kein Kuchenrezept. Hier geht es um Hokuspokus.«

Ich hörte, wie sich unten die Falltür öffnete und wieder schloss. Außer mir schien es niemand bemerkt zu haben.

Glo nahm einen Teelöffel von dem Trank und hielt ihn Ammon vor die Nase. Er schnüffelte daran und knurrte.

»Vielleicht braucht er noch ein weiteres Beruhigungsmittel.«

»Ich habe das Betäubungsgewehr im Auto gelassen«, sagte Rutherford. »Machen Sie einfach weiter.«

»Haben Sie vielleicht einen Kauknochen dabei? Oder ein paar Speckstückchen?«

»Muss er das Zeug unbedingt trinken?«, fragte Rutherford.

»Ja! Das ist kein Hustensaft. Darin befinden sich Spinnenbeine und getrocknete Affenhoden. So etwas bekommen Sie nicht an jeder Ecke in einer Apotheke. Der Zaubertrank ist ein wichtiger Teil der Zeremonie.«

»Versuchen Sie es noch einmal.«

Glo hielt Ammon den Löffel hin, und er stieß ihn ihr aus der Hand. Dann schnüffelte er an ihrer Jacke und knurrte wieder.

»Böser Hund«, schimpfte Glo. »Sitz!«

Ammon stürzte sich auf sie und biss sich am Saum ihrer Jacke fest.

»Das Kaninchenfell«, sagte ich zu Glo. »Zieh die Jacke aus und gib sie ihm, bevor er dich zerfleischt.«

Glo streifte die Jacke ab, und Ammon schnappte sie sich und rannte damit auf die andere Seite des Raums. Mitten in dem Chaos tauchte Diesel auf und packte Ammon am Kragen. Der winselte und ließ die Jacke fallen.

»Durchsuch ihn«, sagte Diesel zu mir.

Auf Rutherfords Wangen bildeten sich rote Flecken. »So war das nicht vereinbart! Das verstößt gegen die Regeln! Das kann ich nicht zulassen.«

Ich strich mit den Händen über Ammons Körper. »Er hat den Stein nicht bei sich«, stellte ich fest.

»Wir haben befürchtet, er könnte die heutige Behandlung beeinflussen, und haben ihn an einem sicheren Ort verwahrt«, erklärte Rutherford.

»Dann haben Sie sicher nichts dagegen, wenn wir auch Sie durchsuchen?«, fragte Diesel.

»Das ist unerhört. Ich bin entsetzt. Schockiert. Haben Sie denn kein Ehrgefühl im Leib? Wir hatten eine Vereinbarung.«

»Nein, das ist nicht richtig«, widersprach ich und

durchsuchte Rutherford. »Darüber haben wir nie gesprochen.«

»Es war eine stillschweigende Vereinbarung.«

»Er ist sauber«, erklärte ich.

»Sie werden den Stein niemals bekommen«, sagte Rutherford. »Niemals. Mammon bewacht ihn.«

»Ich dachte, Mammon sitzt gefangen in Martin Ammons Körper«, entgegnete ich.

»Im Prinzip stimmt das auch«, sagte Rutherford. »Aber es wird Ihnen nicht gelingen, ihm den Stein zu stehlen. Wir haben entsprechende Vorkehrungen getroffen.«

Glo hielt Ammon noch einmal einen Teelöffel mit dem Zaubertrank vor die Nase. »Braver Hund«, lockte sie ihn.

Ammon wand sich aus Diesels Griff, und einen Moment lang sah es so aus, als würde er den Löffel ablecken. Doch dann reckte er den Hals und leckte stattdessen Glo. Er bellte, schnappte sich die Jacke vom Boden und rannte damit zur Galerie, die den Leuchtturm umgab. An der Tür stolperte er über den Besen und stürzte über die Brüstung.

Wir schnappten nach Luft und erstarrten für einen Moment, dann rannten wir nach draußen und schauten nach unten. Ammon lag mit ausgestreckten Armen und Beinen auf dem Rücken.

»Heiliger Bimbam!«, rief Glo. »Glaubt ihr, dass er in Ordnung ist?«

Ammons Augenlider flatterten leicht, und er stieß ein Heulen aus.

Die beiden Männer, die am Pier Wache gehalten hatten, liefen zu Ammon hinüber.

»Speck«, sagte Ammon. »Was? Wo?«

Rutherford hastete hinein, ergriff das Glas mit dem Zaubertrank und lief die Treppe hinunter und nach draußen. Wir beugten uns über die Brüstung und sahen, wie Rutherford den Inhalt des Glases Ammon in den Mund schüttete.

»Hoppla«, sagte Glo. »Er flößt ihm ja eine Menge Hodenextrakt ein. Er wird Durchfall bekommen.«

Aus dem Restaurant am Ufer und dem Schiffsmuseum starrten Leute herüber. Ein Rettungswagen hielt mit blinkenden Lichtern am Kai. Ein Polizist eilte auf Ammon zu.

»Wir sollten von hier verschwinden«, sagte Diesel.

Wir rannten die Treppe hinunter und quetschten uns in dem Raum mit den Sicherungskästen durch die Falltür.

Clara erwartete uns im Tunnel. »Wie ist es gelaufen?«, fragte sie.

»Wie man's nimmt«, erwiderte ich. »Ammon ist über die Brüstung gestürzt.«

»Geht es ihm gut?«

»Na ja, er hat es zumindest überlebt. Und es gibt Anzeichen dafür, dass er seine Hundephase überwunden hat.«

»Ich habe gesehen, wie er einen Fuß bewegt hat«, warf Glo ein. »Und als Rutherford ihm den Zaubertrank einflößte, zuckte er, als hätte er einen Krampf.«

Ich wusste nicht so recht, was ich von alldem halten sollte. Ammon war kein guter Mensch, aber ich wünschte ihm nicht den Tod und wollte auch nicht, dass er für den Rest seines Lebens gelähmt war oder sich für einen Hund hielt. Eigentlich wünschte ich mir, er wäre wieder ein egozentrischer Milliardär und würde mich in Ruhe lassen.

»Selbst wenn es Ammon gut geht, wird er für ein paar Stunden die Aufmerksamkeit auf sich lenken«, sagte Diesel. »Wir sollten die Gelegenheit nutzen und nach dem Stein suchen. Sie haben ihn an einem sicheren Ort versteckt. Dazu fällt mir als Erstes Ammons Banktresor ein.«

»Ich bringe euch zum Ausgang im Wessel-Haus«, sagte Clara. »Danach gehe ich zur Bäckerei zurück.«

»Ich komme mit zur Bäckerei«, sagte Glo. »Ich habe mein Fahrrad dort abgestellt, und mein Besen könnte einen Cupcake vertragen.«

KAPITEL 24

Wir verließen das Tunnelsystem durch das Wessel-Haus und gingen zur Bank. Zwei Männer in Anzügen lungerten am Vordereingang herum. Ohne Sturmgewehre. Sie schienen sich keine großen Sorgen über einen möglichen Überfall zu machen. Tatsächlich schienen sie völlig entspannt, vielleicht weil sie einen Joint rauchten. Mammon hatte anscheinend eine lockere Einstellung zu gelegentlichem Drogenkonsum. Wir standen in Windrichtung, und mir wurde allein von dem Geruch schon ein wenig schwindlig.

Diesel nahm den Blauen Diamanten aus dem Beutel und legte ihn mir auf die Hand. »Und?«

»Nichts.«

»Es kann nicht schaden, wenn wir uns trotzdem umschauen«, meinte er.

An der Seite des Gebäudes führte ein gepflasterter Weg zu einer Brandschutztür.

»Kannst du sie öffnen?«, fragte ich Diesel.

»Ja. Und wahrscheinlich haben sie sich nicht die Mühe gemacht, die Alarmanlage einzuschalten. Das Gebäude ist verlassen, und hier steht ein Baumüllcontainer. Die Jungs vor dem Eingang sind nur Dekoration. Vermutlich hält Ammon seinen Safe für sicher.«

Diesel strich mit der Hand über die Tür, und das Schloss klickte. Als er die Tür aufschob, hielt ich den Atem an. Alles blieb ruhig. Keine Sirenen. Ich ging hinein. Die Schalttafel neben der Tür blinkte nicht. Offensichtlich war die Alarmanlage ausgeschaltet.

Durch die Hintertür gelangten wir in einen dunklen leeren Lagerraum ohne Fenster. Am anderen Ende befand sich eine weitere Tür. Sie stand offen und ließ ein wenig Licht herein. Wir durchquerten den Raum, und vor uns lag die ehemalige Lobby der Bank. Durch ein Oberlicht und zwei kleine Fenster an der Vorderseite strömte Licht herein. Die Lobby war leer. Die Bodenfliesen waren zerbrochen und mit Staub bedeckt. An der Rückwand befand sich ein aufwändig mit Schnörkeln verziertes Eisentor. Wir spähten durch die Stäbe und erblickten ein kleines Foyer mit einer massiven Tresorraumtür. Das Schloss sah aus wie aus einem Kinofilm.

»Und nun?«, fragte ich Diesel.

Er ging durch das Tor zum Tresor und legte erst seine Finger und dann die ganze Hand auf das Schloss.

»Wahrscheinlich ist das das Originalschloss«, sagte er. »Das ist gut, denn mit Computerchips kann ich nicht viel anfangen, außer sie kaputt zu machen.«

Er bewegte seine Hand vorsichtig hin und her und lauschte. Nach dem dritten Mal drehte er den Griff, und die Tür öffnete sich knarrend.

Diesel grinste. »Ich bin gut, oder nicht?«

Wir betraten einen großen Tresorraum. An den Wänden waren etliche Plastikbehälter in verschiedenen Größen gestapelt. Sie waren mit Deckeln verschlossen und durchsichtig, und ich erkannte, dass sie mit Gold- und Silbermünzen gefüllt waren. In den größeren befanden sich Schmuckstücke, Goldkelche und ausgefallene Parfüm- und Gewürzfläschchen. Der Schatz der *Gunsway*. Sehr beeindruckend, aber auf einmal erregte etwas anderes meine Aufmerksamkeit. In der Mitte des Raums saß Hatchet auf einem Klappstuhl. Er trug einen billigen Anzug und erinnerte an einen Versicherungsvertreter. In der Hand hielt er ein Samuraischwert, und neben ihm auf dem Boden lag eine an einen Sauerstofftank angeschlossene Maske.

»Hey«, grüßte Diesel ihn.

Hatchet nickte kurz.

»Du hast dir offensichtlich einen neuen Stil zugelegt«, stellte ich fest.

»Ich komme mir vor wie ein Narr«, klagte Hatchet. »Es ist sehr traurig, dass ich ein solches Gewand tragen muss. Hatchet stammt aus einem anderen Zeitalter und ist eine solche Tracht nicht gewohnt.«

»Sollst du den Schatz bewachen?«, fragte ich ihn.

Er sank auf dem Stuhl zusammen. »Ohne meine Strumpfhose und meine Tunika werde ich gar nichts bewachen.« Er seufzte tief. »In Wahrheit wurde ich auch nicht damit beauftragt. Man hat mich hier eingesperrt – ich bin Teil des Schatzes.«

»Aber du hast ein Schwert.«

»Das habe ich in einem Behälter gefunden.«

»Wir brauchen den Stein«, erklärte ich.

»Er ist nicht hier. Hätte ich ihn gefunden, hätte ich

ihn natürlich für meinen wahren Herrn und Meister an mich genommen.«

»Weißt du, wo er ist?«

»Nein. Ammon hatte ihn eine Weile bei sich, aber durch den Einfluss des Steins wurde der Hund in ihm immer wilder, also hat Rutherford den Stein in einem Lederbeutel verwahrt. Ich glaube, er befindet sich in einem Safe, aber ich habe keine Ahnung, wo.«

Ich betrachtete die an der Wand gestapelten Plastikbehälter. »So sieht also ein Schatz im Wert von einhundertneunzig Millionen Dollar aus.«

»Eigentlich ist der Wert viel geringer«, sagte Hatchet. »Wie in vielen Abenteuergeschichten verändern sich die Tatsachen bei jeder Erzählung. Mittlerweile schätzt man den Werkt auf fünfundzwanzig Millionen Dollar.«

»Kaum der Rede wert«, bemerkte Diesel. »Kein Wunder, dass Ammon ihn unbewacht im Tresorraum lässt.«

»Er wird bewacht«, sagte Hatchet. »Diese blöden Sicherheitsmänner kommen von Zeit zu Zeit vorbei, um nach dem Rechten zu sehen.«

»Wie lange bist du schon hier eingesperrt?«, fragte ich.

»Seit dem Nachmittag. Allmählich wird das sehr ermüdend.« Er spähte zur Tür hinüber, die einen Spalt offen stand. »Muss ich hierbleiben?«

»Ganz wie du willst«, erwiderte Diesel.

Hatchet sprang auf und sauste zur Tür. Einen Moment lang hatte ich Angst, er würde uns einsperren, aber er huschte davon.

»Manchmal läuft es mir bei seinem Anblick kalt über

den Rücken«, sagte Diesel. »Er ist wie ein großes, fettes Nagetier.«

»Die Suche nach dem Stein zieht sich sehr lange hin«, stellte ich fest. »Ich finde, wir sollten ihn Rutherford und Ammon überlassen, da wir ihn ohnehin nicht behalten können. Du hast ihn Wulf versprochen. Soll *er* den blöden Stein doch Rutherford oder Ammon abjagen, wenn er ihn unbedingt haben will.«

»Deine Einstellung gefällt mir, und ich würde nichts lieber tun, als mich so schnell wie möglich auf einer Insel unter eine Palme zu legen.«

»Aber?«

»Das geht leider nicht. Der Stein kann gefährlich werden, wenn er in falsche Hände gerät. Und es ist mein Job, ihn aus dem Verkehr zu ziehen.«

»Willst du mir damit sagen, dass du so etwas wie eine Arbeitsmoral besitzt?«

»Nein. Ich will dir damit sagen, dass mein Boss fast so verrückt ist wie Rutherford und ich keinen Ärger riskieren möchte.«

»Was würde dann passieren?«

»Zunächst einmal müsste ich Economy Class fliegen.«

»Meine Güte, wie schrecklich.«

»Mach das mal mit einem Affen im Gepäck.« Diesel wippte auf den Fersen und starrte auf die Behälter mit dem Schatz. »Wir sollten ihn mitnehmen.«

»Den Schatz?«

»Ja. Die gesamten fünfundzwanzig Millionen.«

»Das wäre Diebstahl«, sagte ich.

»Dieses Zeug wurde im Laufe der Jahrhunderte schon

so oft gestohlen, dass das wohl kaum noch eine Rolle spielt.«

»Aber was fangen wir damit an?«

»Wir könnten den Schatz später einem Museum spenden, aber bis dahin könnte er sich für uns als nützlich erweisen. Vielleicht können wir einen Handel abschließen. Oder die bösen Jungs damit ärgern, sie ablenken, während wir nach dem Stein suchen.«

Ich wollte den Schatz nicht stehlen. Ich wollte verschwinden und nach Hause. Ich wollte an einen Ort, wo ich mich sicher und glücklich fühlte.

»Bei dem Gedanken, den Schatz zu stehlen, wird mir übel«, sagte ich.

»Wahrscheinlich hast du nur Hunger. Ich kaufe dir ein Eis, wenn wir hier fertig sind.«

Ich schaute auf meine Armbanduhr. Wir mussten uns beeilen.

»Die Behälter sehen recht schwer aus«, sagte ich. »Wie sollen wir sie hier wegkriegen?«

»Auf die gleiche Weise, wie man sie hierhergebracht hat – mit einer Sackkarre. Dort drüben in der Ecke steht eine. Es sind sogar noch drei Kisten drauf.«

»Und dann? Wir können unmöglich alle Behälter bis zum Wessel-Haus karren.«

»Ruf Clara an und bitte sie, mit dem Van zu kommen.«

Zwanzig Minuten später hatten wir alle Plastikbehälter und die Sackkarre in den Van geladen. Diesel schloss den Tresorraum und die Hintertür ab, und wir brausten davon.

»Wohin soll ich fahren?«, fragte Clara.

»Wir müssen den Schatz irgendwo verstecken«, erwiderte Diesel.

Clara hielt an einer Kreuzung an. »Wir könnten ihn ins Speakeasy bringen. Es gibt einen zweiten Zugang durch Gramps' Garage. Dort kann uns niemand beim Ausladen beobachten.«

Diesel schob den letzten Behälter an die Theke. »Kurzfristig sind die Sachen hier gut aufgehoben. Ich habe jetzt dringendere Probleme zu lösen.«

»Und die wären?«, fragte ich.

»Ich bin am Verhungern. Ich brauche einen Burger. Von deinen leckeren kleinen Fleischpasteten werde ich nicht satt.«

»Ich fahre euch zurück zur Bäckerei«, bot Clara uns an. »Dann könnt ihr euren Wagen holen.«

Wir gingen durch den kurzen steilen Tunnel zurück zu der kleinen Garage. Clara hatte ihren Wagen hinter dem Scooter geparkt.

»Wie kommt Gramps mit seinem Elektromobil zum Aquarium?«, fragte ich.

»Benita hat einen Van mit einem hydraulischen Lift. Und manchmal fährt er zu meinem Entsetzen auch allein los.«

»Im Moment scheint er nicht zu Hause zu sein. Es brennt kein Licht, und ich habe auch keine Geräusche über uns gehört.«

»Sein Terminkalender ist immer voll«, erklärte Clara. »Wahrscheinlich ist er im Seniorenzentrum und mogelt beim Kartenspielen.«

Kurz darauf parkte Diesel seinen Porsche auf einem Parkplatz an der Lafayette Street, und wir gingen zu Fuß zu einem nahe gelegenen Lokal.

»Ich hoffe, dort gibt es Eiscreme«, sagte ich. »Du hast mir ein Eis versprochen.«

»Eiscreme gibt es überall.«

Wir ließen uns in einer Sitzecke nieder und bestellten Burger, Pommes frites, Zwiebelringe und Bier.

Diesel wartete, bis die Kellnerin gegangen war. »Ruf Nergal an und frag ihn nach Ammon. Bestimmt kennt er den Krankenhausklatsch.«

»Warum rufst du ihn nicht an?«

»Nergal findet dich süß«, erwiderte Diesel. »Für dich ist er eher bereit, etwas Unangenehmes zu tun.«

Das fand ich nicht nett, aber er hatte wahrscheinlich recht.

»Hey«, sagte ich, als Nergal sich meldete.

»Lassen Sie mich raten«, sagte er. »Sie wollen sich nach Martin Ammon erkundigen.«

»Ja. Woher wissen Sie das?«

»Alle wollen etwas über ihn erfahren. Selbst meine Mutter hat mich deswegen schon angerufen.«

»Ist er tot?«, fragte ich.

»Nein. Er liegt in einem Privatzimmer, und vor seiner Tür steht irgendein Idiot in einem Anzug und bewacht ihn.«

»Hält er sich noch für einen Hund?«

»Was?«

»Bellt er vielleicht?«

»Davon ist mir nichts zu Ohren gekommen«, antwortete Nergal. »Sie wollen ihn zur Beobachtung eine Nacht hierbehalten. Er hat eine Gehirnerschütterung.«

»Sonst nichts Ungewöhnliches?«

»Angeblich war er bei seiner Einlieferung mit Haaren von einem pinkfarbenen Kaninchenfell bedeckt, aber das war's dann auch.«

Ich bedankte mich bei Nergal und gab die Informationen an Diesel weiter.

»Also hat weder Ammon noch Rutherford den Stein, und im Tresorraum der Bank ist er auch nicht«, sagte Diesel. »Ich tippe auf das Haus in Marblehead.«

»Ich kann mir schon denken, wohin das führt. Ich durchsuche das Haus nicht, bevor ich mein Eis bekommen habe.«

»Du kannst dein Eis in Ruhe genießen«, beruhigte mich Diesel. »Das Haus in Marblehead könnten wir wohl nur durchsuchen, wenn wir die Wachleute durch eine Party und ein Feuer ablenken. Wir müssen einen anderen Weg finden, um an den Stein zu kommen.«

»Das dürfte nicht allzu schwer sein«, sagte ich. »Ammon wird morgen aus dem Krankenhaus entlassen und sich den Stein sicher holen. Dann müssen wir ihn uns nur noch schnappen und ihm den Stein aus seinen dämonischen Händen reißen.«

»Klar. Warum ist mir das nicht eingefallen?«

»Oder wir knöpfen uns Rutherford vor. Er hat wahrscheinlich dabei geholfen, den Stein zu verstecken.«

»Noch besser.«

Die Kellnerin brachte unser Essen, und wir ließen es uns schmecken.

»Darf es noch etwas sein?«, fragte sie uns, als wir fertig waren.

»Eiscreme«, sagte ich.

»Wir haben Vanille, Schokolade, Erdbeer, Kaffee, Tutti-Frutti, Pekannuss und Stracciatella.«

»Ja, das nehme ich.«

»Welches?«

»Von allem etwas.«

Zwanzig Minuten später lehnte sich Diesel zurück und lächelte mich an. »Du hast tatsächlich die ganze Portion Eis verdrückt. Sehr beeindruckend.«

»Ja, aber jetzt ist mir schlecht.«

»Eigentlich habe ich geplant, dass du Rutherford heute Abend aus dem Krankenhaus lockst und ihn so lange bezirzt, bis er dir alles verrät. Aber das kann ich nun wohl vergessen.«

Ich hätte viel lieber das Tutti-Frutti wieder ausgekotzt, als Rutherford zu bezirzen. Er war kein so übler Kerl wie Ammon, aber er war mir auch zuwider. Dieses ständige Gegrinse, die gekünstelt gute Laune und das Haha-Gelächter nervten mich, und ich hätte ihm am liebsten eine reingehauen. Außerdem lag die Kunst des Bezirzens nicht gerade in meinen Genen.

»Ich muss jetzt nach Hause und mich hinlegen. Oder mich übergeben«, verkündete ich.

KAPITEL 25

Es war fünf Uhr morgens. Ich war in der Bäckerei, und bisher hatte sich der Tag gut angelassen. Als ich aufgewacht war, fühlte sich alles normal an. Katerchen und ich waren allein in der samtigen Dunkelheit. Diesel hatte am Abend zuvor meine Türen provisorisch repariert, sodass sie zumindest wieder schlossen. Er hatte mir versprochen, mir heute neue zu besorgen. Meine Küche hatte heimelig ausgesehen, als ich das Licht angeknipst hatte. Kein Mammon. Kein Rutherford. Kein Wulf.

Clara eilte herein. »Vier Dutzend Cupcakes für Mr Dooley«, sagte sie.

»Vier Dutzend Cupcakes. Wird sofort erledigt.«

Sie warf mir einen Blick zu. »Hast du noch etwas von Ammon gehört?«

»Soviel ich weiß, liegt er mit einer Gehirnerschütterung im Krankenhaus«, antwortete ich.

»Du scheinst heute gute Laune zu haben.«

»Stimmt. Ich bin aufgewacht und habe mich großartig gefühlt. Heute Morgen war alles perfekt. Der Kaffee. Der getoastete Bagel. Und auf dem Weg hierher standen alle Ampeln auf Grün.« Ich stieß ein behagliches Seufzen aus. »Das wird ein guter Tag.«

Ein paar Stunden später kam Glo. Sie trug Schwarz, einschließlich Lippenstift und Nagellack.

»Du siehst aus wie ein Grufti«, sagte ich zu ihr.

»Ich bin in Trauer. Der Magic-8-Ball ist gestorben.«

»Meine Güte, wie schrecklich. Das tut mir leid.«

»Mein Beileid«, sagte Clara.

»Ich habe schon damit gerechnet«, seufzte Glo. »Er war schon eine Weile undicht. Und ehrlich gesagt bin ich mir nicht mehr sicher, ob er tatsächlich magische Kräfte hatte. Trotzdem ist es traurig. Immerhin hat er mich zwei Dollar gekostet. Bei dem Betrag hätte ich eine längere Lebensdauer erwartet.«

Glo trug ein Blech mit Mandelcroissants nach vorn und schloss die Ladentür auf. Jennie Bell kam, um sich einen Blaubeermuffin zu holen, und Mrs Kuzak kaufte einen Laib Graubrot. Ich mischte die Zutaten für den Keksteig, als ich Nergals Stimme hörte.

»Hey«, rief Glo nach hinten. »Rate mal, wer hier ist?«

Ich ging zur Theke, und Nergal winkte mir lächelnd zu.

»Mir war heute Morgen nach Cupcakes zumute«, erklärte er.

»Red Velvet?«, fragte ich.

»Ja, zwei Stück. Und einen mit Zitronenglasur.«

»Wow, Sie haben wohl einen guten Tag.«

»Einen Selbstmord, eine versehentliche Überdosis, einen tödlichen Schuss im Bandenmilieu, und Quentin Devereaux wurde an einem Straßenrand tot aufgefunden. Und es ist erst neun Uhr.«

Ich packte die drei Cupcakes in eine kleine Schachtel

und reichte sie Nergal. Dann zog ich ihn zur Seite. »Was war mit Devereaux?«

»Man hat ihn förmlich ausgeweidet, aber alle Organe wieder in seinen Körper gestopft. Doch daran ist er nicht gestorben – das ist erst nach seinem Tod passiert.«

»Und seine letzten Gedanken?«

»Vergiss nicht, deine Ovomaltine zu trinken.« Nergal reichte mir seine Kreditkarte. »Manchmal ergeben die letzten Gedanken keinen richtigen Sinn.«

Ich gab ihm die Karte zurück. »Die Cupcakes gehen auf mich«, sagte ich. »Das bin ich Ihnen schuldig.«

»Danke. Ich habe mich gefreut, Sie wiederzusehen. Sagen Sie mir Bescheid, wenn Sie einmal bei einer Autopsie dabei sein oder mit mir ausgehen wollen, oder so.«

Ich machte mit meinen Keksen weiter und wollte gerade das erste Blech in den Herd schieben, als Rutherford höflich an der Hintertür anklopfte und hereinkam.

»Er ist weg!«, verkündete er. »Puff! Einfach verschwunden!«

Hände ringend ging er auf und ab. Alles an ihm war geschniegelt und gestriegelt. Sein Haar war glatt zurückgekämmt. Seine Hose hatte eine messerscharfe Bügelfalte. Seine Krawatte war perfekt gebunden. Und auf seinem Gesicht zeichnete sich schiere Panik ab.

»Ich wollte gestern Abend nach unserem Gast Mr Hatchet sehen und mich vergewissern, dass er genug Sauerstoff zur Verfügung hatte, aber er war nicht mehr da. *Nichts* war mehr da! Die Tür war verschlossen. Der Tresorraum war verschlossen, aber alles war weg. Wie konnte das passieren? Ich bin heute Morgen noch einmal dort gewesen, um nachzusehen, ob sich etwas verändert hatte. Nichts. Alles ist weg.«

»Und?«

Rutherford blieb stehen. »Das muss Zauberei gewesen sein. Eine andere Erklärung gibt es nicht. Nur Mr Ammon und ich kannten die Kombination. Mr Ammon liegt im Krankenhaus und hängt an allen möglichen Schläuchen. Er hat sein Bett nicht verlassen. Und ich habe den Tresor nicht geöffnet. Ich könnte natürlich einen Anfall von geistiger Umnachtung gehabt haben, aber das kann ich mir nicht vorstellen.«

»Sie glauben also, das war Zauberei?«, sagte ich.

»Ja. Und dabei habe ich natürlich an Sie und Ihre Freundin gedacht. Sie könnte den Tresor verhext haben.«

»Hat der Tresor Sie angeknurrt?«

»Nein.«

»Dann war es nicht Glo.«

»Ich verstehe, was Sie meinen«, sagte Rutherford. »Dann muss es Mr Hatchet gewesen sein. Er hat bestimmte magische Kräfte.« Er ging wieder auf und ab. »Das ist eine üble Sache. Mr Ammon liegt im Krankenhaus. Der Prinz der Habgier steht praktisch vor der Tür. Und ich habe versagt. Das ist während meiner Wache passiert. Sie werden sehr enttäuscht von mir sein.«

Glo kam in die Küche. »Und was geschieht, wenn sie enttäuscht sind?«, fragte sie.

»Keine Ahnung«, erwiderte Rutherford. »Ich habe sie noch nie auf eine solche Weise enttäuscht. Das ist sehr schlimm. Es könnte zu einer Katastrophe kommen. Von biblischem Ausmaß.«

»Wow«, sagte Glo. »Das ist gewaltig.«

Rutherford nickte. »Ich würde es lieber vermeiden.«

»Ich kann mit Hatchet Kontakt aufnehmen«, bot ich ihm an. »Vielleicht kann ich ihn zu einem Handel überreden.«

Rutherford strahlte wie ein Honigkuchenpferd. »Tatsächlich? Was für ein Handel?« Er beugte sich zu mir vor und flüsterte: »Ich bin bereit, alles dafür zu tun. *Alles*.«

»Dann ist die Auswahl ja groß«, warf Clara ein.

»Haben Sie denn etwas, das Sie gegen den Schatz eintauschen könnten?«, fragte ich Rutherford.

»Ich habe ein Auto. Einen Ford. Ein sehr zuverlässiges Modell.«

»Hatchet ist wahrscheinlich nicht an einem Auto interessiert. Sein Lebenszweck ist es, seinem Herrn und Meister Wulf zu dienen. Ihm würde etwas gefallen, womit er Wulf glücklich machen kann. Es müsste etwas Einzigartiges sein. Etwas, das Wulf begehrt.«

»Ach, du lieber Himmel«, sagte Rutherford. »Ich hatte noch nicht das Vergnügen, Wulf kennenzulernen.«

»Wie wäre es mit dem Stein? Er ist zwar nicht annähernd so wertvoll wie der Schatz, aber Wulf könnte Gefallen daran finden.«

»Sie meinen den Avaritia-Stein? Den Stein der Habgier? Den Stein, der Mammon befreien wird?«

»Daran glauben Sie doch nicht wirklich, oder?«, fragte ich.

»Ich weiß es nicht. Mr Ammon glaubt daran.«

»Ja, aber bisher hat ihm das noch nicht geholfen. Mal ehrlich, es ist nur ein Stein.«

»Vielleicht.«

»Wissen Sie, wo er sich jetzt befindet?«

»Nicht genau. Wir haben ihn an einen sicheren Ort gebracht, aber dort ist er nicht mehr. Ich glaube, Mr Ammon hat ein neues Versteck für ihn gefunden.«

»Und wo könnte das sein?«

»Ich habe einen Verdacht.«

»Und der wäre?«

Er verzog das Gesicht zu seinem breiten Rutherford-Grinsen. »In letzter Zeit, seit Mr Ammon sich manchmal … nun ja, wie ein Hund benimmt, gräbt er gern in den Blumenbeeten auf Cupiditas.«

Ich hätte beinahe laut losgeprustet, aber ich beherrschte mich und nickte nur. »Wenn Sie den Stein finden, könnte ich möglicherweise den Schatz in den Tresorraum zurückbringen lassen, bevor Ammon bemerkt, dass er gestohlen wurde.«

»Wow«, sagte Rutherford. »Das wäre großartig. Das würde Mr Ammon sehr glücklich machen.«

»Und den Prinzen der Habgier«, sagte Glo. »Er wäre sicher auch glücklich.«

»Ja, ja«, stimmte Rutherford ihr zu. »Das wäre ausgezeichnet. Der Prinz der Habgier liebt Schätze über alles.«

Ich gab Rutherford einen Schokoladen-Cupcake und begleitete ihn hinaus. »Geben Sie mir Bescheid, wenn Sie den Stein gefunden haben, dann setze ich mich mit Hatchet in Verbindung.«

»Ich danke Ihnen«, erwiderte er. »Vielen, vielen Dank.«

»Geschickt eingefädelt«, lobte Clara mich.

»Aber wir wissen nicht, ob er den Stein findet«, sagte ich.

Clara packte das frisch gebackene Brot in Tüten. »Er wird sicher das gesamte Personal Ammons Garten umgraben lassen.«

Am Mittag schlenderte Diesel in den Laden.

»Ich habe Neuigkeiten über Ammon«, verkündete er. »Er ist immer noch im Krankenhaus. Sie wollten ihn bereits entlassen, doch dann erwischten sie ihn dabei, wie er Wasser aus der Kloschüssel schlürfte, und beschlossen, dass die Gehirnerschütterung wohl doch schlimmer war als ursprünglich angenommen. Daher muss er noch einen weiteren Tag bleiben.«

Ich erzählte ihm von meinem Gespräch mit Rutherford, und er grinste.

»Gut gemacht.«

»Wir werden sehen. Es gibt keine Garantie dafür, dass Ammon den Stein im Garten vergraben hat.«

»Stimmt, aber zumindest ist Rutherford fürs Erste beschäftigt.« Diesel nahm sich einen Keks. »Ich muss eine Kleinigkeit für den Erhabenen erledigen, aber zum Abendessen bin ich wieder hier.«

»Wer ist denn der Erhabene?«

»Mein Boss.«

»Hat er auch einen Namen?«

»Sidney.«

»Und der Nachname?«

»Den kenne ich nicht.«

Er gab mir einen Kuss auf den Scheitel und verließ den Laden.

»Jetzt weiß ich, warum heute ein guter Tag für dich ist«, sagte Clara. »Wenn er mich geküsst hätte, würde es mir genauso gehen.«

Ich backte noch ein Blech Kekse, räumte meinen Arbeitsplatz auf und machte mich auf den Heimweg. Unterwegs besorgte ich Steaks und Ofenkartoffeln zum Abendessen. Kurz nach drei kam ich zu Hause an.

Kurze Zeit später klopfte Rutherford an die Hintertür. »Bitte entschuldigen Sie die Störung«, sagte er. »Ich dachte, Sie würden vielleicht wissen wollen, dass Mr Ammon voraussichtlich morgen am späten Vormittag nach Hause kommt. Es scheint ihm viel besser zu gehen.«

»Trinkt er nicht mehr aus Kloschüsseln?«

»Haha. Nein, nein. Nichts dergleichen. Glücklicherweise.« Er blickte zum Küchentresen. »Steaks und Ofenkartoffeln. Eine ausgezeichnete Wahl. Wie ich sehe, erwarten Sie einen Gast.«

»Diesel.«

»Natürlich. Wahrscheinlich wohnt er mehr oder weniger hier«, meinte er.

»Mehr oder weniger.«

Rutherford verschränkte die Hände und wurde ernst. »Zurück zum Schatz. Haben Sie ihn ausfindig gemacht? Ist ein Tausch tatsächlich möglich?«

»Ja und ja.«

Er schaute sich um. »Ich nehme an, er ist nicht hier?«

»Richtig. Ich bin nur die Vermittlerin.«

»Natürlich.«

»Haben Sie den Stein?«, fragte ich ihn.

»Ähm, nun ja … Ohne Ihre besonderen Fähigkeiten lassen sich die Steine kaum voneinander unterscheiden. Wir haben etliche in der passenden Größe gefunden. Leider kann ich nicht beurteilen, ob der richtige Stein darunter ist. Ich wollte Sie daher bitten, mit mir zu meinem Wagen zu kommen und sich die Steinsammlung anzuschauen.«

»Sie haben die Steine mitgebracht?«

»Das schien mir das Mindeste, was ich tun konnte. Schließlich helfen Sie mir, den Schatz zurückzuholen, und ich wollte Ihnen nicht mehr Umstände machen als unbedingt nötig.«

Am Straßenrand parkte ein schwarzer Cadillac Escalade. Die hintere Klappe stand offen, und zwei Handlanger in Anzügen standen daneben. Im Wagen lagen drei Kisten.

»Das sind eine Menge Steine«, stellte ich fest.

»Es sind auch sehr viele Blumenbeete.«

Ich nahm einen Stein nach dem anderen in die Hand. Keiner davon vibrierte.

»Tut mir leid«, sagte ich.

»Sie können mir wohl nicht den Schatz trotzdem aushändigen?«, fragte Rutherford.

»Ich habe ihn nicht bei mir. Jemand anders hat ihn.«

»Jemand, der den Stein haben will?«

»Richtig.«

»Könnten Sie diesem Jemand nicht einen von den Steinen geben?«

»Das würde nicht funktionieren«, antwortete ich.

Rutherford sammelte seine Steine wieder ein und fuhr davon. Ich kehrte in mein Haus zurück, wo Katerchen auf mich wartete.

»Kein Glück«, sagte ich zu ihm. »Das war nur ein Haufen gewöhnlicher alter Steine.«

Katerchen musterte mich mit seinem einen Auge, dachte kurz nach und leckte dann seine Pfote.

»Na ja, ich musste sie mir zumindest anschauen«, sagte ich. »Man weiß ja nie. Der Stein hätte dabei sein können.«

Katerchen schien davon nicht überzeugt zu sein.

Ich verstaute die Lebensmittel im Kühlschrank, und kurz darauf klingelte mein Telefon. Es war Nergal.

»Ich muss Ihnen etwas zeigen«, sagte er. »Ich war in der Bäckerei, aber Sie waren schon weg.«

»Worum geht es?«

»Das müssen Sie sich selbst anschauen. Ich würde es Ihnen gern bringen, aber ich weiß nicht, wo Sie wohnen.«

Ich gab ihm meine Adresse, und bald darauf stand er vor meiner Tür.

»Sind Sie heute schon fertig mit Ihrer Arbeit?«, fragte ich ihn.

»Ich habe Bereitschaftsdienst. Das gehört zu meinem Job. Wie auch immer, ich war heute in dem Feinkostladen, der an der Fifth Street aufgemacht hat. Sie haben großartige Sachen. Der Eiersalat ist mit viel Mayonnaise gemacht, und im Thunfischsalat ist eine Menge Sellerie.«

»Den Laden kenne ich. Sie machen eine köstliche Pastete aus Oliven und Mortadella.«

»Als ich mich dort umgeschaut habe, was habe ich entdeckt? Lizzy's Cookies! Wahrscheinlich wissen Sie das schon, aber ich war begeistert. Das sind meine Lieblingskekse. Schoko-Minz-Plätzchen.« Er reichte mir eine Tüte. »Und nun kann ich sie tatsächlich im Laden kaufen.«

Ich holte ein Päckchen Kekse aus der Tüte. Es trug das Logo von Ammon Enterprises, und unter dem großen schwarz-goldfarbenen Emblem stand in kleiner schwarzer Schrift *Lizzy's Cookies.* Ich riss die Schachtel auf und biss ein Stück von dem Keks ab.

»Toll«, sagte ich. »Das sind tatsächlich meine Kekse.«

Aber ich fand das gar nicht toll. Ich fühlte mich ernüchtert. So als hätte mir jemand wie bei einem Ballon die Luft herausgelassen. Ich hatte mein Plätzchenrezept an einen Mann verkauft, der versuchte, sich in einen Dämon zu verwandeln. Ich las die Zutatenliste durch. Roter Farbstoff Nummer siebzehn und irgendetwas, das ich nicht aussprechen konnte. Hätte ich mir ein Fleischermesser ins Auge gerammt, wäre das weniger schmerzvoll gewesen.

»Es gab auch noch einige andere Sorten von Lizzy's Cookies, aber ich habe nur diese gekauft«, sagte Nergal. »Sie sind ziemlich teuer, und Gerichtsmediziner verdienen nicht so viel.«

Wir gingen in die Küche, ich öffnete eine Flasche Rotwein und schenkte zwei Gläser ein. Auf einmal flog die Haustür auf, und Carl hüpfte herein, gefolgt von Diesel.

»Theodore hat mir Kekse gebracht«, sagte ich.

»Das sind Lizzy's Cookies«, erklärte Nergal. »Ich habe sie in einem Feinkostladen entdeckt.«

Diesel nahm sich einen Keks und biss hinein. »Ja, das sind tatsächlich Lizzys Kekse.« Er warf mir einen Blick zu. »Kein Wunder, dass ihr darauf einen trinkt.«

»Wir feiern«, sagte ich.

Diesel grinste. »Verstehe.«

Nergals Handy summte, und er las die SMS.

»Meine Güte«, sagte er. »Heute sterben sie wie die Fliegen. Ich muss los.«

Ich gab ihm ein paar von meinen Schokokeksen mit Pekannüssen. »Vielen Dank, dass Sie vorbeigekommen sind«, sagte ich. »Wir müssen uns irgendwann einmal treffen, wenn Sie keinen Bereitschaftsdienst haben.«

»Ja, das wäre großartig«, erwiderte Nergal. »Ich wette, Sie haben einige witzige Geschichten über Ihre Abenteuer beim Retten der Welt auf Lager.«

Ich schloss die Tür hinter ihm und leerte mein Glas. »Er bekommt heute noch eine SMS«, sagte ich zu Diesel. »Denn ich werde Ammon umbringen.«

»Ammon hat offensichtlich mit der Produktion deiner Kekse keine Zeit verloren.«

»Sie haben künstliche Zusatzstoffe verwendet! Farbstoffe und Konservierungsmittel.«

»Das wird niemandem auffallen. Die Aufschrift auf der Verpackung ist sehr klein. So ist das eben in Amerika.«

»Nein, das sehe ich anders. Gerade in Amerika setzt man auf Qualität und Reinheit.«

»Deine Einstellung gefällt mir.« Diesel füllte mein Glas nach. »Was gibt's zum Abendessen?«

»Steaks und Kartoffeln.«

»Das gefällt mir noch besser.«

Ich ging in die Küche, stellte den Herd an und legte die Kartoffeln ins Backrohr.

»Würdest du mich auch mögen, wenn ich nicht kochen könnte?«, fragte ich.

»Klar, du bist süß«, antwortete Diesel. »Deine Kochkünste sind nur das Sahnehäubchen auf dem Cupcake.«

»Und wenn ich nicht so süß wäre? Nehmen wir mal an, ich wäre fett und hässlich. Würdest du mich trotzdem mögen?«

»Nur damit ich das richtig verstehe: Du kannst nicht kochen und bist fett und hässlich?«

»Ja.«

»Und gemein?«

»Nein, ich bin nett.«

Ich schnitt eine Zwiebel klein.

»Und was ist mit deinen besonderen Fähigkeiten?«, fragte er weiter. »Bist du gut im Bett? Wie sieht es mit einer Tiefengewebsmassage aus?«

»Mein Gott.«

»Ich versuche nur, es besser zu verstehen«, sagte Diesel. »Wie wäre es denn andersherum? Würdest du mich mögen, wenn ich dick und hässlich wäre?«, fragte er.

»Ich mag dich jetzt schon die Hälfte der Zeit nicht.«

»Verstehe, aber was ist mit der anderen Hälfte?«

»Ich weiß es nicht. Was sind denn deine Fähigkeiten? Wie sieht es nun mit einer Tiefengewebsmassage aus?«

»Schätzchen, ich werde dir heute Nacht eine Massage verpassen, dass dir die Ohren schlackern.«

Ich hackte mir beinahe den Finger ab.

»Du hast dich geschnitten«, bemerkte Diesel. »Soll ich die Stelle küssen, damit sie schneller heilt?«

»Nein! Geh ins Wohnzimmer und schau mit Carl Fernsehen. Ich rufe euch, wenn das Essen fertig ist.«

KAPITEL 26

Die Spülmaschine war eingeräumt, die Küche war sauber, und wir schauten uns ein Spiel der Red Sox gegen die Mets an. Diesel stand auf und streckte sich. Dabei hob er die Arme, und sein T-Shirt rutschte nach oben und gab den Blick frei auf seinen gebräunten muskulösen Bauch. Ich hatte ihn schon gesehen – und noch einiges mehr –, aber der Anblick erfreute mich immer wieder.

»Brauchst du etwas aus der Küche?«, fragte er.

»Nein danke.«

Diesel ging hinaus. Mein Telefon klingelte. Es war Rutherford.

»Ich habe den Stein gefunden!«, rief er. »Ich weiß, dass es der richtige ist, denn er steckt in dem Lederbeutel. Er war unter einem Azaleenbusch vergraben. Wie schnell können Sie den Schatz in den Tresorraum zurückbringen?«

»Ich brauche ein paar Stunden, um das zu organisieren«, antwortete ich.

»Vergessen Sie nicht, dass die Sache über die Bühne gehen muss, bevor Mr Ammon aus dem Krankenhaus entlassen wird.«

»Kein Problem. Ich melde mich später wieder bei Ihnen.«

Diesel kam mit ein paar Keksen ins Wohnzimmer zurück. »Was ist los?«

»Rutherford hat den Stein gefunden. Er will das heute noch durchziehen, weil Ammon morgen Vormittag aus dem Krankenhaus kommt.«

»Ruf Clara an und bitte sie, mit dem Van zu Gramps' Garage zu fahren«, sagte Diesel.

Clara wartete bereits in der Garage auf uns.

»Wir haben ein Problem«, sagte Clara. »Folgt mir.«

Wir betraten den Tunnel durch die Garage und gingen die kurze Strecke zum Speakeasy. Die Tür stand offen, und Gramps saß auf einem der bequemen Klubsessel.

»Howdy«, begrüßte er uns. »Willkommen in meinem Spielzimmer.«

Wir schauten uns um und begriffen sofort, was das Problem war. Der Schatz war verschwunden. Nur ein Plastikbehälter war noch da.

»Was ist mit all den Behältern geschehen?«, fragte ich.

»Die habe ich entsorgt«, antwortete Gramps. »Sie haben zu viel Platz weggenommen. Ich habe nur einen behalten, weil sich darin eine hübsche grüne Flasche befindet.«

»Und wo sind die Behälter jetzt?«

»Ich habe sie dem Piratenmuseum gegeben. Durch das Feuer haben sie fast alles verloren. Schrecklich. Das Piratenschiff ist völlig ausgebrannt. Das Zeug in den Plastikkisten sah so aus wie eine Piratenbeute, also habe ich es ihnen geschenkt. Piraten sind mein zweites Hobby. Und die Leute vom Museum haben gesagt, sie würden einen Raum nach mir benennen. Könnt ihr euch das vorstellen? Ich werde berühmt.«

Diesel wippte auf den Fersen und grinste. »Wie gewonnen, so zerronnen.«

»Was machen wir nun mit Rutherford?«, fragte ich ihn.

»Wir überlassen Gramps die hübsche grüne Flasche und geben den Rest aus dem Plastikbehälter Rutherford«, schlug Diesel vor. »Wenn er dann den Stein nicht rausrücken will, stürzen wir uns auf ihn und entreißen ihn ihm.«

»Okay«, sagte ich. »Das gefällt mir.«

Ich rief Rutherford an und vereinbarte mit ihm ein Treffen am Eingang von Ammons Bank.

»Ausgezeichnet«, sagte er. »Das ist ein wunderbarer Plan. Ein Lebensretter im wahrsten Sinne des Wortes. Haha. Haha.«

Ich legte auf und wandte mich an Diesel. »Er dreht allmählich durch. Er hat zweimal hintereinander dieses grässliche Haha-Lachen ausgestoßen. Das ist eindeutig ein Anzeichen von Hysterie.«

»Aus gutem Grund.«

Wir luden den Plastikbehälter in Claras Van und fuhren zur Bank.

»Lass den Motor laufen, und wenn ich dir ein Zeichen gebe, fährst du los«, sagte Diesel zu Clara. »Lizzy muss bestätigen, dass wir den Avaritia-Stein haben, bevor wir den Rest des Schatzes übergeben.«

Wir warteten zehn Minuten, dann tauchte ein schwarzer Escalade auf. Rutherford und zwei Männer in Anzügen stiegen aus. Die Straße war dunkel bis auf die brennenden Laternen. Rutherford ging zum Eingang, während die beiden Männer beim Wagen blieben. Diesel und ich überquerten die Straße.

Rutherford atmete tief ein und wieder aus. »Ich bin sehr erleichtert. Ach, Sie können sich gar nicht vorstellen, was das für mich bedeutet. Das ist fantastisch!« Er beugte sich vor und senkte die Stimme. »Das bleibt unser kleines Geheimnis. Es ist nicht nötig, dass die Männer alle Einzelheiten über die Transaktion erfahren.«

»Schon klar«, sagte ich. »Haben Sie den Stein?«

Er drehte den Männern den Rücken zu und zog vorsichtig einen Lederbeutel aus seiner Jackentasche.

»Wir müssen darüber absolute Diskretion bewahren.« Er reichte mir den Beutel.

Ich öffnete ihn. In der Dunkelheit konnte ich mir nur schwer ein Urteil bilden, aber der Stein hatte die richtige Größe und glitzerte silbrig. Ich berührte ihn mit einer Fingerspitze – und fühlte nichts.

»Oje«, sagte ich.

Ich ließ ihn auf meine Hand fallen. Nichts.

»Das ist nicht der Stein«, stellte ich fest.

Rutherford sah mich verzweifelt an. »Was soll das heißen? Natürlich ist er das. Ich habe ihn im Garten gefunden. In dem Lederbeutel.«

»Tut mir leid«, erwiderte ich. »Das ist ein Blindgänger.«

»Haha, Sie wollen mich auf den Arm nehmen, richtig? Ein guter Scherz. Wirklich köstlich.«

»Nein, leider ist das nicht der Stein.«

Ich reichte Rutherford den Lederbeutel.

»Oje«, stöhnte er. »Oh Gott, oh Gott.«

Er stolperte rückwärts und ließ sich auf die Steintreppe vor der Eingangstür fallen.

Ich musterte ihn. »Alles in Ordnung?«

»Ich bin ein toter Mann«, sagte er tonlos. »Der Schatz ist verloren. Auch der kleine merkwürdige Kerl mit dem roten Haar ist verschwunden, und ich finde den Stein nicht. Ich bin erledigt. Tot.«

»Sie haben noch ein paar Stunden Zeit«, ermutigte ich ihn. »Sie könnten noch weitersuchen.«

»Wir haben alles umgegraben. Es gibt keine Stelle mehr, wo wir noch graben könnten. Der Garten sieht aus, als hätte eine Bombe eingeschlagen.« Er schaute mich an. »Sie müssen mir den Schatz geben. Bitte, bitte, bitte. Ich flehe Sie an.«

»Um ehrlich zu sein, viel ist davon nicht übrig«, gestand ich. »Wir konnten nur eine Kiste retten.«

»Wirklich?«

»Ja.«

»Haha, haha, ha. Nur eine Kiste. Wollen Sie damit sagen, dass alles andere weg ist?«

Ich nickte.

»Weg! Wo ist er? Warten Sie, ich will es gar nicht wissen. Es spielt keine Rolle. Der Schatz ist weg.«

»Sie sollten sich beruhigen«, sagte ich. »Das ist nicht so schlimm. So etwas kommt vor.«

»Nein, nein. Sie verstehen das nicht. Wir reden hier über Mammon. Den Gott der Habgier. Er wird sehr ungehalten sein.«

»Es geht hier nicht um Mammon, sondern um Martin

Ammon«, sagte ich. »Was kann Ihnen denn schlimmstenfalls passieren?«

»Ich weiß es nicht. Eine Analsonde? Haha.«

»Vielleicht hat er das Betäubungsgewehr noch in seinem Wagen«, sagte Diesel. »Wir könnten ihm damit einen Schuss verpassen.«

»Wir gehen jetzt«, sagte ich zu Rutherford. »Wenn Sie den Stein finden, können Sie mich jederzeit anrufen.«

»Ja, ja, das mache ich. Natürlich. Ja, ja.«

Diesel und ich schlenderten gelassen über die Straße, stiegen in den Van und erzählten Clara, was passiert war.

»Fahr los, als wäre alles ganz normal«, sagte ich zu ihr. »Die bewaffneten Männer sollen keinen Verdacht schöpfen. Und vor allem wollen wir nicht, dass der Verrückte, der vor dem Gebäude auf und ab läuft, total durchdreht.«

»Zu spät«, meinte Diesel. »Der Zug ist abgefahren.«

»Und nun?« Clara kurvte durch Salem.

»Wir sollten den Schatz zu Gramps zurückbringen«, antwortete Diesel. »Er ist der Experte im Verteilen von kostbaren Gegenständen.«

Am nächsten Morgen kam ich nur schwer aus dem Bett. Am Abend zuvor war es spät geworden. Diesel lag neben mir und verströmte Wärme. Katerchen lag zusammengerollt am Fußende des Betts. Carl schlief im Wäschekorb. Ich quälte mich unter der Bettdecke hervor und tapste leise ins Badezimmer. Ich stellte mich unter die heiße Dusche, bis das Bad voll Wasserdampf und ich einigermaßen wach war. Als ich auf Zehenspitzen zurückschlich, schliefen Carl und Diesel immer noch, aber Katerchen wartete bereits an der Tür auf mich.

Wir gingen zusammen nach unten, und ich bereitete sein Frühstück zu. »Mein Leben ist ein einziges Chaos«, sagte ich zu ihm. »Ich setze Vorhänge in Brand, Schätze verschwinden, und ich lasse mich mit den falschen Männern ein. Und damit meine ich nicht nur Liebesbeziehungen. Selbst bei Kochbüchern treffe ich die falsche Wahl.«

Katerchen schien das wenig zu berühren. Er machte sich zufrieden über sein Futter her.

Ich kam eine halbe Stunde zu spät in die Bäckerei, und Clara hatte bereits den Hefeteig in Angriff genommen.

»Nach acht Uhr abends bin ich nicht mehr bereit, die Welt zu retten«, erklärte sie mir. »Wenn du das nächste Mal den Van brauchst, dann hol dir einfach den Schlüssel.«

»Ich hoffe, es wird kein nächstes Mal geben. Ich glaube, wir stecken in einer Sackgasse, was den Avaritia-Stein betrifft.«

»Ammon weiß bestimmt, wo er ist.«

»Keine Ahnung, was Ammon weiß. Anscheinend haben Hunde kein gutes Kurzzeitgedächtnis«, erwiderte ich.

Um elf Uhr war ich mit der Glasur der Cupcakes fast fertig, als Glo in die Küche stürmte.

»Er ist hier!«, rief sie.

»Wer?«

»Martin Ammon! Er will dich sehen.«

Ich ging nach vorn zur Theke und zwang mich zu einem Lächeln. »Hey«, begrüßte ich ihn. »Wie geht es Ihnen?«

»Ich hatte eine Gehirnerschütterung. Nichts Ernstes, aber sie bestanden darauf, mich zur Beobachtung in der Klinik zu behalten. Aber das haben Sie sicher gehört.«

Ich nickte. »Ja.«

»Ich bin auf dem Weg nach Hause, aber ich wollte Sie vorher persönlich einladen, um über Ihr Kochbuch zu sprechen. Wir hinken mit unserem Plan schon etwas hinterher.«

»Sie wollen mein Kochbuch immer noch veröffentlichen?«

»Natürlich«, antwortete er. »Es stellt einen großen Teil der Kampagne dar. Wir müssen Entscheidungen treffen. Über die Illustration, und wir brauchen ein Autorenfoto von Ihnen. Um drei Uhr. Passt das für Sie?«

Ich nickte wieder. »Drei Uhr ist in Ordnung.«

Ammon ging auf zwei Beinen und ließ sich auf dem Rücksitz eines schwarzen Mercedes Sedan nieder. Er bellte nicht und hob auch nicht sein Bein an einem der Reifen. Rutherford schien am Steuer zu sitzen.

»Du fährst doch nicht etwa zu ihm, oder?«, fragte Clara. »Das könnte eine Falle sein.«

»Ja«, sagte Glo. »Mammon könnte dort auf dich warten.«

»Er sah nicht aus wie Mammon«, meinte ich.

»Er sah auch nicht aus wie ein Hund«, erwiderte Glo. »Trotzdem würde ich in seiner Nähe keine Kaninchenfelljacke tragen.«

»Er hat mich überrumpelt«, seufzte ich. »Ich schicke ihm eine SMS und teile ihm mit, dass mir etwas dazwischengekommen ist.«

KAPITEL 27

Um ein Uhr warf ich meine Schürze in den Wäschekorb, hängte mir meine Tasche über die Schulter und winkte Clara zum Abschied zu.

»Bis morgen.«

»Das will ich hoffen.«

Als ich zu meinem Wagen ging, entdeckte ich Rutherford, der in einiger Entfernung auf mich wartete.

»Haben Sie einen Moment Zeit?«, fragte er.

»Klar. Ich nehme an, Ammon hat mitbekommen, dass uns der Schatz gestohlen wurde.«

»Oh, ja natürlich. Nun, eigentlich weiß er es noch nicht. Der Tag ist einfach zu kurz, um alles zu erledigen. Er wird es noch früh genug erfahren. Das hat noch Zeit. Viel wichtiger ist im Moment, dass wir ein Treffen vereinbaren. Mr Ammon hat Ihre SMS erhalten und war sehr enttäuscht. Vielleicht könnten Sie ein wenig später zu ihm kommen? Um vier oder fünf Uhr?«

»Nein.«

»Haha. Nein? Haha. Das ist gut. Ein einfaches Nein.« Er rückte seine Krawatte zurecht. »Nun, Mr Ammon hat mich damit beauftragt, dafür zu sorgen, dass Sie noch heute in Cupiditas erscheinen.«

»Auf keinen Fall.«

Rutherford presste seine Lippen zusammen. Er zog ein Taschentuch aus seiner Brusttasche und winkte damit. Vier Männer in Anzügen tauchten aus dem Nichts auf. Einer feuerte mit einem Taser auf mich. In meinem Kopf summte es laut, und meine Beine gaben unter mir nach. Ich wurde aufgehoben und auf den Rücksitz eines Escalade geworfen.

Als meine Haut aufhörte zu prickeln und meine Muskeln wieder funktionierten, stand ich an der Türschwelle zu Martin Ammons Haus.

»Ach, du lieber Himmel, das war nicht sehr schön, oder?« Rutherford lächelte mich an, als hätte er gerade einen Mordsspaß gehabt. »Das habe ich noch nie zuvor gesehen. Eine sehr beeindruckende Wirkung.«

»Sie sind ein Idiot.«

»Ja, ja. Haha. Das hat man mir schon einmal gesagt.« Er winkte die Männer zu sich. »Helft Miss Tucker in Mr Ammons Büro. Er möchte vor der Zeremonie einen Moment mit ihr allein sein.«

»Zeremonie?«

Rutherford presste seine Hände aneinander. Diese Geste war schwer zu deuten, weil er dabei wie immer grinste. Freude? Angst? Nervosität?

»Ja!«, erwiderte er. »Endlich. Das ist der Tag, auf den wir alle gewartet haben. Die Wiedergeburt Mammons. Sehr aufregend. Wunderbar. Ja, in der Tat, ein großer Tag. Sehr bedeutend.«

»Sie haben also den Avaritia-Stein gefunden?«, fragte ich.

»Mr Ammon wusste genau, wo er ihn versteckt hatte.

In seiner Sockenschublade! Stellen Sie sich das vor! Das zaubert mir ein Lächeln aufs Gesicht.«

Mir fiel die Kinnlade herunter. Wusste er denn nicht, dass er ein ständiges Grinsen auf dem Gesicht hatte? Der Mann sah aus wie der Joker. Mit seinen Wangenmuskeln hätte er problemlos eine Walnuss knacken können.

Ich wurde in Ammons Arbeitszimmer geführt und vor seinem Schreibtisch platziert wie ein siebenjähriges Schulmädchen vor den Direktor. Die Sicherheitsleute und Rutherford zogen sich an das gegenüberliegende Ende des Zimmers zurück.

»Miss Tucker«, begann Ammon. »Ich freue mich, dass Sie sich Zeit für die Verabredung genommen haben. Es ist wirklich sehr wichtig für mich. Ich möchte, dass alles seinen geregelten Gang geht. Jetzt, wo ich mich von meiner Gehirnerschütterung erholt habe, wollte ich mich vor der Zeremonie mit Ihnen treffen. Sie brauchen sich keine Sorgen zu machen. Wie Sie wissen, bin ich im Besitz eines von Ihnen unterzeichneten Vertrags, der mir die absolute Kontrolle über alles gibt, was Sie jemals besessen oder kreiert haben. Tatsächlich habe ich bereits mit der Herstellung der Produkte Ihrer Marke begonnen. Sie können daher versichert sein, dass ich mich gut um Ihr Vermächtnis kümmern werde, wenn Sie nicht mehr bei uns sind.«

»Sie haben Farb- und Konservierungsstoffe in meine Kekse gemischt!«, erwiderte ich.

»Das macht das Produkt kosteneffektiver. Wenn wir Ihr Foto auf die Packung drucken – das Bild einer gesunden, blonden jungen Frau –, wirft kein Konsument einen Blick auf die Zutatenliste. Genial, finden Sie nicht?«

»Das ist abscheulich!«

»Jetzt wissen Sie über alles Bescheid, und wir können zum wahren Grund Ihres Erscheinens kommen. Bei der heiligen Zeremonie zur Wiedererweckung unseres Herrn Mammon müssen alle entscheidenden Elemente an einem Ort zugegen sein. Wir brauchen den Menschen, der Mammon in sich trägt und seine Seele übernimmt. Das bin ich. Wir brauchen den Avaritia-Stein. Den habe ich hier auf meinem Schreibtisch. Und wie Sie sehen, liegen hier auch die Münze und der Blaue Diamant. Das fiel uns erst im letzten Moment ein, und wir hätten ihn beinahe vergessen. Glücklicherweise fanden wir ihn in Ihrer Küche.«

»Wir wollten Sie damit nicht bei der Arbeit belästigen«, warf Rutherford ein. »Bestimmt hat es Sie nicht gestört, wenn wir uns in Ihrem Haus umgesehen haben. Wir haben sorgfältig darauf geachtet, nichts in Unordnung zu bringen. Leider haben wir Ihre Haustür leicht beschädigt, aber wir kommen selbstverständlich für die Reparaturkosten auf. Meine Güte, Ihre Katze ist ein wirklich wildes Tier. Eine richtige Kampfkatze, haha.«

»Ich hoffe für Sie, dass Sie ihm nichts getan haben«, sagte ich.

»Oh nein. Nein, nein. Er ist ganz entzückend. Ich habe ihm einen Muffin gegeben, bevor wir gegangen sind. Das war hoffentlich in Ordnung.«

»Und zu guter Letzt müssen wir eine Hohepriesterin

mit besonderen Fähigkeiten opfern. Das sind Sie«, sagte Ammon.

Oje.

»Ich bin keine Hohepriesterin«, entgegnete ich. »Ich bin Bäckerin.«

»Sie sind zu bescheiden. Ihre Fähigkeiten sind offenkundig.«

»Damit kommen Sie nicht durch. Man wird Sie verhaften und ins Gefängnis werfen.«

»Dann bin ich Mammon und besitze die Welt«, sagte Ammon. »Ich bin unantastbar.«

»Ja klar, aber wenn Sie sich nun nicht in Mammon verwandeln? Dann hält man Sie für einen Irren, der einen Menschen umgebracht hat.« Ich warf Rutherford einen Blick zu. »Und Sie auch.«

Er wischte sich die Hände an der Hose ab. »Haha, guter Witz! Sehr lustig. Deshalb mögen wir Sie so sehr.«

»Bringt sie weg und bereitet sie vor«, befahl Ammon.

Mich vorbereiten? Was meinte er damit?

Die zwei Männer flankierten mich, und Rutherford stand vor mir.

»Wir haben eine sehr hübsche Kapelle im Keller«, sagte er und führte mich aus Ammons Arbeitszimmer. »Dort findet die Zeremonie statt. In aller Ruhe, ganz privat.«

»Also wird mich niemand schreien hören?«

»Mein Gott, Sie werden nicht schreien. Die Feier ist sehr ergreifend. Man wird Sie ehren. Sie können sich glücklich schätzen. Sehr glücklich.«

»Es überrascht mich, dass Sie noch hier sind«, sagte ich. »Sollte er sich tatsächlich in Mammon verwandeln, steht Ihnen einiges bevor. Was glauben Sie wohl, wie wütend er wird, wenn er erfährt, dass der Schatz nicht mehr da ist.«

»Oh nein. Nein, nein. Sicher wird er es verstehen. Und ich habe bereits Maßnahmen ergriffen, um den Schatz zurückzuholen. Das ist nur noch eine Frage der Zeit«, sagte Rutherford.

Wir gingen eine Treppe hinunter durch einen kurzen Gang und in einen kleinen Vorraum. Der Boden war aus Marmor, und in den Wandnischen standen brennende Kerzen. Durch eine Flügeltür ging es in einen größeren Raum mit Buntglasfenstern, einem Altar und Kirchenbänken. Neben der Doppeltür befand sich eine weitere kleine Tür, die in ein großes Badezimmer führte. Über einem aufwändig verzierten goldfarbenen Stuhl hing ein weißes Gewand.

»Wir können anfangen«, verkündete Rutherford. »Dieses wunderschöne weiße Kleid wurde extra für Sie bereitgelegt.«

»Das soll wohl ein Witz sein«, sagte ich.

»Nein, nein. Wir meinen es ernst. Mr Ammon hat keine Kosten und Mühen gescheut. Und nachdem Sie Mammon geopfert wurden, sind Sie die Königin in seinem Königreich. Das wird fantastisch. Einfach fantastisch.«

»Ich ziehe dieses Kleid nicht an.«

»Ach herrje, da wird Mr Ammon aber sehr enttäuscht sein. Und kaum auszudenken, was Mammon davon hält. Sie wollen ihn doch nicht verärgern, oder? Schließlich ist er einer der sieben Prinzen der Hölle.«

Ehrlich gesagt war ich vor Angst wie gelähmt, und mir fiel nichts Besseres ein, als abzuwarten. Die Zeit war auf meiner Seite, oder? Wenn ich lange genug in dieser Klapsmühle durchhielt, würde Diesel mich finden.

»Also gut, ich ziehe das Kleid an, aber dafür brauche ich ein wenig Privatsphäre.«

»Natürlich«, erwiderte Rutherford. »Kommen Sie heraus, wenn Sie fertig sind.«

Nach fünf Minuten klopfte er an die Tür. »Wie sieht es aus?«

»Ich bin gleich fertig.«

Nach weiteren fünf Minuten klopfte er wieder. »Brauchen Sie Hilfe?«

»Nein!«

»Wir warten alle auf Sie.«

»Mammon wartet schon seit einer Ewigkeit, da spielen ein paar Minuten keine Rolle.«

»Haha. Deshalb mögen wir Sie so sehr. Sie haben einen wunderbaren Sinn für Humor. Aber im Ernst: Ich muss jetzt wohl ein paar meiner Männer zu Ihnen schicken.«

Tief seufzend zog ich mir das weiße Gewand über den Kopf. Es sah aus wie ein Chorhemd mit tiefem Ausschnitt. Ich verließ das Badezimmer.

»Sie tragen noch Ihre Kleidung unter dem Gewand«, stellte Rutherford fest. »Sie sollten sie ausziehen.«

»Ich will meine Sachen nicht ausziehen.«

»Natürlich, das verstehe ich sehr gut. Vielleicht bemerkt es niemand.«

Als wir die Kapelle betraten, entdeckte ich Hatchet.

Er baumelte nackt mit dem Kopf nach unten an einem Haken von der Decke.

»Seid gegrüßt, Weib«, sagte er. »Mich dünkt, Ihr habt mich den Wölfen zum Fraß vorgeworfen.«

»Tut mir leid«, erwiderte ich. »Ich habe nicht gründlich darüber nachgedacht. Das war eine ganz spontane Sache.«

»Sie können hier neben dem Altar Ihren Ehrenplatz einnehmen«, sagte Rutherford zu mir.

Ich versuchte, ruhig zu bleiben und mich zu konzentrieren. Falls sich eine Gelegenheit zur Flucht ergab, musste ich bereit sein.

»Wie geht es nun weiter?«, erkundigte ich mich bei Rutherford.

»Ich glaube, Mr Ammon hat sich für eine Strangulierung entschieden. Das macht weniger Schmutz als eine Erschießung oder eine Tötung mit einem Messer. Das ist unser erstes Menschenopfer, und wir müssen erst noch Erfahrungen sammeln.«

»Und wie lange wollen Sie Hatchet da hängen lassen?«, fragte ich.

»Bis er uns verrät, wo er den Schatz versteckt hat.«

»Er hat den Schatz nicht versteckt. Ich habe Sie angelogen. Diesel und ich haben die Plastikbehälter aus dem Tresorraum entwendet und den Schatz verschenkt.«

»Bewundernswert. Sehr nobel, dass Sie Mr Hatchet helfen wollen. Eine solche Geste habe ich erwartet. Sehr beeindruckend.«

»Sie sind ein Schweinearsch«, sagte Hatchet zu Rutherford.

»Haha. Ja, ja. Ein guter Spruch«, erwiderte Rutherford.

Martin Ammon kam herein und ignorierte Hatchet. »Ihre Hände sind nicht gefesselt«, herrschte er Rutherford an. »Was haben Sie denn die ganze Zeit gemacht? Mammon ist bereits sehr ungeduldig.«

»Nun, ähm, haha, man hat mir nicht befohlen, ihre Hände zu fesseln«, verteidigte sich Rutherford.

»Das Fesseln der Hände gehört zum Standardprogramm«, erklärte Ammon.

»Mein Fehler. Ich werde das sofort erledigen.« Rutherford sah zu den vier Wachmännern an der Tür hinüber. »Charles, würden Sie bitte Miss Tucker fesseln.«

Charles trat ein paar Schritte vor, zog Handschellen aus seiner Hosentasche und band mir damit die Hände hinter dem Rücken zusammen. Rutherford lächelte und sah Ammon erwartungsvoll an.

»Viel besser«, sagte Ammon. »Aber sie muss sich hinknien.«

Rutherford eilte zu mir herüber und half mir, mich hinzuknien.

»Wir können jetzt beginnen«, verkündete Ammon feierlich. »Rutherford, räumen Sie den Raum.«

Rutherford nickte den vier Wachmännern zu, und sie verließen schweigend die Kapelle und schlossen die Tür hinter sich.

»Haben Sie das Buch von Mammon?«, fragte Ammon.

»Aber ja.« Rutherford schenkte ihm ein strahlendes Lächeln. »Ja, ja. Es liegt auf dem Altar, und die entsprechende Seite ist bereits aufgeschlagen.«

»Und der Avaritia-Stein?«

»Liegt ebenfalls auf dem Altar, in einem besonderen Gefäß.«

Ammon trat an den Altar und nahm den Stein aus einem verzierten Silbergefäß. Ich bemerkte, dass er hellgrün leuchtete.

»Ahhh!«, rief Ammon. »Ich spüre die Kraft. Wer bin ich, Rutherford?«

Rutherford verschränkte die Hände. »Sie sind ein gefallener Engel. Ja, ja. Sie sind der Herr der Hölle. Einer der sieben Prinzen der Hölle.«

»Jetzt ergibt alles einen Sinn«, sagte Ammon. »Ich wusste es natürlich schon immer, dass ich bedeutender bin als alle anderen. Dass das, was ich will, eine größere Bedeutung hat. Dass meine Wünsche mehr geachtet werden müssen. Dass ich mich auf einer höheren Ebene bewege. Ich habe es bisher noch nie laut ausgesprochen, aber manche Menschen halten mich vielleicht für einen Soziopathen. Ich bin missverstanden worden. Aber nun ist alles klar. Ich habe mich immer für wichtiger gehalten, weil ich das tatsächlich bin. Ich bin *Mammon*!«

»Nun ja, ähm, eigentlich haben wir die Zeremonie noch nicht abgehalten«, wandte Rutherford ein.

»Dann fangen Sie an«, befahl Ammon. »Führen Sie die Zeremonie des Öffnens der Tore durch.«

Rutherford nahm das Buch von Mammon vom Altar und las laut vor. »Oh Mammon, ich rufe dich an. Nimm dieses Opfer an und kehre an deinen Platz auf der Erde zurück.« Er beugte sich zu Ammon vor. »Das ist die Stelle, wo Sie sie töten, Sir.«

»Ah, verstehe. Wo ist die Schlinge?«

»Ich dachte, Sie würden sie mitbringen«, erwiderte Rutherford.

Ammon verdrehte die Augen. »Idiot! Ich bin der Dämonengott. Sie können doch nicht von mir erwarten, dass ich meine eigene Würgeschlinge mitbringe. Haben wir ein Seil?«

Ammon und Rutherford durchsuchten den Raum. Kein Seil.

»Vielleicht könnten wir meine Krawatte oder meinen Gürtel verwenden?«, schlug Rutherford vor.

Ammon schüttelte den Kopf. »Das wäre nicht angemessen.«

»Natürlich. Was habe ich mir nur dabei gedacht.«

»Wir müssen sie erschießen«, sagte Ammon. »Geben Sie mir Ihre Waffe.«

»Ähm, ich habe keine Waffe bei mir«, sagte Rutherford.

»Dann besorgen Sie sich eine! Muss ich denn immer an alles denken?«

Rutherford zwinkerte, schnappte nach Luft und rannte zur Tür. »Ich brauche eine Waffe!«, rief er den Männern im Vorraum zu. »Schnell!«

Er kam mit einer Pistole wieder zurück und reichte sie Ammon.

»Das sollten Sie erledigen«, sagte Ammon. »Ich muss bereit für Mammons Ankunft sein.«

»Ähm, Verzeihung. Wie bitte?«

»Erschießen Sie sie.«

»Ja, ja. Haha. Sie wollen, dass ich sie erschieße. Ah, nun ja, das ist eine ganz neue Erfahrung für mich.« Ein paar Schweißtropfen rannen über seine Schläfe. »Ich … nun … haha.« Er richtete die Waffe auf mich. »Wo soll die Kugel sie treffen?«

»Himmelherrgott! In den Kopf. Nein, warten Sie. Ins Herz.«

»Ins Herz. Sind Sie sicher? Das liegt, ähm, hinter der Brust. Und … warten Sie, wie funktioniert dieses Ding? Ich habe bisher noch nie eine Waffe abgefeuert.«

»Das ist ganz leicht!«, meinte Ammon. »Drücken Sie einfach ab.«

Rutherfords Hand zitterte, und der Schweiß lief ihm in die Augen. »Ja, ja, natürlich, aber, haha, halte ich die Waffe auch richtig?« Er drehte sich zu Ammon um. »Ich glaube wirklich, es wäre besser, wenn Sie das übernähmen, Sir. Ich fühle mich auf diesem Gebiet, haha, nicht kompetent genug.«

Ammons Gesicht lief dunkelrot an. Er ballte wütend die Fäuste. »Verdammt, drücken Sie einfach den Abzug und knallen Sie sie ab!«

Er griff nach der Waffe, es folgte ein kurzes Gerangel, und dann löste sich ein Schuss. *BUM!*

Ammon wurde bleich im Gesicht, und auf seiner Brust breitete sich ein roter Fleck aus.

»Hoppla«, sagte Rutherford.

Ammon knallte auf den Boden, und er beugte sich über ihn.

»Mr Mammon?«, fragte er. »Hallo?«

Keine Antwort. Vorsichtig legte Rutherford die Waffe auf den Boden, richtete sich auf und rückte seine Krawatte zurecht.

»Haha.« Er wich zurück und ging zur Tür. »Mein Fehler. Haha. Nun, ich gehe jetzt. Ich, ähm, habe ein Stellenangebot in … Tasmanien. Und ich glaube, ich werde es annehmen. Es war nett mit Ihnen. Ich wünsche Ihnen noch einen schönen Tag. Das Wetter soll großartig werden. Einfach fabelhaft.«

Er schlich hinaus und schloss sorgfältig die Tür hinter sich. Im Vorraum erklang Gemurmel. Dann hörte ich Schritte, und danach herrschte Stille.

Ich warf einen Blick zu Hatchet hinüber. »Noch mal gut gegangen«, sagte ich.

»Ich glaube, ich habe mir in die Hose gemacht«, erwiderte er.

KAPITEL 28

Die Tür ging auf, und Diesel kam herein. »Alles okay?«, fragte er.

Ich nickte. Bis jetzt hatte ich mich wacker geschlagen, aber nun war es vorbei mit meiner Tapferkeit, und ich war so erleichtert, dass ich beinahe in Tränen ausbrach.

»Wer hat Ammon erschossen?«

»Rutherford«, antwortete ich. »Aber nicht absichtlich.«

»Er rannte aus dem Haus, als ich ankam«, sagte Diesel. »Alle rannten aus dem Haus. Ich habe ihn aufgehalten, und er hat mir erzählt, dass du in einem wunderschönen weißen Kleid in der Kapelle im Keller auf mich warten würdest.«

»Ich habe tatsächlich auf dich gewartet. Was das Kleid betrifft, bin ich mir nicht sicher.«

Josh, Glo und Clara stürzten herein.

»Hoppla.« Clara betrachtete Ammon. »Sieht so aus, als kämen wir zu spät zur Party.«

Diesel holte Hatchet von dem Haken und setzte ihn auf den Boden.

»Tausend Dank, Sir«, sagte Hatchet. »Ich befürchte, es fließt im Augenblick kein Blut in der unteren Hälfte meines Körpers.«

Josh beugte sich über Ammon. »Hey, er hält einen Stein in der Hand. Ich wette, das ist der Stein der Habgier.« Er nahm ihn. »Ich wusste schon immer, dass ich mich auf einer höheren Ebene befinde als alle anderen«, sagte er. »Und jetzt weiß ich, warum. Weil ich tatsächlich allen anderen überlegen bin. Es war vorherbestimmt, dass ich den Stein besitze. Dass ich *alles* besitze und die Welt regiere.«

»Meine Güte«, sagte ich. »Nehmt ihm schnell den Stein ab und legt ihn in das silberne Gefäß auf dem Altar.«

Diesel ergriff den Stein und ließ ihn in das Silbergefäß fallen. Er befreite mich von den Fesseln und half mir auf. Mir rollte eine Träne über die Wange, und er wischte sie mit dem Daumen weg.

»Es tut mir leid, dass ich nicht eher hier war«, sagte er, legte den Arm um mich und zog mich an sich.

»Woher hast du gewusst, dass ich entführt worden bin?«

»Josh stand vor der Bäckerei und ließ sich von Touristen fotografieren. Auf einmal sah er Rutherford und seine Männer mit dir davonfahren. Er rannte in den Laden und gab Glo Bescheid. Und Glo rief mich an. Ich war gerade auf dem Rückweg von Boston, als ich den Anruf erhielt.«

»Wir hatten Angst, dass Diesel es nicht rechtzeitig schafft, also sind wir in Claras Van hergefahren, um dich zu retten«, sagte Glo.

»Was für ein Glück, dass ich so gute Freunde habe!«, erwiderte ich.

Diesel warf einen Blick auf Ammon. »Nergal wird seine Freude daran haben, seine letzten Gedanken zu erfahren.«

Ich verbrachte die Nacht eng an Diesel geschmiegt. Die Gefahr war vorbei, aber ich hatte immer noch Angst und wollte nicht allein sein. Obwohl ich mir den Wecker nicht gestellt hatte, wachte ich um die übliche Zeit auf. Das Zimmer war dunkel. Katerchen lag am Fußende des Betts, und Diesel schlief noch. Ich kroch unter der Decke hervor, duschte und zog wie üblich Jeans und ein T-Shirt an. Ich tappte die Treppe hinunter und kochte Kaffee. Meine Küche sah gemütlich aus, und meine Welt war wieder in Ordnung. Bis wieder ein Stein in Salem auftauchen würde. Ich fütterte Katerchen, und als ich mich umdrehte, erblickte ich Wulf.

»Guten Morgen, Lizzy.«

Er stand sehr nahe vor mir, und ich spürte die Energie, die von ihm ausging.

»Du hast das Finale verpasst«, sagte ich.

Seine dunklen Augen wirkten ernst, aber um seine Lippen spielte ein leichtes Lächeln. »Das Finale kommt erst noch«, sagte er. »Hatchet hat mir alles über die gestrige Zeremonie berichtet. Es war unvermeidlich. Der Stein ist niemals für Ammon bestimmt gewesen.«

Bevor Diesel und ich zu Bett gegangen waren, hatten wir das Silbergefäß mit dem Stein, der Münze und dem Blauen Diamanten in der Mikrowelle versteckt. Wulf nahm das Gefäß heraus. Er warf einen Blick hinein, schien zufrieden mit dem, was er sah, und schloss den Deckel.

»Vielen Dank, dass du mir ihn besorgt hast.«

»Diesel wird nicht begeistert sein, wenn er erfährt, dass du hier eingebrochen bist und den Stein an dich genommen hast.«

»Mein Cousin weiß genau, dass wir eine Abmachung getroffen haben. Und er weiß auch, dass ich hier bin.«

»Der Stein und der Blaue Diamant sind angeblich mit einem Fluch belegt«, sagte ich.

»Dann sind sie in den richtigen Händen. Ich kenne mich gut mit verfluchten Gegenständen aus.«

Er kam noch einen Schritt näher und zog mich an sich. Seine Lippen berührten meine, und als sein Kuss fordernder wurde, hatte ich das Gefühl, in Flammen zu stehen.

»Es ist unsere Mission, die vermissten Steine zu finden«, sagte Wulf. »Vier sind noch übrig. Wenn wir den letzten gefunden haben, bricht *unsere* Zeit an. Und ich werde kommen, um zu beenden, was wir soeben begonnen haben.«

Er trat einen Schritt zurück, und *wusch* war er verschwunden. Ich drehte mich um und sah Diesel am Türpfosten lehnen. Er hatte die Arme vor der Brust verschränkt, und seine Haare waren vom Schlaf zerzaust.

»Das glaube ich nicht«, sagte er.

Phoef Sutton

arbeitet als Schriftsteller, Produzent und Drehbuchautor für u. a. *Boston Legal.* Für seine Arbeit wurde er mit zwei Emmy Awards, einem Golden Globe und einem Peabody Award ausgezeichnet.

Janet Evanovich

ist die unangefochtene Meisterin turbulenter Komödien und Erfinderin der äußerst erfolgreichen Stephanie-Plum-Reihe, stammt aus South River, New Jersey, und lebt heute in New Hampshire. Sie wurde von der Crime Writers' Association mit dem »Last Laugh Award« und dem »Silver Dagger« ausgezeichnet und erhielt bereits zweimal den Krimipreis des Verbands der unabhängigen Buchhändler in den USA. »Kann denn Sünde Liebe sein« ist der dritte Band in der Reihe um Konditormeisterin Lizzy Tucker und Diesel.

Die Lizzy-Tucker-Romane:
Zuckersüße Todsünden · Kleine Sünden erhalten die Liebe

Die Stephanie-Plum-Romane in chronologischer Reihenfolge:
Einmal ist keinmal · Zweimal ist einmal zuviel · Eins, zwei, drei und du bist frei · Aller guten Dinge sind vier · Vier Morde und ein Hochzeitsfest · Tödliche Versuchung · Mitten ins Herz · Heiße Beute · Reine Glückssache · Kusswechsel · Die Chaos Queen · Kalt erwischt · Ein echter Schatz · Der Winterwundermann · Kuss mit lustig · Liebeswunder und Männerzauber · Kuss mit Soße · Glücksklee und Koboldküsse · Der Beste zum Kuss · Traumprinzen und Wetterfrösche · Küsse sich, wer kann · Kuss Hawaii · Küssen und küssen lassen · Küss dich glücklich · Zusammen küsst man weniger allein · Ziemlich beste Küsse · Jetzt ist Kuss!

Die Reihe um Kate O'Hare und Nick Fox in Zusammenarbeit mit Lee Goldberg:
Mit High Heels und Handschellen · Traummann auf Abwegen. Kurzgeschichte · Böse Buben küsst man nicht · Hände weg vom Herzensbrecher · Chaos Undercover · Schüsse, die von Herzen kommen

(Alle Titel auch als E-Book erhältlich)

GOLDMANN
Lesen erleben